Am 16. Juni 1993 betritt Wilhelm Gess, ein unauffälliger Beamter Anfang Dreißig, das Restaurant »National« in Bern und erschießt den Schweizer Bundesrat Hans Lüthi. Gess verläßt das Lokal in aller Ruhe und verschwindet in der Menschenmenge. Die Präzision der Tat überrascht angesichts der bald zu Tage tretenden Motivlosigkeit. Gess, der sich zwei Tage später der Polizei stellt, schweigt hartnäckig. Ein Journalist versucht nun, die Gründe für das Attentat zu klären, doch erhält er von den Verwandten des Angeklagten nur sehr widersprüchliche Aussagen. Christoph Kellers genau arrangierter Roman ist fesselnde Kriminalgeschichte und kritisches Landesporträt in einem. Auf der verwirrenden Spurensuche nach den Motiven für die rätselhafte Tat eines Schweizer Kleinbürgers offenbaren sich die Widersprüche einer erstarrten Gesellschaft, in der sich Selbstverwirklichung nur noch in unmotivierter Gewalt äußert.

Christoph Keller, 1963 geboren, studierte Slawistik und Anglistik und lebt in St. Gallen und New York. 1988 erschien sein erster Roman ›Gulp. Eine Karriere‹ (Fischer Taschenbuch Bd. 13440), 1991 in der Collection S. Fischer (Bd. 2369) seine Erzählung ›Wie ist das Wetter in Boulder?‹. Als Teil des Autorenduos Keller+Kuhn veröffentlichte er 1994 den Roman ›Unterm Strich‹, 1997 den »Faxroman« ›Die blauen Wunder‹. Sein erstes Theaterstück ›Kalter Frieden‹ wurde 1991 in St. Gallen uraufgeführt, sein zweites, ›Der Sitzgott‹, 1998 in Bregenz. Für ›Ich hätte das Land gern flach‹ wurde Christoph Keller mit dem Preis der Internationalen Bodenseekonferenz ausgezeichnet.

CHRISTOPH KELLER

ICH HÄTTE DAS LAND GERN FLACH

Roman

Fischer Taschenbuch Verlag

Veröffentlicht im Fischer Taschenbuch Verlag GmbH,
Frankfurt am Main, April 1999

Lizenzausgabe mit freundlicher Genehmigung des
S. Fischer Verlags, Frankfurt am Main

Satz: Fotosatz Reinhard Amann
Druck und Bindung: Clausen & Bosse, Leck
Printed in Germany
ISBN 3-596-14215-6

für Andreas und Heidi

The essentials are all present.
What they need is proper arrangement.
Saul Bellow

Vorwort

Am 16. Juni 1993 wurde Bundesrat Hans Lüthi ermordet. Dieses Ereignis hat die Schweiz nachhaltig erschüttert. Seit dem tödlichen Schuß sind zwei Monate vergangen. Politisch ist zur Tat und ihren Folgen alles gesagt. Der Täter Wilhelm Gess wurde drei Tage nach dem Mord gefaßt und befindet sich derzeit in Untersuchungshaft im Gefängnis der Stadt Bern. Das vorliegende Buch versucht, sich der unerklärlichen Tat, der kein Kommentar, keine TV-Recherche oder Universitätsanalyse beigekommen ist, über den Umweg von Gess' familiärem Hintergrund zu nähern. Dieses Buch ist, wenn auch nicht des Rätsels Lösung, so doch der einzige authentische Bericht über Wilhelm Gess' Tat.

Meine Eingriffe in die hier erstmals veröffentlichten Zeugenberichte sind groß, obwohl ich mich bemühte, die Tonbandprotokolle der Aussagen möglichst unverfälscht wiederzugeben. Bei der Transkription der Stimmen achtete ich lediglich auf korrekte Grammatik und einen ungestörten Redefluß. Abschweifungen und unnötige Wiederholungen habe ich nach Möglichkeit getilgt. Daß sich die Aussagen mitunter widersprechen, liegt in der Natur der Sache.

Meine Manipulation aber beginnt bereits mit der Auswahl der Personen, mit denen ich sprechen konnte. Es sind dies die dem Täter Gess Nahestehenden: seine Frau Sonja, seine – getrennt lebenden – Eltern Eveline und Franz, sein Bruder August und seine Großmutter

Nadine; sowie einige Zeugen, die zur Tatzeit im Berner Restaurant *National* waren oder denen Gess auf dem Weg zu oder von seiner Tat begegnet ist.

Wilhelm Gess schweigt. Es gibt genügend beredte Mörder, die ihr Verbrechen begehen, um reden zu können und gehört zu werden. Was veranlaßt Gess, zu töten und zu schweigen? Ist es die – im Anschluß an die Tat oft zitierte – »Gesssche Sturheit«? Will er nicht sprechen, oder kann er es nicht? Hat er nichts zu sagen? Gibt es nichts zu sagen? Spricht die Tat für sich? Weiß er selber nicht, weshalb er diesen Mord begangen hat? Verfolgt er eine undurchsichtige Medienstrategie? Gess bedient die Medien, indem er sie nicht bedient. Sein Schweigen ist beredter als manch ausführliches Statement. Wir können nicht einmal Publicity-Sucht ausschließen. Keiner kam in letzter Zeit öfter in der Presse vor als Wilhelm Gess. Jedes Foto von ihm, jeder Satz über ihn, jede Mutmaßung vergrößert das Rätsel seiner Person.

Die Zeit war knapp. Ich begann mit der Befragung am 23. Juni, also eine Woche nach der Ermordung Lüthis und fünf Tage nach der Verhaftung seines Mörders, und hatte bis zum Redaktionsschluß dieses Buches vierzehn Tage Zeit. Ich danke der Witwe, Heidemarie Lüthi-Streuli, für ihr Verständnis. Leicht hätte sie dieses Projekt, etwa mit einer fantasielosen einstweiligen Verfügung, verhindern können.

Wenn wir schon beim Danken sind: Ich danke allen voran der Familie Gess, die sich unerwartet kooperativ gezeigt hat (auch wenn ich unterstellen darf, daß sie auf diese Weise an Informationen, gar Einsichten zu gelangen hoffte, die ihr Sohn, Enkel, Gatte und Bruder auf direktem Weg verweigerte); ich danke der Berner Justiz, die mich, ohne sich juristisch in die Nesseln zu setzen, mit den nötigen, nicht immer auf demokratischem Weg zugänglichen Fakten vertraut machte; mein Dank gilt allen, die mir Nachrichten zutrugen und Quellen freilegten und deren Namen ich hier nicht preisgeben kann und will; schließlich bitte ich Pfarrer Obrecht um den Segen, der für Hans Lüthi zu spät kam, und Wilhelm Gess, sollte er mich zumindest in der Form dieses Buches zu sich vorlassen, um Vergebung.

Christoph Keller, am 2. August 1993, St. Gallen

Vorwort zur fünften Auflage

Seit der Tat im Juni sind vier Monate vergangen. In der Zwischenzeit hat sich einiges verändert. Gess wurde unerwartet rasch bereits am 17. Oktober zu fünfzehn Jahren Zuchthaus verurteilt und in die Strafvollzugsanstalt Thorberg überführt, wo er sein Schweigen noch immer nicht gebrochen hat. An Ständerat Druey scheint sich die Öffentlichkeit als Nachfolger Lüthis, dessen »Werk er im Sinn des Verstorbenen fortsetzen will«, gewöhnt zu haben. Die Empörung über die Ermordung hat sich gelegt. Über Hans Lüthi wird nicht mehr gesprochen. Im Land sind wieder, wie sich Guido Franscini, Regierungsrat des Kantons Bern und Studienfreund des Verstorbenen, ausdrückte, »Ruhe und Ordnung eingekehrt«.

Mir ist wichtig, den Leser dieser fünften Auflage darauf hinzuweisen, daß ich keine Aktualisierungen des

Textes vorgenommen habe. Ein nachträglicher Eingriff in das Stimmenkonzert hätte deren Klang nur verfälscht.

Während ich diese Zeilen dem bereits durchgesehenen Umbruch hinzufüge, erfahre ich vom Tod Nadine Hausers. Ich blättere das *St. Galler Tagblatt* durch, das mich hier mit dreitägiger Verspätung erreicht, und sehe die Todesanzeige. Der Text deutet an, daß sie freiwillig aus dem Leben schied. Als ich sie das letzte Mal besuchte, sprach sie davon, die Tierchen, die Wilhelm früher aus Kastanien und Zündhölzern bastelte, zu entfachen; und wirklich, mit einigen Anrufen konnte ich in Erfahrung bringen, daß ihr Haus in Russo abgebrannt ist.

Heute ist die Beisetzung. In diesem Moment stehen die Trauernden vor der Urnenwand. Der Todesanzeige entnehme ich, daß ich die meisten Angehörigen persönlich kennengelernt habe. Außer Wilhelm Gess natürlich. Sie treten einer nach dem anderen an die Urne und lesen die eingravierten Worte, die auch den Text der Todesanzeige bilden. *Zeit für mich ...*, das hatte sie auch zu mir gesagt. Ich ertappe mich dabei, wie ich beginne, das Gedicht auswendig zu lernen. Nicht, daß ich es will; meine Lippen formen, stumm erst, dann laut, seine Worte. Als habe es Nadine Hauser an mich weitergegeben.

C.K., am 17. Oktober 1993, Nassau

Eins
Ein gepflegter Schuß

Zeuge Ich hielt ihm die Tür auf. Daraus können Sie mir keinen Strick drehen. Hervé, mein Chef, sagt: »Antoine, du hältst jedem die Tür auf.« Das ist mein Job. Ich bin der Türsteher vom *National* und begrüße Sie im Restaurant.

Der Mann sagte nur: »Machen Sie sich meinetwegen keine Umstände.« Er war sehr höflich. Eine gepflegte Erscheinung. Ich wollte ihm sagen, es mache mir keine Umstände, ihm die Tür zu halten, das sei mein Job. Da stand er schon am Tisch vom Bundesrat und schoß.

Lehrer Gess Wilhelm, sagen Sie? Ich kann mich nicht erinnern, einen Schüler dieses Namens gehabt zu haben. Nein, ich ... nein, wirklich nicht. Da kann ich Ihnen beim besten Willen nicht weiterhelfen.

Bekannte Ich sah es kommen. Ich will damit nicht sagen, ich hätte gewußt, daß er eines Tages jemanden erschießt. Das nicht. Aber irgendwie steuerte alles darauf zu. Ich sagte schon vor zwanzig Jahren: »Eveline«, sagte ich, »dein Wilhelm stellt noch mal was an.«

Passantin Er hielt mich auf dem Bärenplatz an und wollte wissen, wo sich das *National* befinde. Ich dachte, der nimmt dich auf den Arm. »Manche Leute erkundigen sich nach dem Weg zum Matterhorn, nachdem sie es bestiegen haben«, sagte ich. Ich weiß nicht, ob er kapierte, worauf ich hinauswollte. Ich ging weiter und dachte, laß ihn dumm sterben. Als ich bei der Kioskbude meine Zeitung kaufte, hörte ich in der Nähe des Bundeshauses einen lauten Knall, vielleicht eine Fehlzündung, dachte ich.

Zeuge Ich jogge über den Bärenplatz. Jeden Mittag. Ich esse ein Körnerquarkjoghurt im Stehen und jogge mein Quadrat: Bubenbergplatz, Hirschengraben, Bundesgasse, Bärenplatz, Spitalgasse, Bubenbergplatz, die halbe Berner Altstadt. Einmal schaffte ich das Quadrat ein dutzendmal! Zum Duschen und Umziehen brauche ich drei Minuten zwölf, ich habe das gestoppt. Punkt 13.45 Uhr begrüße ich meine Kunden am Schalter der Schanzenpost.

Anders am letzten Mittwoch. Ich joggte meine dritte Runde. Acht hatte ich mir vorgenommen. Am Bärenplatz verließ ein Mann das *National*, schaute mich kurz an und sagte: »'tschuldigung«. Ich blieb stehen und atmete tief durch. Ich dachte, er wolle sich nach dem Weg zum Bahnhof erkundigen, doch statt dessen drückte er mir etwas in die Hand. Ich bedankte mich automatisch. Als ich sah, was er mir in die Hand gedrückt hatte, war er weg. Ich starrte das Ding an. Seit ich weiß, daß mit dieser Waffe ein Mensch getötet wurde, bilde ich mir ein, sie habe in meiner Hand noch geraucht. Ich entdeckte den Mann beim Kiosk. Er stellte sich in die Reihe, um seine Zeitung zu bezahlen. Ich rief: »He, Sie da!« und wollte ihm nachlaufen. Da erhielt ich einen Schlag auf den Hinterkopf und verlor das Bewußtsein.

Sie haben das Bild in der Zeitung gesehen. Ich stehe mit gezückter Waffe, wie man so sagt, vor dem *National*. Oben sehen Sie das Wirtshausschild. Es war kein Fotograf dabei, als es geschah. Natürlich nicht. Sie fragen mich also zu Recht, wie diese Aufnahme zustande gekommen sei. Ich werde es Ihnen sagen. Ich ließ mich übertölpeln. Ich trage auf dem Foto ein Hemd mit Krawatte. Natürlich *nicht* meinen Joggingdress.

Es war nicht einmal dieselbe Pistole. Die hat die Polizei beschlagnahmt. Um ehrlich zu sein, es war ein Juxfeuerzeug. Sieht aus wie eine Pistole, doch drückst du ab, gibt sie Feuer. Sehr witzig. Ich bin Nichtraucher. Sie verstehen: Das Foto ist gestellt.

»Da, nimm!« sagte der Fotograf, drückte mir die Pistole in die Hand und stellte mich vors *National*. Als ich protestieren wollte, hatte er schon »Cheese!« gesagt, und das Foto war im Kasten. Er klopfte mir auf die Schulter. »Jetzt lauf brav nach Hause, Junge! Hast Anrecht auf eine Gegendarstellung am übernächsten Tag.« Am nächsten Tag – der Täter lief noch immer frei herum – war ich in der Zeitung. Über mir steht in riesigen Buchstaben »Killer sagt: Ich bin ein Justizirrtum!« Mit der Waffe in der Hand! Es ist nicht schön, so etwas über sich in der Zeitung zu lesen.

Als ich wieder zu mir kam, lag ich am Boden, mit dem Gesicht nach unten. Jemand hockte auf meinem Rücken, meinen Arm im Polizeigriff, und drückte jedesmal hoch, wenn ich sagte: »Was wollen Sie von mir?« Wie soll man sich da verteidigen? »Scheißkerl!« zischte mir der Kerl ins Ohr, »Ich mach' dich alle, Kröte!«

Der Täter war natürlich verschwunden. Ich mache der Polizei keinen Vorwurf. Das möchte ich an dieser Stelle betonen. Die Polizei tat nur ihre Pflicht. Ich stand mit der Waffe in der Hand vor dem Tatort, da mußte sie mich festnehmen.

Das gibt's doch nicht! Betritt einer ein Lokal, bestimmt dreißig Leute sitzen gemütlich beim Mittagessen, er tötet jemanden und geht wieder. Einfach so. In aller Seelenruhe. Als hätte er eine Tasse Kaffee getrunken. Mir drückt er die Tatwaffe in die Hand, um sich den Fluchtweg freizuhalten. Diese glühenden Augen werde ich nie vergessen. Er schlendert durch die Marktstände, drückt eine Melone, um den Reifegrad zu prüfen, zögert, ob er sie mitnehmen soll, nein, weiter: Am Kiosk an der Ecke kauft er eine Zeitung, aber da hat man mich schon niedergeschlagen. Die Recherchen der Polizei ergaben, daß es der *Blick* war. Wollte er wissen, ob schon etwas über seine Tat drinsteht?

Ich sage nur: Organisiertes Verbrechen. Das gibt es auch bei uns. Dem muß man endlich klar ins Auge sehen. Mir war, bevor ich für kurze Zeit wegtrat, als gebe der Killer jemandem ein Zeichen. Ich bin mir nicht sicher, jedoch ... Sie verstehen? Ein Mann mit Schnurrbart ... Ein Komplize, irgendwo in der Menge ... Vielleicht war die Melone das Zeichen: Er kauft sie, heißt: eingreifen, er kauft sie nicht, heißt: alles o.k. Er kaufte sie nicht. Ich gab meine Vermutung zu Protokoll. Der Polizeibeamte war kurz angebunden. Zu meiner Theorie sagte er nichts. Doch er nickte sehr, sehr besorgt.

Zeuge Hörst immer, wenn sie 'ner alten Lady 's Täschchen klauen, staunen alle, bis der Kerl verschwunden ist. Vorher setzt keiner seinen Arsch in Bewegung. Und weißt du was? Eines Tages verreckt die Welt da dran. *Ich* handelte blitzschnell. Den Killer hab' ich mit dem Schlangenblick entwaffnet. Ich starrte mein Opfer an wie 'ne Schlange ihr Karnickel. Dem fiel die Knarre aus der Hand, und das war's dann für ihn.

Klar, erst war auch ich perplex. Komisches Gefühl, wenn in 'nem Lokal geschossen wird. Vor allem in so 'nem Etepetetelokal. Alles Kirschtörtli, Bärlauchsüppli und Schätzli, willst noch 'n Cüpli. Ich geh' nie ins *Naz*. 'n geplatztes Meeting zwang mich, hier mal so wie zufällig aufzukreuzen und mit dem Krawattenträger, der hier hockte, Klartext zu reden, während die anderen den Bundesladen gegenüber schmeißen. Mit mir läßt man keine Meetings platzen.

Also hocke ich hier und warte, schon latscht einer rein, der Grüßonkel hält dem die Tür auf, der Kerl marschiert quer durch die Tortenesser und Liqueurtrinker, erlegt den Minister, von dem ich bei der Gelegenheit zum ersten Mal hörte, mit 'nem gepflegten Schuß, haut wieder ab, und der Grüßonkel wünscht ihm 'nen geruhsamen Aufenthalt in der schönen Stadt Bern.

Eiskalt, sag' ich dir. Paff, und der Mister Minister kippt in seinen Apfelstrudel. Stille. Totenandacht. Keiner kann sagen, wie lange das dauerte. Zwei Sekunden, die heilige Ewigkeit.

Ich als erster hoch wie 'ne Sprungfeder, durch die Tür raus – und die Maus hockt in der Falle. Das war beschissen, sag' ich dir. Der Killer steht mir gegenüber. High noon, denke ich. Hab' wohl zu laut gedacht. »Da ist er lang!« sagt der Kerl und zeigt mit der Pistole auf den Melonenstand. Etwas plumpes Ablenkungsmanöver. Er versucht's noch mal. »Da lang!« Jetzt richtet er die Waffe gegen mich. Wie 'n nackter Finger zeigt sie auf mich. Ich grinse vorsichtig. Wenn du so 'ne Nummer durchziehen willst, ist eisernes Schweigen angesagt.

Noch ist nichts entschieden. Schießt er? Unerträgliche Spannung. Ich schweige und schaue ihn an wie die Schlange das Karnickel. Volle Konzentration. Das irritiert massiv. »Da lang ...«, stottert er wieder. Ich starre. Die Waffe starrt zurück. Ich spür' den Druck zwischen den Augen. Du spürst die Stelle genau. Ein unsichtbarer Finger legt sich zwischen deine Augen und drückt und drückt. Die Welt ist weg. Keiner hilft, alle stehen da und gaffen.

Da drückt mir der Killer die Waffe in die Hand. Ich grinse. Jetzt geht alles blitzschnell. Man hat nur eine Chance. Schon liegt der Kerl am Boden, ich obenauf, und wenn die Maus piepst, zieh' ich den Arm hoch. Die Menge klatscht. Die Polypen treffen kurz vor Feierabend ein. Wie immer.

Sonja »Eveline«, fing ich an, »Wilhelm hat –«

»Augenblick, Sonja ...«

So ist es immer.

Ich wollte es hinter mich bringen. Ihr sagen, so und so ist es, und was jetzt? Mich beschäftigte in diesem Moment die Frage, wie ich es ihr mitteilen konnte, mehr als Wilhelms Tat. Bevor man meiner Schwiegermutter etwas sagen kann, spult sie ihr Ritual ab. »Wie geht es Walter? Wie geht es meinem Sohn? Was gibt es Schönes?

Wie geht es dir, Sonja? Du nimmst es mir nicht übel, daß ich dich immer zuletzt frage?« Wir telefonieren regelmäßig, doch Eveline benimmt sich jedesmal so, als kämen wir von einer fünfwöchigen Safari zurück. Wir brauchen nicht einmal wegzufahren. Jedes Telefongespräch mit uns, mit ihrem Sohn oder über ihn, ist für sie eine Rückkehr.

»Ich freue mich, daß ihr alle heil und gesund wieder da seid. Man hat ja heutzutage so viele Möglichkeiten, und Möglichkeiten, Sonja, entpuppen sich leider Gottes meist als Gefahren. Aber dir brauche ich das nicht zu sagen, du bist ja die Vernunft in Person.«

Sie verleiht mir diesen Titel oft. Daß ich ihn nicht verdiene, weiß sie besser als ich. Dahinter verbirgt sich der Wunsch, ich möge diese Vernunftsperson endlich werden. Für Wilhelm. Ihm gilt der Schutz der Welt, um ihn dreht sie sich. Und wie ich es Eveline verüble, daß sie sich immer zuletzt nach mir erkundigt! Vielleicht, eines Tages, werde ich jene Vernunftsperson sein. Dann aber für mich. Noch bin ich nicht soweit. Ehrlich gesagt, reizt mich eher das Gegenteil, auch wenn mir, wie es aussieht, Wilhelm zuvorgekommen ist.

Wir waren übers Wochenende im Montafon. Wandern. Walter, unseren Sohn, zog es in die Berge. Ich war erstaunt, daß der zögerliche Junge diese Entschlossenheit an den Tag legte. »Ich will in die Berge!« lautete das Kommando, also packten wir am Samstag das Auto und fuhren los. Ich dachte, Wilhelm und mir täte ein solches Wochenende auch gut. Reden und wandern; doch Wilhelms einziges Ziel war es, an Höhe zu gewinnen. Walter zog die Hand seines mürrischen Vaters meiner vor. Ich lief voraus, um mir diesen Anblick zu ersparen.

Frische Bergbrise, klare Sicht, der Himmel blau, von watteweißen Streifen durchzogen. Hin und wieder mein fröhlicher Ausruf, der Hinweis auf ein Tier, das in einer Erdspalte verschwand, auf eine Wolke, die sich vor unseren Augen von einer rätselhaften Gestalt in eine andere verwandelte. Vor mir die unerreichbare Ferne einer Bergkette am Horizont. Hinter mir Schweigen. Am Sonntag waren wir früh zu Hause.

Am nächsten Wochenende hätte Walter seiner Großmutter gehört. Großer Garten, Schwimmbad im Keller, ein einstiges Kinderzimmer, das Walter zuliebe noch immer *betrieben* wird (wie Eveline sagt), besorgte Gespräche über Walters Eltern, die den Jungen überfordern. Eveline bestand darauf, daß der Knabe bei ihr übernachtete. Das schloß die Gutenachtgeschichte auf der Bettkante, den Kuß auf die Stirn ein. Stielaugentierchen basteln. Oma spielen. Sie drückte Walters Hände, als wären es die Hände Wilhelms. Ob Walter auch gern zu ihr komme, fragte sie mich besorgt. Ja, muß ich ihr versichern, er komme gern; für meinen Geschmack, was ich ihr nicht sage, zu gern. Ich müsse ihn nicht eigentlich schicken, eher zurückhalten, fügte ich hinzu. Er bedränge mich, wann er wieder zur Oma dürfe – ins Schwimmbad, stellt brav mein Kleiner klar, und dafür gibt's von mir einen Kuß auf die Stirn.

An Eveline nagt die tiefe Unsicherheit, ständig etwas falsch zu machen. Jedes Wort wägt sie ab. Dennoch platzt sie oft mit einem unbedachten – oder ist es manchmal doch ein bedachtes? – in unser Leben. Aufgesetzte Fröhlichkeit übertüncht ihre bodenlose Trauer. Ihr Gott meint es gut mit ihr, er quält sie mehr, als er Hiob quälte. Mit den unverfänglichen Fragen will sie im

Umgang mit ihrem Sohn – schwieriger ist es mit mir – den Boden unter den Füßen zurückgewinnen. Gerne würde sie mit Walter das Experiment mit Wilhelm, das jetzt gescheitert ist, wiederholen. Ihr Halt ist weg, seit sie sich scheiden lassen mußte und Franz Gottes Zorn keineswegs traf.

Sie gewinnt im Gespräch Zeit mit Floskeln, um dabei ihre Gedanken zu ordnen. Gelingt ihr das nicht, unterbricht sie, entschuldigt sich, der Briefträger habe geklingelt oder es rieche angebrannt aus der Küche, was wahrscheinlicher ist: Eveline ist eine leidenschaftliche Kuchenbäckerin. In der gewonnenen Zeit übt sie das Gespräch mit mir. Sie legt sich Sätze zurecht, die sie anbringen will, und weiß, welche sie besser vermeidet.

»Also, Liebes, was ist mit deinem Wilhelm?« fragte sie am Freitag.

»Das macht es so schwer.«

»Was macht es so schwer, Sonja?«

Ich hielt es nicht länger aus. Den Satz hatte ich aufgeschrieben. Ich wußte, um ihn frei über die Lippen zu bringen, mußte ich ihn ablesen. Jetzt hatte ich den Einsatz verpaßt. Das Gespräch mit Eveline war im Gang, ihre Regeln bestimmten es. Sie führte es mit ihrer unerbittlichen Fröhlichkeit, in der ihre Trauer fußt. Ich hätte den Satz grußlos in die Hörmuschel schreien und sie damit allein lassen sollen.

Eveline, dein Sohn hat Bundesrat Lüthi umgebracht!

Statt dessen zerknüllte ich den Zettel, warf ihn auf den Boden und schrie in den Hörer: »Kannst du nicht ein einziges Mal zuhören, Eveline! Abwarten, was man dir sagen will! Du hast doch nicht jedesmal einen Kuchen im Rohr!« – und legte auf.

Zeuge Ich überwachte in der Küche die Zubereitung des Apfelstrudels, als der Schuß fiel. Wenn ein membre unserer geschätzten Landesregierung mein bescheidenes Haus aufsucht – und beileibe nicht nur Dr. Lüthi pflegte diese Angewohnheit –, kümmere ich mich persönlich um sein Wohlergehen. Die Bedienung muß ablaufen comme l'acte d'amour, comprenez, wie ein Staatsakt, sans panne. Ja, wenn Dr. Lüthi bei mir seinen geliebten Apfelstrudel verzehrte, war das ein intimer Staatsakt. Bescheiden und immer allein saß der Magistrat in seiner Nische. Ohne Aufsehen um seine Person. Nie wurde er belästigt. Meine habitués respektierten seine Ruhe.

Damit ist es jetzt vorbei. Ein einziger Schuß warf die Gastronomie um ein ganzes siècle zurück. Einige Sekunden veränderten das Land. Nichts wird wieder so sein, wie es vor diesem 16. Juni war! Die Regierungsmitglieder werden fortan wie überall in gepanzerten Limousinen vorfahren. Sicherheitsdispositive, Bodyguards, dégustateurs und deutsche Schäferhunde werden die Routen der Minister, l'armée den Menuplan bestimmen. Kein Magistrat wird mehr zu Fuß zu mir über den Bärenplatz kommen, als petite démonstration de sécurité unseres Landes.

Et pourquoi? Parce que ce petit con, ce crétin de connard, cet espèce d'Arschloch, excusez-moi, beliebte durchzudrehen! Sans aucune raison! Ein Zukurzgekommener, ein Würstchen, das seinen Frust an der Umwelt abreagiert! Bestimmt arbeitet er an einer Zapfsäule und ist den Benzindämpfen ausgesetzt, die sein Hirn aufweichen, seinen Geschmackssinn verderben und ihm eingeben, er müsse meine Gäste erschießen! Am weekend hockt er in seinem Stadtrandsilo, die Welt besteht für ihn aus Beton, wo er hinschaut, nur Beton, draußen Beton, drinnen Beton, im Spiegel Beton, im Kopf Beton, Beton, Beton, *Beton!!!* – Un petit Marc, peut-être? Excusez-moi, es entspricht nicht meinem naturel, die contenance zu verlieren.

Hier, am Herd, hörte ich den Schuß. Dann nahm ich die Stille wahr. Sie übertrug sich auf die ganze Küche. Keine Panik, Stille. Sie sog alles auf. Niemand war in der Lage, sich zu rühren. Vorsichtig, um kein Geräusch zu verursachen, schlich ich durch die Küche und drückte die Flügel der Schwingtür auf. So stand ich, die Arme ausgestreckt, comme Christ crucifié, im Türrahmen.

In seiner Bewegungslosigkeit gemahnte der vollbesetzte Saal an das Monumentalbild eines Géricault oder David. Ich stehe vor einem Gemälde historischen Ausmaßes. *Rückzug von Marignano.* Betrachtet man ein Gemälde dieser Wahrhaftigkeit lange genug, gewinnt es das Leben zurück, aus dem es einst entstanden ist, comprenez? In meinem Lokal ereignete sich just das Konträre. Das Leben erstarrte zu einem tableau. Der Pistolenschuß war der fotografische Blitz, der die gespenstische Szenerie für einige Sekunden einfror und festhielt. Vor meinen Augen erstand das tableau, das noch auf seinen Hodler wartet, es auf die Leinwand zu bannen.

Erst das leise, plötzlich aufbrausende Husten von Pfarrer Obrecht erweckte das tableau zu neuem Leben. Er hustete. Ihm war, wie sich herausstellte, eine Fischgräte im Hals steckengeblieben. Wäre nicht Frau Dr. Ruchonnet gewesen, wir hätten an diesem schwarzen Mittwoch einen zweiten Todesfall zu beklagen gehabt.

Sobald es Pfarrer Obrecht möglich war, eilte er zu Dr. Lüthis Tisch. Als er gewahr wurde, daß der HERR den Bundesrat bereits in seine Obhut genommen hatte, sprach er einige Worte des Trostes, die damit endeten, daß alles seinen Sinn habe, auch der plötzliche Tod des Hans Lüthi. La porte-parole du Bon Dieu schloß mit dem Psalm-Wort »Befiehl dem HERRN deine Wege und hoffe auf ihn, ER wird's wohl richten«. Pfarrer Obrecht rettete, ohne es zu wollen, die Situation. Er hustete, pour ainsi dire, Leben in das tableau zurück. C'était le souffle de Dieu.

Darauf brach der Tumult aus.

Als hätte das Mademoiselle Zemp, einst die Perle der Lauben, nur auf das Husten des Seelsorgers gewartet, schrie es mit seinem Fistelstimmchen brusque auf, seine Lunge pfiff, bis ihm die Luft ausging und das Fräulein ohnmächtig wurde, worauf das Gekläff eines Hundes den Ton aufnahm. Gläser klirrten, Teller brachen, Holz krachte, Gekreisch, Gebrüll, ein Inferno war ausgebrochen. Stühle polterten zu Boden. Jemand riß eine Lampe von der Wand. Man rannte ins Freie, um dem Amokläufer zu entkommen. Einer floh durch die Küche. Der ungepflegte junge Mann beim Eingang, von dem ich mich wunderte, daß ihm Antoine Einlaß gewährt hatte, stürzte durch die Tür und schlug auf dem Bärenplatz blindwütig einen unbescholtenen Passanten nieder.

Während einige flüchteten, andere erstarrt sitzen blieben, stand wie vom Boden ausgespuckt Dr. Ochsenbein, der angesehene dentiste, beim Bundesrat, doch konnte er nur noch dessen Amtstod feststellen. Regierungsrat Franscini, der sich geistesgegenwärtig die Reste der Bärlauchsuppe von den Lippen wischte, bedeutete Ständerat Druey, sitzen zu bleiben, da es im Augenblick für einen Finanzexperten dort wenig zu tun gebe, und folgte Ochsenbein an den Tatort.

Vom Täter fehlte jede Spur. Mein Standort erlaubt es mir, zumindest einige wenige Angaben zu seiner Person zu Protokoll zu geben. Der Mörder ist von mittlerer, gedrungener Statur, vielleicht 1.69, 1.71 groß und zieht sein linkes Bein leicht nach. Ich vermute eine Kinderlähmung, die man bei Ausländern – und ein solcher muß er wohl auch sein – oft zu spät erkennt, um effizient dagegen vorzugehen. Haare blond, ins Bräunliche gehend, kurz geschnitten. Je veux dire, sehr kurz geschnitten. Ziemlich kräftig gebaut. Sein Gang war behende, trotz Lähmung. Man merkte ihm kaum etwas an. Doch da er es sehr eilig hatte, das *National* zu verlassen, verlieh ihm sein Gebrechen einen schlingernden Gang, fast ein Torkeln. Ein kenterndes Schiff, le bateau ivre. Ich sah ihn auf der Höhe von Tisch 7, also gleich beim Ausgang. Die Waffe hielt er gesenkt. Sein Gesicht wies die stupide, blöde und böswillige Physiognomie eines jeden Umstürzlers auf. Dann verließ er mein Lokal. Antoine kam selbst in dieser Situation seiner Pflicht nach und öffnete dem Mörder die Tür, wofür ihm Hochachtung, nicht Spott gebührt.

Leider bleibt mir an dieser Stelle eine andere Peinlichkeit zu vermelden, deren Ursache ohne Zweifel auch in der allgemeinen Verwirrung zu finden ist. Die Menschen reagieren imprévisible en état de choque. Hinter mir öffnete sich die Schwingtür, unser jüngster Kellner, Guillaume, verließ die Küche, schubste mich zur Seite, eilte, den Blick gesenkt, denselben Weg, den eben der Mörder zurückgelegt hatte, durchs Lokal zur

Menge Schaulustiger, durch die er sich, mehrmals »Attention!« rufend, drängte und in offensichtlicher Fehleinschätzung der Situation den Apfelstrudel mit einem lauten »Bon appetit!« dem bereits toten Bundesrat servierte.

Eveline Ich nahm Sonjas Anruf im oberen Stock meines Hauses entgegen. Es war am frühen Freitagnachmittag, fünf nach zwei. Ich habe die Zeit in die Agenda eingetragen. Während Sonja sprach, schob ich den Vorhang zur Seite und blickte auf die Straße. Die Sonne schien, Quellwolken zogen von Osten her über den Himmel und hinterließen milchige Strähnen.

»Wilhelm hat –« schrie Sonja gehetzt in den Hörer, dann brach ihre Stimme ab. Die Anrufe der jungen Leute werden immer seltener, Kleinode, Perlen in meinem Alltag. Selber telefoniere ich kaum. Ich ziehe meine eigenen Kreise, wie Wilhelm sagt.

Um diese Zeit arbeitete er auf dem Amt. Er verwaltet als Sachbearbeiter die Rentendossiers. Meine erste Frage galt Walter, meinem einzigen Enkel. Im Augenblick ist er ein heikles Thema im Hause Gess. Soll er noch diesen Herbst eingeschult werden, oder ist es besser, ein Jahr zu warten? Ist er jetzt zu jung, später zu alt? Auch Wilhelm ist ein Dezemberkind. Ich meine, ich entschied mich damals zu Recht fürs Warten. Walter hat den feingliedrigen, zerbrechlichen Körper seines Vaters, nicht den bulligen seines Großvaters, meines Mannes. Bestimmt täte es auch Walter gut, das Mutternest noch etwas zu genießen und die Elternwärme aufzusaugen, damit es für ein Leben reicht.

Meine Telefongespräche beginnen meist mit der Frage nach Walter. Eine Gewohnheit, in der ich nichts Schlechtes zu erkennen vermag. Ein Grund, mich anzuschreien, ist das nicht. Sonja ist nervös. Wilhelm ist einsilbiger geworden, wenn er von Sonja spricht. Aus den hingenommenen Flausen, über die er lachte, wenn ich ihn darauf ansprach, sind Sorgen geworden, die man besser nicht mehr erwähnt. In ihren Umgang nistete sich etwas Rationales ein. Sonja sagt mir zu oft, ob etwas auch wirklich notwendig sei, Wilhelm wehrt sich zu wenig. In das Glänzen seiner Augen mischt sich eine traurige Blässe. Sonja ist provozierend fröhlich. Mir entging nicht, daß diese Fröhlichkeit nicht mehr Wilhelm gilt.

Gib ihr ein paar Minuten Zeit, dachte ich und unterbrach meine Schwiegertochter, bemüht, meiner Stimme einen fröhlich-besorgten Unterton zu verleihen.

»Ich rufe dich gleich zurück, aus der Küche riecht es etwas angebrannt ...«

Sie schrie mich noch heftiger an.

»Eveline, verdammt noch mal, du hast doch nicht jedesmal einen Kuchen im Rohr, wenn ich dich anrufe!«

Sie knallte den Hörer auf die Gabel. Klack! weg war ich. Aus ihrem Leben geworfen.

Sonja hat keine Geduld mehr. Sie mutet sich zu viel zu, Beruf und Ehe, Kind und Karriere. Freiheit, so viel Freiheit. Die Jungen wissen nicht, wohin damit. Unsere Freiheit bestand darin, nicht entscheiden zu müssen. Uns stand nur ein Weg offen, oft genug war es der falsche. Doch war es der Boden, auf dem wir standen. Ach, mit der Zeit gleichen sich die vermeintlich richtigen Wege den falschen an. Heute ist alles möglich, nichts gilt mehr. Weicht der Weg um Haaresbreite vom vorgestellten Glück ab, schlägt man einen neuen ein. Das laue Gefühl im Magen genügt, um die Richtung zu wechseln. Unser Lebenskorsett war vielleicht nicht besser. Aber nur Möglichkeiten?

Sonja hat sich noch nicht entschieden. Sie probiert die Möglichkeiten anderer Leben. Darum beneide ich sie, und gleichzeitig bin ich froh, nicht ihre Angst haben zu müssen. Ihre Arbeit im Fitness-Studio ist eine solche Möglichkeit. Sie ist den Reizen offen ausgesetzt. Ihre Gedanken beschäftigen sich mit den Körpern der Männer, die sie trainiert. Es wäre ein Wunder, hätte sie nicht schon von den eigenen Erkenntnissen profitiert. Und? Tut's gut? Führt das Befriedigen aller Bedürfnisse zum Glück? Ich sehe, daß sie leidet. Sie meint es ernst. Und in ihrem Leiden zerreibt sie Wilhelm.

Ich machte eine Notiz in meine Agenda: unbedingt mit Wilhelm sprechen. Vielleicht am Sonntag, wenn Sonja zu einer Freundin nach Altstätten fährt und Wilhelm Walter bei mir abholt?

Soziologe Es war absolut nicht voraussehbar, daß W.G. eine solche Tat begehen könnte. Tragisch ist es natürlich schon, daß es immer erst einen Toten geben muß, bis man sich differenzierter mit einem Menschen auseinandersetzt. Das wird jetzt alles aufgeklärt, das versichere ich Ihnen. Kein Detail bleibt unbeleuchtet. Steinchen für Steinchen fügen wir das Mosaik dieses Menschen zusammen, bis wir wissen, wen wir vor uns haben. Wir werden daraus konsequent Schlüsse ziehen. Doch auch das wird eine künftige vergleichbare Tat nicht in jedem

Fall ausschließen. Man kann nicht alle potentiellen Täter präventiv internieren. Pannen passieren nun einmal.

Sonja Ich war im Wohnzimmer, als ich Eveline anrief. Bevor mir Brugger mitgeteilt hatte, was geschehen war, suchte ich die neuen CDs auf Rhythmusstücke für den Jazztanzkurs ab. Ich starrte den zerknüllten Zettel an, der vor mir auf dem Boden lag, und hob ihn auf. Ich stopfte ihn in die Hosentasche. Wilhelm mag es nicht, wenn Abfall in der Wohnung herumliegt, und zum ersten Mal machte es mir nichts aus, ihm diesen bescheidenen Wunsch zu erfüllen.

Damit Eveline nicht zurückrufen konnte, klappte ich das Funktelefon auf und steckte es auch in die Tasche. Ich lief ins Bad, stemmte mich gegen das Lavabo und schaute mich im Spiegel an. Ich wollte mich heulen sehen, die zerzauste Frisur, die Augenringe, die gerötete Stirn. Ich dachte, ich würde mich eher beruhigen. Im Spiegel stellte ich fest, daß ich nicht heulte. Man hätte mir nichts angesehen. Ich gab Wilhelms Rasierwasser einen Stoß. Es fiel zu Boden und barst. Ich hörte mich kichern. Ich kauerte hin und umkreiste die Scherben mit einer Lippenstiftspur. Aus Wilhelms Becher angelte ich seine Zahnbürste und verstrich den Lippenstift. Das Violett vermischte sich mit dem bläulichen Rasierwasser. Der Rasierapparat krachte zu Boden. Natürlich voller Haarstoppeln! Wie ich das hasse! Ich blies sie weg, die Stoppeln wirbelten durchs Bad. Ich stand auf und nahm meinen Kopf in die Hände. Er schien runder als gewöhnlich. Ich hielt ihn dicht vor den Spiegel. Tatsächlich, mein Gesicht war bleich, die Haut glänzte wächsern. Mit den Fingerspitzen glitt ich über die Wangen und hinterließ Spuren. Die Nägel müßten neu lackiert werden. Ich trug Schminke auf. Du willst doch heute nicht etwa ins Studio? Doch, ich werde hingehen, zwei Stunden so tun, als ob. Die Menschheit will fit sein, körperlich zumindest. Meine Hände zitterten. Ich versuchte sie ruhig zu halten, spreizte die Finger und spannte sie an, doch ganz gelang es mir nicht. Ich dachte an die Schlangen, die mit ihrem sensiblen Körper ein Erdbeben Stunden vorher erfühlen und sich rechtzeitig in Sicherheit bringen. Wir können das nicht. Wir spüren nie etwas im voraus. Das Erdbeben ist immer schon vorüber, bis wir es wahrnehmen. Ich fühlte das Nachbeben. Die Nachwut.

Jetzt war ich bereit.

Die Lippen grell geschminkt, fischte ich das Telefon aus der Tasche, wählte Evelines Nummer und züngelte: »Dein Sohn hat Bundesrat Lüthi erschossen.«

»Bist du das, Sonja? Weshalb ...« Sie stockte. »Was sagst du da?«

Die Schlange war bereit. Verspritzte ihr Gift.

Ich hielt das Telefon zwischen Schulter und Wange eingeklemmt. Wieder zersplitterte etwas. Ich kicherte. Das Gerät war mir heruntergefallen. Es lag am Boden und machte: »Sonja, Sonja!« Je länger ich es liegenließ, desto ungeduldiger blökte es.

»Sonja! Sonja?«

»Er war's. *Er* – war's!«

An der Unterseite des Telefons fehlte ein Plastiksplitter. Ich brach noch ein Stück heraus und ritzte meinen Daumen: Blut rann. Es tat weh. Ein guter Schmerz.

»Wer-war-was?« piepte hilflos das Gerät.

Ich hob das Telefon auf. »Wir haben darüber gesprochen, Eveline. Du hast dich gefragt, wer in diesem braven Land zu einer derart unsinnigen Tat fähig sei.« Ich stand im Gang, schmierte Evelines Namen mit dem Lippenstift an die Wand und strich ihn durch. »Nun hast du die Antwort: Dein braver Sohn ist es. Wilhelm, nicht August. Der Lieblingssohn, dein ganzer Stolz, nicht das schwarze Schaf. Dabei warst du überzeugt, August mit seinem Versandhandel sei zu allem fähig.«

Wechsel in die Küche: Ich hatte tatsächlich Lust auf Pesto! Da war noch ein Glas von vorgestern, als ich mit Wilhelm vor dem Fernseher aß. »Erinnerst du dich nicht? Du riefst am Mittwochabend an. ›Hast du das gehört, Sonja! Jemand hat ein Mitglied unserer Regierung getötet. Einen Bundesrat! Das hat es noch nicht gegeben!‹« Ich warf mich im Wohnzimmer in Wilhelms Sessel und lutschte an meinem Pestofinger. »›Ist das nicht unglaublich? Wo soll das alles nur enden? Es ist nicht weit her mit unserer Zivilisation, dem menschlichen Zusammenleben!‹ Wir besprachen das Zivilisationsrätsel eine Viertelstunde lang. Die Lösung hockte in der Stube, reinigte sich mit meiner Feile die Nägel, was ich hasse, und hörte sich geduldig unser Gespräch an.«

»Ich verstehe nicht ...«

»Ich auch nicht.«

Ich holte tief Luft.

»Am Mittwoch ging Wilhelm nicht aufs Amt. Statt dessen fuhr er nach Bern, kaufte sich eine Waffe und erschoß Bundesrat Lüthi im Restaurant *National* am Bärenplatz. Herzschuß. Ein gepflegter Schuß, wie Jäger sagen, und der Hirsch war erlegt. Während der Arbeitszeit, Eveline. Der Beamte Gess erschoß den Beamten Lüthi auf Staatskosten. Wir, der Souverän, haben das finanziert. Doch wenn wir das schon bezahlen, hätten wir die Sache nicht auch anordnen müssen ... Sag mal, Eveline, würde das Volk über die Hinrichtung von Bundesrat Lüthi abstimmen und käme ein, wenn auch bestimmt äußerst knappes, nichtsdestoweniger demokratisches Ja zustande, da müßte sich die Regierung doch an den Volksentscheid halten, oder gäbe es für diesen Fall eine juristische Hintertür, mit der man sich aus der Demokratie, die einen Mord anordnet, stehlen kann? Ich meine, gerade die Politiker berufen sich doch andauernd auf die Demokratie, die angeblich immer nur die anderen mit Füßen treten ... Eveline, hörst du mir zu? ... Die Demokratie, die die Todesstrafe abgeschafft hat, kann sie auch wieder einführen, und der nächste Schritt, wenn auch ziemlich revolutionär, wäre es doch, auch über die Opfer abzustimmen. Würden die Politiker nicht ein bißchen mehr darauf achten, was sie anrichten, wenn es hin und wieder, am besten nach jeder Amtszeit, Rübe-ab-Volksabstimmungen gäbe? Wir hätten die Totaldemokratie ...«

So hätte Wilhelm geredet, eine, wie er es nennt, *Nummer* daraus gemacht. Er besitzt ein Gespür für den Augenblick, in dem sich in eine Gesellschaft schwerfälliger Ernst einzuschleichen droht. Dann griff er mit einer Nummer ein, nahm einen Faden des Gesprächs auf, sponn ihn weiter, bis er jenseits aller Logik und Vernunft angelangt war. Seine Zuhörer lehnten sich genüßlich zurück, bestellten Bier nach, kicherten, lachten, schlugen sich auf die Schenkel und nickten ihm zu: Ist er nicht ein toller Hecht, unser Willi! Wilhelm selber trug seinen Unsinn mit ungerührtem Ernst vor, ein sicheres Mittel, Lacherfolge zu erzielen, aber auch, die Fröhlichkeit den anderen zu überlassen.

Eveline ging das alles nichts an. Sie fragte nur: »Im *National*? In welchem *National*?«

»Am Bärenplatz. In der Nähe vom Bundeshaus. Dort verkehren die Politiker, hohe Staatsbeamte, Nationalräte, auch Bundesräte. Wenn dir einer nicht paßt, brauchst du nur hinzugehen und ihn zu erlegen. Im Grunde das einzig Richtige: Hingehen und schießen. Das Volk spricht. Käme das Verursacherprinzip tatsächlich zur Anwendung, hätten wir auf einen Schlag eine blutjunge Regierung, keine greisen Hinterbänkler mehr, denen auf jede Frage nur ein Nein! einfällt. Endlich, endlich würde uns die Zukunft regieren! *Wir* würden uns regieren. Wilhelm ist ein Pionier..., verstehst du, Eveline, ein Pionier!«

Ich seufzte; gleichmäßig hörte ich ihren Atem in der Muschel. Nichts zu machen. Sie war nicht aus der Ruhe zu bringen.

»Wir waren einmal im *National,* Eveline, ich war mit Walter schwanger. Wir kamen von Freunden im Berner Oberland, die wir aus den Augen verloren haben. Wilhelm, diese hoffnungslos treue Seele, beklagte sich oft über das willkürliche Verschwinden von Freunden aus seinem Leben. Die Zeit der Freundschaft sei abgelaufen, da wende man sich neuen Namen, neuen Gesichtern zu. Auf dem Rückweg hatten wir die Idee, unser Kind zu begießen. Die Neuigkeit war noch frisch. Wie teilt man so etwas mit, ohne falsches Pathos und mit aufrichtiger Freude? Wir hoben die Gläser und sagten es dir. Da ging es dir gut, Eveline. Für Walter in meinem Bauch war es der erste Schluck Champagner. Ich glaube, damals saß auch ein Bundesrat im Lokal. Es muß einer dagewesen sein. Lüthi, wer sonst. Damals, im glücklichsten Augenblick, entschied sich möglicherweise alles. Zeichnete sich in Wilhelms Hirn der Schuß schon ab? Ob es mit unserer Liebe so sei wie mit den vergänglichen Freundschaften, wollte er beim zweiten Anstoßen von mir wissen. Ob sie eines Tages auch einfach abgelaufen sei? Ich antwortete nicht, glaubte, Walter sei Antwort genug. Du glaubst ja an die Vorbestimmung, Eveline. Gott setzte Lüthi nicht ohne Hintergedanken in Wilhelms Blickfeld. So schließen sich deine göttlichen Kreise. Erinnerst du dich?«

»Ich ... nein.«

Was denkt sie jetzt? dachte ich. Was geht in ihr vor? Kracht der Schuß endlich auch in ihrem Kopf?

»Wilhelms Schuß gilt nicht nur mir, auch dir, Eveline, und deinem Gott.«

»Doch, ja«, sagte sie nach einer Pause, »ich erinnere mich. Wir tranken Kir Royal, nicht wahr?«

»Das weiß *ich* nicht mehr.«

»Wegen der Fernsehserie, Sonja. Wir wollten das versuchen. Du hast gesagt –«

Sie unterbrach sich. Wir schwiegen. Nichts krachte. Und jetzt? War unser Thema eine Fernsehserie?

»Ich hatte wirklich einen Kuchen im Ofen, Sonja«, sagte sie nach einer Pause. »Vielleicht nicht jedesmal, wenn ich es sagte. Doch jetzt hatte ich tatsächlich einen Kuchen im Rohr. Einen Lauchfladen, ein neues Rezept, das ich –«

Ich hatte sachlich bleiben, sie mit meiner Sachlichkeit aus der Ruhe bringen wollen, damit ich mir meine bewahren konnte. Nur eine von uns konnte ruhig bleiben.

»Begreifst du denn nicht!« schrie ich sie an. »Sie haben Wilhelm abgeführt, Eveline! Deinen Sohn! Heute morgen um Viertel vor elf haben sie ihn geholt. Verhaftet, einkassiert, abgeführt wie ... nein, eben nicht wie einen Verbrecher!«

Sie holten ihn im Amt. Brugger, sein Arbeitskollege, sagt, keiner habe gemerkt, was da vor sich gehe. Wilhelm sei einfach verschwunden. Freitag früh ging er arbeiten, wie immer. Letzter Kontrollblick in den Spiegel, Kontrollblick in die Mappe, Tür auf, ab. Beim Frühstück sprachen wir über Walters Einschulung im Herbst. Er sagte, vielleicht sei es doch besser, noch abzuwarten. Was mache ein Jahr schon aus? Walter sei ein Dezemberkind wie er, ihm habe die zusätzliche Mutterwärme gutgetan, und die müsse schließlich für ein Leben reichen. Er sagte das sehr entschieden.

Bevor er ging, zog er sich mit dem Telefon auf die Toilette zurück und schloß die Tür, was er nie getan hatte. Wir führten unsere Telefongespräche immer in Gegenwart des andern. Als er wieder herauskam, zitterte er leicht. Er gab mir einen Kuß und fügte hinzu, er komme heute nicht mehr nach Hause. »Nicht mehr?« Ich stutzte. »Was hat das zu bedeuten?« Er schüttelte den Kopf, er wolle nicht darüber sprechen. »Auch mit mir nicht?« Er habe es versucht, ich hätte ihn nicht ernst genommen. Er stand unschlüssig unter der Tür und wartete auf eine Fortsetzung des Gesprächs. Zumindest bilde ich mir das ein. Später erfuhr ich von der Polizei, daß sich Wilhelm selbst angezeigt hatte.

Mit dem Schließen der Wohnungstür hatte ich unser Gespräch vergessen. Erst als mich Brugger anrief, begriff ich. Wilhelm spielte auf seine geschmacklose Nummer von Mittwochabend an. Er gab sich für den Mörder von Lüthi aus, beschrieb mir die Tat, legte Beweise vor. Ich spielte mit. Darauf setzten wir uns vor den Fernseher und schauten uns die Nachrichten an. Tatsächlich, ein Irrer hatte Lüthi getötet. Daß der Mörder neben mir saß, mein Mann und der Vater meines Sohnes war, konnte mir nicht in den Sinn kommen. Ich zog die Erklärung vor, Wilhelm habe sein makabres Hirngespinst auf dieser Meldung aufgebaut... Das ist doch verrückt, ich verstehe das nicht... Das macht doch keinen Sinn. Warum erschießt Wilhelm, der sich nie für Politik interessiert hat, einen Bundesrat? Als ob das etwas ändern würde. Wilhelm weiß nicht einmal, in welcher Partei Lüthi war. Manchmal stellt er mit solchen... na ja, Spielchen meinen Humor auf die Probe. Er kann recht witzig sein, zumindest hat er ungewöhnliche Ideen.

Wirklich reden wollte er nicht. Vielleicht gab er mir eine Chance. Ich mußte versagen, und ich denke nicht daran, mir diese Schuld aufzuladen. Ich sagte ihm, er solle sich Brugger anvertrauen, wenn er mit mir nicht reden wolle, ich sähe doch, das etwas mit ihm nicht stimme. Wieder schüttelte er den Kopf. Die Sache sei für ihn abgehakt. Bereits Donnerstag sagte er, er komme am Abend nicht nach Hause. Er kam dann doch, so gegen halb sechs, also direkt vom Amt, stand in der Tür, stellte seine Tasche neben die Schuhablage, küßte mich und wechselte das Hemd. Ein nüchterner Abend zu zweit, nachdem wir Walter zu Bett gebracht hatten. Zeitungslektüre, ein Spätkrimi im Fernsehen. Ich las. Am nächsten Abend kam er nicht mehr.

»Brugger rief mich kurz vor Mittag an und sagte,

Sonja, sei tapfer, sie haben Wilhelm verhaftet. Seitdem bin ich tapfer.« Eveline gab keine Antwort.

Ich weiß nicht mehr, was ich ihr tatsächlich gesagt habe. Vieles sagte ich ihr überhaupt nicht. Sie rief mich an diesem Nachmittag mehrfach an. Am Abend stand sie da, sie hatte sich für sieben Uhr angekündigt. Ich fuhr tatsächlich ins Fitness-Studio und leitete meinen Kurs. Heute wundere ich mich, daß ich dafür die Kraft aufgebracht habe. Unsere Gespräche vermische ich. Ich schrie sie am Telefon an, ich heulte, ich reizte, beleidigte sie, bespie, was ihr teuer ist. Nüchterne Überlegungen folgten auf mechanische Handgriffe. Ich glaube nicht, daß ich ihr schon am Freitag von Wilhelms letzter Nummer erzählt habe.

Im Hörer war es lange still. Wir schwiegen noch immer, nur das Klicken der Zähleinheiten im Ohr.

»Brugger ist Wilhelms bester Freund, nicht wahr?« sagte Eveline endlich, mit ruhiger Stimme.

Ich verstand nicht. »Was hat Brugger damit zu tun?«

»Beantworte meine Frage, Sonja, und schrei mich nicht an. Reiß dich zusammen!«

»Eveline, ich ...«

Im Hörer blieb es ruhig. Da war nur ihr regelmäßiges, entspanntes Atmen.

»Ja«, antwortete ich mechanisch, »Peter Brugger ist vielleicht Wilhelms bester Freund, wir führen keine Bestenliste. Sie arbeiten und kegeln zusammen. Jeden Freitagabend.«

»Ruf ihn an. Er soll sich mit Wilhelm in Verbindung setzen. Du rufst Wilhelm an, oder, da das kaum möglich sein wird, geh vorbei, sprich mit ihm, sobald du zu ihm kannst. Ich werde die Kanzlei Näff & Näff mit der Verteidigung beauftragen. Sie ist teuer, doch ich kenne den Inhaber, Hans Näff. Ein Freund der Familie. Um die Finanzen soll Franz sich kümmern. Wilhelm ist auch sein Sohn.«

Ich stutzte. Wie kam Eveline dazu, das verbotene Wort Franz in den Mund zu nehmen?

Zeuge Ich grüßte ihn im *National,* als er an meinem Tisch vorbeiging. Bei mir in der Stuhlfabrikation arbeitete ein Stift im Büro, der wie dieser Mörder aussah. Physiognomisch sein Doppelgänger. Ich mußte gleich an Konrad Kobelt denken, als er das Lokal betrat. Kobelt war ein Krampfer. Was er intellektuell nicht brachte, kompensierte er mit Fleiß. Gewissenhaft, pünktlich, präzis. Was man im Zeugnis eine zuverlässige Arbeitskraft nennt, wenn man sie entläßt. Nicht originell, doch was er sich vorgenommen hatte, führte er aus.

Das faszinierte mich an diesem Verbrecher. Im *National* lief ein Uhrwerk ab. Mechanische Präzisionsarbeit. Wie Kobelt Lieferscheine ausfüllte, erschoß der Killer Lüthi. Mit einem routinierten Schlenker des Handgelenks. Ich fand es nicht kaltblütig. Eher unbeteiligt. Dennoch voll bei der Sache. Vielleicht widerspricht sich das. Hätten Sie Kobelt hinter seinem Schreibtisch gesehen, wüßten Sie, was ich meine. Er saß da, verkrampft, als hätte er einen Fünf-Stern-Fuß verschluckt. Die linke Hand hielt das Blatt, die rechte kritzelte fortlaufend. Die Hand schien den Arm, der Arm den Körper mit sich zu ziehen. Am Ende der Zeile schnellte er zurück wie eine Feder.

Das war sein Thema: wie man sitzt. Sprach man ihn

darauf an, kam so etwas wie Leben in ihn. Äußerlich unbeteiligt, ein Automat, innerlich aber Feuer und Flamme für seine Sache. In seinen Eingeweiden arbeitete ein Getriebe auf Hochtouren. Ich dachte oft an Kobelt, wenn ich dem Messingdraht der Erudiermaschine zuschaute, der sich in den Stahl bohrte und dabei selber verglühte.

Ich mußte ihn vom Telefon ins Magazin versetzen. Es dauerte eine Viertelstunde, bis er eine einfache Bestellung aufgenommen hatte. Schönschriftschnörkel auf dem Notizblock, aber keine Bestellung im Haus. Der Magaziner drohte nach drei Wochen mit Kündigung. Entweder er oder ich. Wir wandten das Prinzip des chaotischen Lagers an: First in, first out. Kobelt landete im Archiv. Das war seine Berufung. Den lieben langen Tag wühlte der brave Kobelt die Dossiers durch, überprüfte ihren Inhalt, ob alles richtig abgelegt war, und stellte eine Ordnung her, die wir zwar nicht brauchen, über die aber im Kanton Bern bestimmt keine zweite Firma verfügt, auch nicht das Bundeshaus.

Regelmäßig tauchte er in der Verwaltung auf, ging die Kundenordner durch und prüfte die alphabetische Reihenfolge der Lieferscheine. Er fand unbezahlte Rechnungen, die bereits abgelegt waren. Keiner wußte soviel über meinen Betrieb wie er. Doch was nützt mir dieses Wissen, wenn er nie den Mund aufmacht? Sagte nur Ah und Ja und Äh. Er sprach nicht bei der Arbeit, weder Persönliches (was ich schätze) noch Berufliches (was im Archiv egal war).

Am Feierabend war er nicht gesprächiger. Geschäftsfeiern mied er. Man mußte ihn aus dem Büro verscheuchen. Er wäre eingezogen, hätte man ihn nicht daran gehindert. Ich vermute, er hatte zu Hause sein eigenes Archiv, legte Zeitungsartikel oder Kochrezepte ab, um die Zeit bis zum nächsten Morgen zu überbrücken. Seine Wochenenden müssen grauenhaft gewesen sein. Er bändelte niemals mit Mädchen an, obwohl wir damals eine hatten, die die Stifte in sämtliche Betriebsgeheimnisse einweihte. Kobelt ist ein asexuelles Wesen. Er ist ein Leitzordner.

Mich erinnerte er an den traurigen Titularrat, den der russische Schriftsteller Nikolaj Gogol beschrieben hat. Der schrieb nur ab. Täglich entwarf er kalligraphische Meisterwerke. Zu Hause fertigte er zum eigenen Vergnügen noch eine Kopie an. Als ihm sein Vorgesetzter etwas Anspruchsvolleres geben wollte – er sollte die Dokumente von der dritten in die erste Person umschreiben –, war der Titularrat überfordert, verzweifelte und wollte die alte Abschreibarbeit zurückhaben. Das verlangte ich von Kobelt nie, ich hatte ja Gogol gelesen. Ich löste seinen Vertrag auf und empfahl ihm die Beamtenlaufbahn.

Eveline Kurz vor sechs stand ich vor dem Waffengeschäft, in dem mein Exmann Kunde war, und richtete eine geladene und entsicherte Pistole auf den Verkäufer. Ich hatte mir nicht die Mühe gemacht zu überprüfen, ob es den Laden noch gab. Seit Franz das letzte Mal eine Waffe mit nach Hause gebracht hat, sind es fünfzehn Jahre her; dann verließ er mein Haus mit seinen Gewehren und Pistolen, den antiken Säbeln und Hellebarden, von denen er auch einige besaß, für immer.

Ich setzte mich in ein Taxi und ließ mich an die Rorschacherstraße bringen. Von hier aus war es nicht weit zu Sonja. Wir hatten uns für sieben Uhr verabredet.

Ohne zu überlegen, betrat ich das Geschäft und zeigte auf eine Pistole im Schaufenster: »Die da!«

Sonja hätte gesagt: »Sie hat dich angemacht«, und Franz hätte sie zu ihrer Wortwahl beglückwünscht.

»Eine Beretta«, stimmte der Verkäufer meiner Wahl zu, »eine vernünftige Waffe«. Später erfuhr ich von unserem Anwalt Hans Näff, daß es dasselbe Modell war, welches Wilhelm benutzt hatte.

Der Verkäufer bückte sich ins Schaufenster und drückte sie mir in die Hand. Sie fühlte sich gut an. Auf die Idee, ihn zu erschießen, kam ich erst, als ich die Beretta in der Hand hielt. Die Idee leuchtete mir sofort ein.

Ich richtete sie auf den Mann und lächelte.

Noch spürte er die Bedrohung nicht.

Er sagte, selber lächelnd: »Wir müssen sie erst laden.«

Er nahm mir das Gerät aus der Hand und begann es freundlich und geduldig zu erklären. Ihm seien die weiblichen Vorbehalte vertraut. Er verriet, er habe Übung im Umgang mit waffentragenden Frauen, und zwinkerte mir zu. Er habe zu Hause auch eine, die habe erst Höllenrespekt gehabt vor Faustfeuerwaffen, sei aber mittlerweile selber ein Teufelsweib geworden, und jetzt –

Ich nickte: das reichte.

»Zeigen Sie mir, wie man das Ding bedient.«

Ein Kinderspiel. Ein feines Zittern meines Fingers, eine Muskelkontraktion genüge, um den hochsensiblen Mechanismus auszulösen. So sei die Pistole entsichert. Er zeigte es mir. So? Ja, so. Ich richtete sie erneut auf ihn und drückte ab. Klick. Klick. Klick. Dreimal tot. Wieder lächelte ich. Tatsächlich, ein Kinderspiel. Bei jedem imaginären Schuß zuckte er ein bißchen. Schließlich lächelte auch er. Er grinste mich an: Verstehen wir uns nicht prima!

Wieder nahm er mir die Beretta aus der Hand und zeigte mir, wie ich ein wahrhaftes Teufelsweib werde. Flüchtig, doch nicht zufällig streifte er meine Hand. Dann stellte er sich breitbeinig hin, umfaßte die Waffe mit beiden Händen, richtete sie auf die Lagertür und kniff die Augen zusammen.

Klick. Klick.

Einschußlöcher in der Lagertür. Deutlich sah ich die eingebildeten Einschußlöcher. Vielleicht *waren* da Löcher. Vielleicht ballerte der Verkäufer nach Ladenschluß in seinem Geschäft herum. An der Tür hing das Poster eines Pin-up, des Junimädchens eines Kalenders, der für Waffen warb. Sie hielt ebenfalls eine Waffe in der Hand. Über ihrem Kopf stand der Name des Herstellers und der Spruch: »So gut wie erledigt.«

»Jetzt laden«, forderte ich.

Er zögerte. Endlich hatten sich Zweifel in sein unerschütterliches Vertrauen geschlichen. Doch, muß er sich gesagt haben, ist es nicht die natürlichste Sache der Welt, eine Waffe, die zum Schießen da ist, vorher zu laden? Er zeigte es mir zweimal, zeigte es mir dreimal, nahm die Kugeln wieder aus dem Magazin und ließ sie feierlich eine nach der anderen in meine Hand fallen.

»Jetzt Sie«, sagte er freundlich.

Meine Hände waren ruhig, als ich den Vorgang des Ladens und Entsicherns wiederholte.

»Erstaunlich geschickt ...«, sagte er noch.

Als ich die Waffe auf ihn richtete, sagte er nichts mehr.

Ich meine, er verspürte noch keine Angst, obwohl sein Körper korrekt reagierte: Schweißperlen traten auf seine Stirn. Er begriff nicht, was ihm geschah. Ihm, dem Herrn der Waffen. Ich dachte, mit dem Recht, eine Waffe zu kaufen, kaufe ich auch das Recht, sie zu benutzen, und heißt das im Klartext nicht: jemanden zu erschießen?

»Zum Beispiel Sie.«

Das sagte ich laut.

Der Händler nickte.

Ich herrschte über sechs Schuß. Einer davon wird sein Ziel erreichen, dachte ich. Er stand reglos hinter dem Ladentisch, als klebte er am Boden fest. Seine Welt schrumpfte zu dem millimeterbreiten Pistolenschlund, in den er starrte. Als habe er sein Leben lang nur für diese Szene geübt, legte er ohne meine Aufforderung die Hände auf die Glasplatte. Darunter lagen seine Verteidigungswerkzeuge, fünf Zentimeter nah, doch unerreichbar. Es war vorbei. Sein Ende, die Erlösung. Mein Gott, was tat ich? Seine Haut wurde bleich, der Augenglanz erlosch. Mir schien, sogar seine Haare seien matt geworden.

Beunruhigt stellte ich fest, daß es mir Spaß machte, seine Angst zu spüren. Wahrhaftig, sein Leben lag in meiner Hand! Ich hätte ihn erschießen können. Einfach so. Niemand hätte mich daran gehindert.

Wieder dachte ich an Franz, den es mir die vergangenen Jahre gelungen war aus meinem Gedächtnis zu streichen. Hatte er sich das so vorgestellt, wenn er, nach einem Glas zuviel, prahlte, diesen oder jenen zu erschießen? Wer immer sich ihm in den Weg stellte, den ereilte dieses Schicksal – zumindest verbal. Aber es einfach tun? Losziehen und schießen? Dafür reichte sein Mut nicht aus. Franz schoß, indem er davon sprach, ergötzte sich an dem Entsetzen, das er bei mir auslöste, und hoffte, daß ihn seine Söhne bewunderten. Darauf verkroch er sich in den Weinkeller, in dem er die Waffen in einer abschließbaren Vitrine aufbewahrte, und öffnete eine Flasche. Vermutlich streichelte er die Waffe, auf die, hätte er den Mut gehabt, sein Hirngespinst in die Tat umzusetzen, seine Wahl gefallen wäre.

»Tu's doch«, sagte einmal der vierzehnjährige Wilhelm, und Franz, verunsichert von der unerwarteten Zustimmung, stand auf, murmelte »Und ob ich's tue!« und verschwand im Keller. Jetzt hat es Wilhelm getan. Im Gegensatz zu August, der einmal auf Tauben schoß, hatte er sich immer geweigert, eine Waffe in die Hand zu nehmen. Ich ebenso.

Aus den Augenwinkeln bemerkte ich einen Mann, der vor dem Schaufenster des Waffengeschäfts stehenblieb. Ich glaube, er betrachtete auch uns als Teil der Auslage. Er muß gesehen haben, was wir taten, doch er unternahm nichts. Vielleicht empfand er diese Szene in einem Waffengeschäft als normal. Es gibt bald in jedem Geschäft eine Überwachungskamera. Dienen diese vielleicht gar nicht dazu, ein Verbrechen zu verhindern, sondern vielmehr, es nicht zu verpassen und später dem Zuschauer am Bildschirm zu zeigen? Damit es normal wird? Dem Betrachter auf der Straße kam es nicht in den Sinn, er könnte eingreifen, so wie man sich auch vor dem Fernseher nicht verpflichtet fühlen muß, an den gezeigten Bildern etwas zu ändern.

Der Passant zögerte. Mein Gott, DU hättest ihn nur

den Laden betreten lassen müssen! Ein Wort hätte genügt, ein Räuspern, das Klingeln der Tür, ein Luftzug ... Der Mann ging weiter. Er ließ mich mit der Entscheidung allein. Alles war möglich. Ich entschied, was richtig war, was falsch. Ist das Freiheit?

Wir standen vielleicht dreißig Sekunden so da. Noch hätte sich der Verkäufer über den Ladentisch beugen und mir die Waffe aus der Hand nehmen können. Noch hätten wir alles als Scherz abtun können. Ich hätte ihm keinen Widerstand geboten. Etwas lähmte ihn.

»Sie sind im Preis inbegriffen wie die ersten sechs Schuß«, sagte ich, und wieder nickte er, die Waffe hatte ihn in eine Nickpuppe verwandelt.

Ich wollte ihn ein drittes Mal nicken sehen und sagte: »Sie sind schuld, daß Wilhelm Bundesrat Lüthi erschossen hat«, und tatsächlich, der Händler nickte, also war er schuld, er hatte dreimal seine Schuld bekannt wie im Märchen, ich durfte ihn erschießen.

Ich zögerte.

Und jetzt? Wie ging es weiter? Wie weiter, wenn ich ihn erschossen hatte?

»Wer ist Wilhelm?« half er mir.

»Ich weiß es auch nicht mehr«, sagte ich und schwieg.

Er stand zwischen mir und dem Kalendermädchen. Er konnte nicht ahnen, was sich in meinem Kopf abspielte, was für eine kraftvolle, erlösende, zu allem fähige Wut mich auf einmal durchjagte. Ich wußte: ein leichter Fingerdruck, und alles wäre gut. Man würde sich um mich kümmern, wegbringen, ich käme ins Gefängnis, wie Wilhelm.

Der Händler zitterte.

Herrgott!, hatte der Mann plötzlich Schiß. Endlich hatte er *kapiert*. Er spürte meine Wut, ihn zu erschießen. Die Wut war zur Lust geworden. Es *machte* mich *echt* an. Ich dachte an Sonja, an *Geilheit,* dieses unsägliche Wort, das sie oft benutzte, um mich zu treffen. Es bekam für mich eine Bedeutung, es war mir früher so fremd gewesen. Was ist nur mit mir geschehen, dachte ich. Hat das Wilhelm auch gespürt, als er vor Lüthi stand? Was hat er gespürt, als er schoß? Ich stehe vor diesem Verkäufer wie Wilhelm vor dem Bundesrat, die Waffe auf ihn gerichtet. Nur so kann ich meinem Sohn nahe sein. *Ich muß es tun.* Es ist ein Kinderspiel ... nur der Finger muß sich krümmen ... leicht ... eine Muskelkontraktion genügt ... Manchmal krümmen sich meine Finger ohne meinen Willen ...

Ich lächelte.

Mein Opfer preßte seine Hände stärker auf die Glasplatte, sie wurden blutleer. Er wollte, daß ich seine Hände sehe. Sie sind unschuldig und werden sich nicht wehren. Töte mich nicht, flehten diese Hände, wir haben nur gespielt, all das ist doch nur ein Spiel, wir haben immer nur auf Zielscheiben geschossen ... Und, das dachte ich, dem schwarzen Kreis der Zielscheibe Augen aufgemalt und eine Nase und den Mund und dem Gesicht eine Perücke aufgesetzt und –

Mein Finger zitterte ...

... umspielte den Abzug ...

Er machte keine Anstalten, einen Alarmknopf zu drücken, damit sich der Laden wie im Film mit Sirenengedröhn und Polizeigetrappel füllen würde. Er wußte, regte er sich, würde ich schießen ...

... mein Finger zieht sich zusammen ...

Genug!

Ich ließ die Waffe sinken und lächelte ihn an. Unsicher lächelte er zurück. Ich nickte. Langsam entspannte er sich, atmete erleichtert auf und trat einen Schritt zurück. »Ein Scherz, nicht wahr?«

Ich nickte wieder: etwas zum Erzählen am Stammtisch. Und da richtet die hysterische Kuh doch tatsächlich die geladene Waffe auf mich und ruhig nehme ich sie ihr...

... und tatsächlich: Wieder richtete die hysterische Kuh die geladene Waffe auf ihn. Wieder erstarrte er, wurde bleich, sein Lächeln gefror. Wieder überkam ihn diese letzte Angst, und ich jagte mit erschreckender Selbstverständlichkeit eine Kugel in den makellosen Körper des Kalendermädchens, das mich noch immer mit ihrer Waffe bedrohte. Mit ihrer Nacktheit, eigentlich. Der Händler, kreideweiß, zitterte. Ich steckte die Waffe (ich habe sie bar bezahlt) in meine Handtasche, öffnete die Tür, wünschte ihm einen schönen Tag und verließ das Geschäft.

Nadine Meine Tochter Eveline sagt, es seien die Gedichte gewesen. Franz, ihr einstiger Gatte, wird die Schuld den frommen Sprüchen zuweisen. Sofern ihn metaphysische Spekulationen dieser Art in seiner Entrücktheit überhaupt erreichen; die Schuldfrage bringt ohne Zweifel Eveline aufs Tapet. Als handle es sich dabei um einen Kurzstreckenlauf, scheint sie der Ansicht zu sein, daß diejenige ohne Schuld ist, die ihre Schuldlosigkeit als erste beteuert; keuchend, atem- und sprachlos bricht sie hinter der Ziellinie zusammen.

Hinter den Gedichten vermutet meine Tochter mich; nicht ganz zu Unrecht. Ich brachte mit Geschenken – *Inventur,* ein Sammelband deutscher Nachkriegsverse, dem bald Günter Eichs *Botschaften des Regens* folgte – den Geschäftsmann Franz Gess auf diese Fährte. Ohne Erfolg, wie ich erst dachte. Jetzt bereitet mir die Vorstellung Sorgen, ich könnte mit den Versen, die Franz an Wilhelm weitergegeben hat, mehr angerichtet haben, als mir lieb ist.

Hinter den frommen Sprüchen steckt Eveline; die katholische Kirche, die Bibel, vor allem die Broschüre *Das alltägliche Wort*. Diese Monatsschrift im Taschenformat bot ein Sammelsurium an Bibelsprüchen, die, abgeklopft auf Alltagstauglichkeit und überprüft auf leichte Verständlichkeit, die sofortige Anwendbarkeit auf das zu erziehende Objekt ermöglichten – in diesem Fall den vierjährigen Wilhelm. Das am Jahresende nachgereichte Register erleichterte über das Stichwortverzeichnis den direkten Zugang zum gewünschten Erziehungsbereich, dem Gott mit einem griffigen Spruch Schützenhilfe leisten sollte.

In der Schuldfrage treten nun Franz' Verse gegen Evelines Sprüche an.

»Du hättest ihm diese Sachen nicht beibringen dürfen, Mutter…«, setzte mich Eveline bereits bei unserem ersten Telefongespräch auf die Strafbank. Spät genug fand es statt: Sie rief mich am Sonntagabend in meinem Haus in Russo an – fünf Tage nach der Tat, drei, seit die Polizei Wilhelm im Amt festgenommen hatte. Während wir sprachen (Eveline betonte mehrfach, sie sei zu Hause in St. Gallen), saß er im Berner Untersuchungsgefängnis, wollte niemanden sehen und schwieg.

»Diese *Sachen*?« Ich wußte nicht, woran sie dachte. »Und nenn mich nicht Mutter, wir haben das doch ausgemacht.«

»Stell dich nicht naiv. Ich meine diese unverständlichen Verse, mit denen du Wilhelm vergiftet hast.«

»Du sprichst von Gedichten?« Ich war gezwungen, in meinem nachlassenden Gedächtnis zu kramen. »Ja, mag sein. Ich habe Franz damals ein oder zwei Gedichtbände geschenkt. Das ist dreißig Jahre her. Die kannst du doch nicht meinen, Eveline?«

»Es müssen mehr gewesen sein. Er hatte ein ganzes Gestell davon.«

»Und er hat sie gelesen? Dann ist er auf den Geschmack gekommen. Das freut mich eigentlich. Ich hätte das nicht gedacht, Franz liest Lyrik ...«

Die Vorstellung reizt mich, ein Gedicht könne auf dem Umweg des Heranwachsens eines Menschen, wie ein Astloch sich am Stamm eines Baumes vergrößert, in seiner Seele oder im Verstand die ungeheure Dimension eines Mordes annehmen. Nun hat sich Wilhelm ja nicht mit einem Gedichtband vor Lüthi gestellt und ihn zu Tode rezitiert. Dennoch schmeckt mir der Gedanke, ein unberechenbarer Sud aus Lyrik und Bibelsprüchen habe sich in Wilhelms Gehirn festgesetzt und dieses über die Jahre in die Kommandozentrale eines Mörders verwandelt. Als Indiz vor Gericht untauglich, doch durchaus ein Wilhelmscher Gedanke; zumindest erinnert es mich an die Ideenwelt des Knaben, bevor er sich für die ideenlose der Beamtenbürokratie entschied. Endlich, würde er ausrufen, verdanken wir der Literatur ein konkretes Resultat – Ja! wäre ich ihm beigestanden, das befreit sie vom Vorwurf, unnütz zu sein ...

Jetzt sitzt Wilhelm in einer Zelle des Berner Untersuchungsgefängnisses. Er will niemanden sehen, gibt dafür keinen Grund an und murmelt in meiner Vorstellung die Gedichtzeilen, angereichert mit Bibelbrocken, vor sich hin, trommelt sie an den Zellwänden weiter, von Regen zu Regen, von Schiefer- zu Ziegeldach, eingeschleppt wie eine Krankheit...

Ich werde ihn nicht besuchen, selbst wenn ich die einzige wäre, die er zu sich ließe. Es ist die Wahl des Bildes, mit dem man sich von der Welt verabschiedet. Er will nicht, daß man ihn hinter Gittern sieht. Mein Wilhelm soll sechzehn bleiben. So alt war er, als er sich von mir in Russo verabschiedete, die Tür aufstieß, ins Freie trat und hinunter zur Hauptstraße lief. In jenem Augenblick sahen wir zwischen den Häusern das Gelb des Postautos aufblitzen. Er rannte los, ohne sich umzudrehen, ich winkte nicht, blieb stehen, und wieder blitzte der gelbe Car weiter unten auf und nahm Wilhelm mit, für immer, was ich damals nicht wußte, doch woran ich selber schuld bin. Verletzter Stolz, Eitelkeit. Ich war gekränkt, als er mir sagte, er wolle Beamter werden, so gekränkt, daß ich ihn anfauchte, wenn er *das* tue, brauche er nicht mehr nach Russo zu kommen... Und er kam nicht mehr.

Ich hörte im Radio davon. Die Polizei hatte bereits einen Täter anzubieten, den falschen, stellte sich heraus, als Wilhelm bereits über alle Berge war. Sie mußten ihn wieder laufenlassen.

Freitag früh half der Polizei ein anonymer Anrufer – er selbst denunzierte sich – aus der Klemme, am Mittag desselben Tages war er verwahrt und geständig. Wie hätten sie ihn sonst schnappen können? Wilhelm hatte sich einen Tag freigenommen, fuhr mit dem Halbtax nach Bern, kaufte eine Pistole, ohne seine Anschrift zu hinterlassen, erschoß Bundesrat Lüthi in dessen Stammbeiz, drückte die Tatwaffe einem verdutzten Passanten in die Hand und setzte sich in den Zug nach St. Gallen. Keine Fingerabdrücke, die irgendwo registriert wären, kein Hinweis, kein Motiv. Am Donnerstag war er pünktlich auf dem Amt. Wenn er es nicht gewollt hätte, würde man ihn nie finden, und der Mord an Bundesrat Lüthi wäre unaufgeklärt in die Kriminalgeschichte des Landes eingegangen.

Mittwoch und Donnerstag wurde überall das Signalement veröffentlicht. Das Fernsehen zeigte ein Phantombild des wahren Mörders, wie die Sprecherin sagte – ich dachte an Eveline, es klang wie *der wahre Erlöser*. Tatsächlich war es der kleinste gemeinsame Nenner eines Durchschnittsgesichts, auf das sich die zahlreichen Tatzeugen im Restaurant einigen konnten. Das Bild war zu allgemein, um jemanden preiszugeben.

Das Alter wurde vage zwischen 25 und 45 angegeben. Größe 1.65 bis 1.75, Haarfarbe hell, möglicherweise gefärbt. Besondere Kennzeichen: keine. Jede Information verriet, weil sie keine war, die Hilflosigkeit der Polizei. Einzig das Geschlecht ließ keine Fragen offen. Fast jeder im stimmfähigen Alter wäre in Frage gekommen. Nur der bläuliche Grundton des Bildes erinnerte mich an das Portrait Wilhelms, das Franz im Tschierver Chalet hängen hatte und das wohl auch verschüttet worden ist.

Erst verfolgte ich die Angelegenheit mit freudiger Erregung. Ich entdeckte in mir eine Sensationslust, über die ich mich erhaben gedacht hatte. Am Morgen fuhr ich nach Locarno, um die Zeitungen zu kaufen und um zu sehen, was es der Welt, zumindest unserer eingezäunten, ausmachte, daß Bundesrat Lüthi nicht mehr war und wirkte. Der *Corriere del Ticino* widmete der Geschichte drei Artikel in drei verschiedenen Ressorts. Die Frontseite bot Lüthis Lebensstationen in Bildern dar, ein läppischer Comic, versehen mit einem kursiv gedruckten Kommentar des Chefredaktors, der nüchtern festhielt, was geschehen war, wie und warum. Im Wirtschaftsteil äußerte sich ein Experte besorgt über den unsicher werdenden Standort unseres Landes und legte erstaunlich rasch Statistiken vor.

Stimmen wurden eingefangen. Ein Parlamentarier und St. Galler Anwalt, der nicht genannt sein wollte, meinte weitsichtig, der Fall habe, abgesehen von einer gewissen Tragik des persönlichen Schicksals – als gebe es ein unpersönliches Schicksal –, staatspolitisch auch sein Gutes. Das Volk leide an der Abstimmung für Abstimmung zunehmenden Bedeutungslosigkeit seines Staates und dessen Regierung. Der Mord an Lüthi würde des Volkes Selbstbewußtsein stärken, da es nun erwiesenermaßen über eine Regierung mit bedeutenden Persönlichkeiten verfüge, immerhin würden diese erschossen.

Die Meldung sprengte die Landesgrenzen und tauchte groß aufgemacht in den führenden Medien der umliegenden Länder auf. Groß war das Erstaunen über das, was in unserem windstillen Land geschehen war. Historiker schwärmten aus, um einen vergleichbaren Fall zu finden, stießen jedoch nur auf einen Bundesrat, der sich nach dem Ausscheiden aus seinem Amt selber tötete – immerhin auf der Berner Schanze. Es wurde versucht, dem Phänomen auf die Spur zu kommen, und als dies nicht gelang, sprach man von einem Mythos. Versagt die rationale Welterklärung, ist stets ein Mythos zur Stelle. Fast schienen die ausländischen Kommentatoren ein bißchen glücklich über die Ermordung – in den USA schrieb man, nun habe das kleine mitteleuropäische Alpenland seinen eigenen Abraham Lincoln oder Kennedy... Das Land wurde ernst genommen. Es fasziniert. Mit Lüthis Tod scheinen wir der Gegenwart beizutreten. Auf einmal kommen wir wieder vor.

Davon war in Locarno nichts zu spüren. Die Bars waren gefüllt mit Pensionierten und Arbeitslosen, die an den Fernsehern klebten und sich Fußballspiele anschauten. Die Blumen welkten nicht. In keinem Geschäft war Trauertag, in keinem Schaufenster das trauerumflorte Antlitz Lüthis, kein Confiseur, der eine Lüthi-Gedenktorte gebacken hätte. Über die Piazza strömten die Touristen, der See war ruhig. Die Leute kauften ein. Schwarze Vögel, die kein Augur mehr deuten will oder kann, zogen über unseren Köpfen ihre Kreise. Ich dachte an Evelines göttliche Kreise. Die Sonne schien am wolkenlosen Himmel. Ich ließ mich vom Postauto ins Onsernone-Tal zurückfahren. Russo stand unberührt in der Sonne.

Zeuge Die Herde baut auf ihren Hirten. In der heutigen Zeit tut es bitter not, sich wieder der wahren Werte zu besinnen. Wer vermag uns Strauchelnden noch Halt zu bieten?

Intensiv nahm ich dieses Bedürfnis der Menge im *National* wahr. Es herrschte eine unheilvolle Stille. Niemand wußte zu handeln. Kein Wort fiel. Der Schuß wie ein Blitz aus heiterem Himmel lähmte die Menschen und vereinte sie zu einem bewegungslosen Gemälde. Nicht einmal Gedanken waren mehr möglich. Als Pfarrer jedoch, gewohnt, mit Extremsituationen umzugehen, denkt man immer. Ich nahm das bleiche Entsetzen in den Gesichtern der Menschen wahr. Sie flehten um Beistand, dürsteten nach jemandem, der sie aus ihrer mißlichen Lage erlöste.

Die schwelende Panik durfte nicht ausbrechen. Ein unbedarftes Wort hätte genügt. Es oblag mir, die angespannte Lage mit wohlüberlegten Worten zu entkrampfen, obwohl es die Zeit nicht erlaubte, aus tiefer Exegese zu sprechen. Doch wußte ich, im Vertrauen auf das Wort des HERRN würde es mir gelingen. Um mir Gehör zu verschaffen, hüstelte ich behutsam hinter vorgehaltener Hand. »Ich weiß, daß mein Erlöser lebt«, sprach ich mit noch ungefestigter Stimme. Es blieb still im Lokal. Ich hustete lauter in die Stille der Finsternis, die uns umgab. Den Bösen aber bringt das Licht kein Glück. Diese Gewißheit ging mir durch den Kopf und gab mir Kraft.

Ich muß an dieser Stelle hinzufügen, daß mich in letzter Zeit ein äußerst schmerzhafter Bronchialhusten peinigt, der einfach nicht von mir weichen will. Wie der Leibhaftige dem Sünder hockt er mir in der Kehle und macht mir das Leben zur Hölle. Ich versuchte, die Seelenfinsternis, die auf uns lastete, mit den Worten Hiobs zu lösen: »Der HERR hat's gegeben, der HERR hat's genommen, der Name des HERRN sei gelobt.«

Just in diesem Augenblick ergriff mich ein Hustenanfall, wie ich in dieser Heftigkeit noch keinen erlebt habe. Er machte mir einige Minuten erheblich zu schaffen, während welcher mir Frau Dr. Schulthess vom Nebentisch aufopfernd zur Seite stand. Die Situation aber war gemeistert.

Sonja Selbst den Namen ächtet Eveline. Ich will ihn für sie aussprechen: »Franz. *Franz!*«

Sie zeugte mit ihm zwei Kinder, sie lebte mit ihm zwei Jahrzehnte zusammen. Jetzt hält sie diesen Teil ihrer Vergangenheit unter Verschluß. Ich sagte ihr, sie züchte ein Geschwür in ihrer Brust, wenn sie ihre Zeit mit Franz (tatsächlich sagte ich »ihre Zeit mit ihm«) nicht aufarbeite. Ich empfahl ihr eine Therapie. Vergebens. Eveline versucht zu leben, als habe es diesen Menschen nie gegeben.

Im Haus hat sie seine Spuren gründlich beseitigt. Wilhelm erzählte, sie habe nach Vaters Auszug einen Transportunternehmer kommen lassen, sei mit den Trägern durch die Zimmer geschritten und habe auf die Möbel gezeigt (»Nehmen Sie alle Gegenstände mit, auf die ich einen roten Punkt geklebt habe«), die sie ihm nach Tschierv bringen sollten. Franz war nicht vorgewarnt. Eines Morgens fanden er und Alja sich in den verbannten Fragmenten seiner Ehe wieder, die die Arbeiter im Vorgarten des Chalets abluden. Eveline strich das kahl gewordene Haus neu, verteilte die verbleibenden Möbel und Bilder großzügiger und füllte die Lücken. Sie lief durch das Haus, die Garage und den Geräteschuppen, um alle Räume auf übersehene Hinweise abzusuchen, im Schlepptau August und Wilhelm, die, selber Überbleibsel, die Ausschaffung des in Ungnade gefallenen Familienvorstandes bezeugen mußten – August (so erfand Wilhelm dazu) Insektengift sprühend, er selber mit Kessel und Wedel Weihrauch sprengend. Als letztes verbannte sie Franz' Namen aus ihrem St.Galler Domizil, wie es Wilhelm nannte.

Sie legte frühere gemeinsame Gewohnheiten ab, mied ihre Orte. Sie trat aus dem Golfclub aus, kündigte das Tonhallen-Abonnement und wechselte die Läden, in denen sie für die Familie eingekauft hatte. Gespräche, die das Thema auf Franz hätten bringen können, leitete sie rechtzeitig um. War von Jazz, für den ihr Exmann sich begeisterte, die Rede, erzählte sie übergangslos vom bevorstehenden Besuch der *Bohème* in Wien oder dem letztjährigen des *Macbeth* in Verona. Mit einem – männlichen – Mitglied ihres Opernreisegrüppchens machte sie sich auf die Suche nach Julias Balkon. Ein unverfängliches Thema: Mit Franz war sie nie in Verona gewesen. Gleichzeitig teilte sie uns mit, daß sie für die Männerwelt nicht hoffnungslos verloren sei. Das Gespenst war gebannt. Franz mußte man in Evelines Gegenwart vorsätzlich erwähnen.

Ich spürte Wilhelms verbissene Lust, die Tabus seiner Mutter anzukratzen. Am einfachsten zu verunsichern war sie, wenn man die Widersprüche der Kirche auflistete, mit denen sie den Ketzer mit dem roten Teppich empfängt. Wilhelm warf Eveline bei jeder Gelegenheit den vollständigen Katalog der katholischen Ungereimtheiten an den Kopf.

»Hör mir auf mit deiner Kirche! Der Papst übersieht doch nicht den Völkermord, den er mit dem Aufruf zur ungehemmten Fruchtbarkeit verursacht. Wie vereinbart er sein Anti-Sex-Dogma und die Besitzanteile des Vatikans an Kondomfabriken? Unterstützt die Mafia ihn oder läßt er sich von der Mafia unterstützen? Warum soll eine aidskranke Fixerin ihr Kind nicht abtreiben dürfen? Was kosten die Potemkinschen Dörfer, die auf der Papstroute um die Welt aufgebaut werden, damit der Oberste Hirte das Elend nicht sieht und mit besserem Gewissen Armut predigen kann? Wieso hat die Kirche, deren Gründer doch ein Jude ist, die Judenverfolgung immer wieder unterstützt? Weshalb sitzt der Papst auf einem Thron, wo doch Jesus im Stall auf die Welt kam? Überhaupt: Die Armut und der Pomp und Protz der Kirche! Das Zölibat! Die Unfehlbarkeit! Der Papstmord! Die Kerkerhaltung Gottes! Die weltfremden Dogmen! Die Intoleranz! Das Fegefeuer! Die Inquisition!! *Die Hölle!!!* Die Angst, an der heute alle ersticken, jagt uns doch seit zwei Jahrtausenden die Kirche ein!«

Wilhelm hätte sich mit seiner Schlagzeilenrhetorik lächerlich gemacht, hätte Eveline seinen Feuereifer von der komischen Seite sehen können. Doch beiden war es Ernst. Gezielt prallte Logik auf Glauben. Dazwischen lag ihre wunde Stelle, Franz. Ihr genügte der gut in der Tirade plazierte Satz von der Unauflöslichkeit der Ehe, vom Verlust der Sakramente, von ihrem Status als gefallene Frau, wenn sie geschieden war, und der Hinweis auf jene prominenten Ausnahmen, um ihre Fassade zu erschüttern. Da waren Filmschauspieler und Prinzessinnen, die sich alles erlauben konnten, denn selbst Gottes Stellvertreter verzieh ihnen. Es gab Gottesmenschen, und es gab das Fußvolk. Wilhelm brauchte nur einen Treffer, um sie zum Reden zu bringen.

»Es gibt Dinge«, zog sie sich mit brüchiger Stimme zurück, »über die man nicht spricht, Wilhelm. Ich verschließe nicht die Augen vor den Problemen der Kirche. Da sind Menschen am Werk, wie überall. Manche mögen nicht so auserwählt sein, wie sie es vorgeben. Mir geht es um Gott. Es mag sein, daß Johannes Paul II. den Glauben zu sehr verwaltet. Aber es kommen andere Päpste. Gott bleibt. Ich habe Mitleid mit jenen, die nicht glauben können. Man wird Gott nie wissenschaftlich beweisen oder in den Laboratorien von Hoffmann-La Roche herstellen können. Nur Popanze werden aus den Reagenzgläsern kriechen. Die Wissenschaftler sind Zyniker, wenn sie im Glauben eine chemische Reaktion menschlicher Körpersubstanzen sehen und sich so über die Gläubigen lustig machen. Ich bemitleide sie. Du darfst dich ihnen nicht anschließen. Du zerredest deinen Glauben, wenn du ihn analysierst, Wilhelm. Beweise benötigt die Wissenschaft, der Glauben kann nur ohne Beweise sein. Und wenn du es bewiesen hättest? Dem Beweis geht es nur darum, recht zu haben. Rechthaben zerstört den Glauben, die Liebe, die Hoffnung. Du sitzt im Trümmerfeld. Für *dich* gibt es Gott wirklich nicht mehr. Armer Tropf. Was nun? Mir kannst du ihn nicht ausreden. Glauben heißt, jedem Zweifel trotzen.«

»Du bist eine Heilige, Mutter. Eine einsame Heilige, die selbst ihre Ehe geopfert –«

Franz.

Wilhelm verstummte. Er schaute Eveline an, deren Gesicht sich mit einem wächsernen Glanz überzogen hatte. Sie erhob sich, langsam, ihr Körper schob sie hoch. In ihr Gesicht stand der Schrei geschrieben. Sie verschwand lautlos in der Küche und kam, kaum eine

Minute später, mit einem Kuchen zurück. Sie lächelte. Für solche Fälle schien ständig ein Kuchen bereitzustehen. Sie setzte sich, schnitt den Kuchen an und wandte sich fröhlich an mich.

»Und du, Sonja? Wie geht es dir?«

Nicht so gut.

Ich erzählte ihr irgend etwas Schönes.

Wilhelm schwieg. Er bewunderte seine Mutter. Er bewunderte mich. Seine zwei Frauen. Ich glaube, damals war er erleichtert, daß er sein Ziel nicht erreicht hatte und das Gespräch über Franz nicht zustande gekommen war.

Eveline weiß nicht, daß mich Franz vor ihr kennenlernte. Wilhelm und ich waren seit ein paar Wochen befreundet, als er ins Münstertal fahren wollte. Wir hatten noch keinen Sex, und er betonte umständlich – ich hatte ihn nicht danach gefragt –, er habe im Hotel zwei Zimmer reserviert. Daß wir zu seinem Vater fuhren, sagte er mir auf der Ofenpaßhöhe, eine halbe Stunde vor der Ankunft. Sein Vater, hatte Wilhelm gesagt, erwarte uns. Er wisse, daß er mit einer Freundin komme. Wilhelm betonte: eine, nicht die Freundin. Er wollte sich nicht festlegen. Später erfuhr ich, daß er auch Franz kurzfristig mitgeteilt hatte, er komme nicht allein. Er zog sich im Restaurant auf der Paßhöhe zurück, aufs Klo, sagte er, hatte aber offensichtlich in letzter Minute Franz angerufen. Heute weiß ich, daß er uns testete. Ich bestand. Er heiratete mich. Und sein Vater? Wir haben ihn seither nicht mehr besucht.

Mit seiner Lebenspartnerin Alja, einer heute renommierten Modedesignerin, wohnte Franz in einem Chalet in Tschierv am Eingang des Münstertales. Eveline hatte nach der Scheidung das St. Galler Domizil behalten, während sich Franz mit seinem Scheidungsgrund ins Gebirge zurückgezogen hatte. Die Ehegüter waren sinnvoll aufgeteilt worden. Sie behielt die Haushaltspflicht, er konzentrierte sich aufs Wochenendvergnügen.

Franz gefiel mir. Er verblüffte mich mit seinem entrückten Witz, den nur Eingeweihte verstanden. Ich beobachtete, wie selbst Wilhelm bei einigen Bemerkungen stutzte und, als er sie als den weltfernen Humor seines Vaters enttarnt hatte, ein spätes Lachen nachschob. Dennoch blitzte ihre Vergangenheit hie und da auf. Unwillkürlich gerieten sie in ihre frühere Geheimsprache (Franz: »Zähmst du den Bienenwolf?« – Wilhelm: »Zeit für mich, das Gebirge abzukarren.«), die nur existierte, wenn sie zusammen waren. Viel fehlte in solchen Momenten nicht, und Vater und Sohn wären sich in den Armen gelegen.

Ich spürte bei Franz die Begabung, das Leben nicht zu ernst zu nehmen. In seinen wachen Augen blitzte die Lust auf das Leben auf, vielleicht auf ein Leben, das er nur zu leben vorgab. Er versuchte den Genuß des Augenblicks über den Zweifel an der Ewigkeit zu stellen – so sagte er selber, lachte auf und wischte seinen Satz mit einer ruppigen Bewegung weg. Munterkeit und Melancholie lagen bei ihm eng beieinander. Seine frivole Ausgelassenheit hinterließ einen bitteren Nachgeschmack. Spürte er, daß seine Zuhörerin mißtrauisch geworden war, zog er sich zurück. Darin glich er Eveline, wenn sie sich vor der Wirklichkeit in ihre Backkunst flüchtete.

»Alja ist gerade ausgeflogen«, rief uns Franz zu, als wir über den Gartenweg zum Haus schritten, »sie mußte kurzfristig eine erkrankte Kollegin an einer Modeschau ersetzen. Diese Mädel erkranken beim ersten Luftzug – kein Wunder, ein Mannequin ist ja nur Haut und Knochen ... Alja versprach, morgen da zu sein. Sie freut sich auf euch. Bis es soweit ist, müßt ihr mit mir vorliebnehmen!«

Er küßte mich, drückte seinen Sohn an sich und zeigte uns sein Haus, vielmehr, er führte es uns vor. Übermütig nahm er die drei Eingangsstufen mit einem Satz, um uns, wie er gleich hinzufügte, sein Alter, nicht etwa seine Jugend, zu beweisen, denn nur alternde Narren würden junge Sportlehrerinnen auf diese halsbrecherische Weise beeindrucken wollen – ich sei doch Sportlehrerin? Er zog mich an Wilhelm vorbei in das geheimnisumwitterte Haus seiner Kindheit. Uhrenticken besetzte die Stille, durch die wir schritten. Die Dielen knarrten. Licht goß sich aus unsichtbaren Quellen und enthüllte eine Küche.

»Eng«, meinte Franz, »aber fein. Ihr werdet sehen, heute abend, was ich aus ihr raushole, und jetzt runter, genug gestaunt. In den Keller!«

Er war hinter einer knarrenden Holztür verschwunden, und da er ahnte, daß ich die erste Stufe nicht gleich hinter der Tür vermuten würde, fing er mich auf. »Licht!« rief er, und im Schein einer Kerze, die er vor sich hertrug, zeigten sich steile, unregelmäßig aus Stein gehauene Stufen. Spinnen und Schaben krochen uns entgegen. Unten knipste Franz grinsend das elektrische Licht an und führte uns an Türmen von Bierharassen, Weinregalen, Zeitschriftenstapeln, verrosteten Kindervelos, Schlitten und Skiern, in deren Halterungen noch die Schuhe steckten, vorbei in einen Raum, den der Fels abschloß. Hier, erläuterte er, würde er ungefragt, doch mit stetig steigender Begeisterung seine garantiert überflüssigen Objekte bauen, aus Fundstücken, die der liebe Gott nicht für ein Zusammenleben in der Kunst vorgesehen hätte, Zufallsprodukte schmieden, die der Schöpfung einen Streich spielten – ob wir eines mitnehmen wollten? »Nein!« unterbrach sich Franz selber und nahm mir das Objekt ab – unter einer Vitrine befanden sich ein Teller, ein Glas und ein Aschenbecher mit angeklebten Essensresten, Messer, Gabel und Zigarettenstummeln –, das ich in der Hand hielt. »Genug gestaunt!« rief unser ausgelassener Reiseleiter und packte Wilhelm unsanft am Arm. »Hier, du erinnerst dich, mein Felsgarten.« Über zwei brüchige Holzstufen traten wir in den hinteren Teil des Gartens, der vom Felsen abgegrenzt wurde. Steine und Felsplatten bildeten eine Sitzgelegenheit um eine offene Feuerstelle.

»Für Lagerfeuerromantik wird es zu kalt sein, meine Lieben. Hier entlang! Mir nach!«

Wir liefen über die Wiese zum Eingang hoch und betraten wieder das Haus. Jetzt war das Wohnzimmer an der Reihe. Das schien Aljas Raum zu sein. An den Wänden hingen mehrere grobkörnig vergrößerte Portraits, eine Puppe trug ein Kleid, das ihr gehören mußte, zwei, drei Modemagazine zeigten sie auf dem Titelblatt, an sie adressierte Post mit namhaften Absendern lag herum. Aljas Anwesenheit prägte das Chalet. Immer wieder entdeckte ich in einer Nische ein Foto, ein über eine Stuhllehne geworfenes Kleidungsstück, Ohrenclips auf der Treppe oder Strümpfe, die in einer Ecke lagen. Ich war neugierig auf diese Frau. Gleichzeitig muß ich gestehen, daß ich erleichtert war, als sich Alja auch für den kommenden Tag abmeldete und wir abfuhren, ohne daß ich sie kennengelernt hatte. Meine Neugierde hatte einen Beigeschmack, der mir nicht gefiel.

Das Chalet war eines jener Häuser, die von außen klein wirken, sich im Inneren aber als unerwartet geräumig herausstellen. Franz ließ uns das eine oder andere Zimmer zweimal durchschreiten, in jedem gab es eine oder zwei Türen. Schmale, verwinkelte Korridore führten in immer neue Räume. Eine eisenbeschlagene Schranktür entpuppte sich als Treppenaufgang. Oben stiegen wir aus einer Luke auf ein kleines, fast quadratisches Podest, das in die Schlafzimmer führte.

»Braucht ihr ein oder zwei Zimmer?« fragte Franz.

Eins, dachte ich, »Zwei«, sagte Wilhelm rasch, Franz nickte bedächtig. Er gab Wilhelm dessen Kinderzimmer, mich brachte er im Raum seines älteren Bruders unter.

»Na gut«, brummte Franz und zwinkerte mir zu. Wir stiegen nach unten. Wilhelm zeigte mir übermütig, wie er die Treppe als Kind genommen hatte: Er setzte sich und polterte auf dem Hintern Stufe für Stufe hinab, bis er unten im Korridor saß und grinste. Wir waren ausgelassen an diesem Abend. Da waren Wein, selbstgezapftes Bier, Franz erwies sich als ausgezeichneter Koch, Wilhelm als erstaunlicher Esser, es wurde spät. Nach Mitternacht merkten wir, daß sich Franz zurückgezogen hatte. Wilhelm begriff die Situation nicht, die ihm Franz geschaffen hatte. Er suchte ihn, und als er zurückkam, war ich verschwunden.

Er rief mir durch die geschlossene Tür eine gute Nacht zu, doch später weckte mich ein Geräusch. Eher ein Gefühl, eine Ahnung. Es war finster im Raum. Auf dem Nachttischchen befand sich keine Lampe, vergebens tastete ich nach dem Lichtschalter. Ich spürte Biergeruch an meinem Körper, den Eindruck einer Berührung. Ich stieß einen leisen Schrei aus, kaum hörbar für mich selbst. Holz knarrte. Schritte? War da eine Silhouette?

»Wilhelm?« flüsterte ich, doch aus dem dunklen Raum erhielt ich keine Antwort. Eine Tür knallte. Ein Windzug? Ich hatte die Tür abgeschlossen, daran erinnerte ich mich genau, das alte Schloß war nur schwer zugeschnappt. Ich fuhr über meinen Hals, roch an den Fingern. Da war eine Berührung gewesen. Ich habe einen schweren Schlaf. Ich spürte Männerhände an meinem Körper. Ich fuhr über meinen Bauch, meine Beine. Wilhelm? Ich weiß nicht, ob er in jener Nacht in meinem Zimmer war, erfuhr es nie, weil ich ihn nicht fragen wollte. Wenn es sein Vater gewesen wäre? Hätte ich mit ihm zusammenleben wollen, wenn sich sein Vater bei der ersten Gelegenheit an dessen Freundin heranmachte? Ich stand leise auf, verließ mein Zimmer und schlich über den Gang zu Wilhelms Raum. Er schlief nicht. Hatte er das Geräusch gehört oder verursacht? Ich streifte meinen Pyjama ab und legte mich zu ihm.

Beim Frühstück sagte er zu Franz, wir würden heiraten. Ich ging joggen, damit die beiden, Vater und Sohn, allein reden konnten.

Am späteren Freitagnachmittag rief Eveline wieder an. Sie hatte mit Rechtsanwalt Näff gesprochen.

»Wilhelm muß jegliche Aussage verweigern. Darauf will Näff die Verteidigung aufbauen. Näff sagt, das beste Mittel, hierzulande etwas zu vertuschen, sei es, so zu tun, als gebe es das Problem nicht. Zieh den Kopf ein und laß Gras darüber wachsen. Du läßt die Frager leerlaufen, bis *sie* lästig werden. Dann sei alles in Ordnung. Alles in Ordnung«, wiederholte Eveline für sich.

Dann sagte sie, »Wir werden auf geistige Unzurechnungsfähigkeit plädieren.«

Ich schaute auf.

»*Was* werden wir, Eveline?!«

»Du hast mich sehr gut verstanden, Sonja. Es ist jetzt nicht die Zeit für Sentimentalitäten. Es gibt nur einen Weg, Wilhelm aus diesem Sumpf zu ziehen. Glaubst du, mir als Mutter fällt das leicht? Ich will meinen Sohn zurückhaben, Sonja!«

Ich schwieg. Ich hatte sie provozieren wollen, jetzt verschlug sie mir die Sprache.

»Heute abend um sieben werde ich bei dir sein. Wir werden alles Nötige besprechen. Ich werde die nötigen Telefonate führen, die nötigen Einkäufe tätigen. Alles wird gut sein. Es ist im übrigen besser, wenn du in deinem Zustand nicht allein bist.«

»Ich weiß nicht, in was für einem Zustand ich bin, ich will das nicht, ich ...«

Sie schrie mich an. »Es geht jetzt nicht darum, was du willst. Die Pflege deiner Befindlichkeiten kannst du dir für später aufheben. Wir müssen jetzt handeln, Sonja! Es eilt. Die Weichen werden gestellt. Du bist nicht in der Lage, eine vernünftige Entscheidung zu treffen, also überlaß es uns. Nachher wirst du uns dankbar sein. Wir müssen kaltblütig vorgehen, um wenigstens das Schlimmste – lebenslänglich Zuchthaus – zu verhindern. Fürs Haareraufen bleibt noch genug Zeit. Später will ich mir nicht den Vorwurf gefallen lassen müssen, ich hätte etwas versäumt.«

Kaltblütig. Sie sprach es aus. Sie mußte alles aussprechen, um vor sich zu sehen, was ihren Sohn erwartete. Sie bannte die Gespenster, indem sie sie rief. Erst später begriff ich, daß sie nicht kaltblütig war, sondern kaltblütig sein wollte. Sie versuchte sich vor dem Abgrund zu retten, indem sie sich in ihn stürzte. Was mußte ich tun? Wilhelm, mein Ansprechpartner für alle meine Probleme, war selber zum Problem geworden. Ich empfinde seine Tat als Vertrauensbruch.

Was Eveline sagte, war grundsätzlich richtig. Sie entwarf ein Aktionsprogramm, Punkt für Punkt. Sie redete und redete. Sie machte sich Gedanken über Walter. Wie soll der Junge aufwachsen? »Schlimm genug, wenn ihn alle in der Schule hänseln werden. Du weißt, wie grausam Kinder sein können.« Eveline nahm Wilhelms Vorschlag auf, Walters Schulbeginn um ein Jahr zu verschieben, damit Gras über die Sache wachsen könne. Von Wilhelm wollte sie nichts wissen.

»Vergeßt ihn«, sagte sie. »Macht erst einmal eine Reise, weit weg. Oder zieht um, nach Zürich, nach Basel ... ach, dieses Land ist zu klein! Ihr müßt ins Ausland, für ein, zwei Jahre. Du findest Arbeit, auch jetzt. Du bist ein kluges, tüchtiges Mädchen, Sonja, eröffne ein Fitness-Studio in Berlin, ja, warum nicht in Berlin, ich sagte euch immer, in St. Gallen versauert ihr nur, das ist eine Stadt fürs Altenteil, ihr müßt die Welt entdecken!«

Sie redete sich in Begeisterung, taumelte durch die Zukunftsvisionen, die sie von unserem Leben entwarf.

Jetzt machte sie sich solche Gedanken, jetzt, nachdem sich Wilhelm unserem Zugriff entzogen hatte. Sie dachte Wilhelms Leben zu Ende, und meins und Walters. Das war ihre erste Reaktion.

Ich rief Franz an, zum ersten Mal seit acht Jahren.

Ständerat Ich möchte es an dieser Stelle nicht versäumt haben, den Hinterbliebenen von Bundesrat Dr. nac. oec. Hans Lüthi, der im übrigen ein Freund meiner Genfer Studienzeit war, insbesondere seiner Witwe Rosemarie, die er mit drei halbwüchsigen Kindern, Madeleine, Karl und der noch nicht einmal schulpflichtigen Sandra, in dieser von ihm mitgestalteten Welt zurückläßt, mein aufrichtiges Beileid auszusprechen. Tragweite und Ausmaß dieser vaterländischen Tragödie, der Verlust, den Hans Lüthi für die Eidgenossenschaft bedeutet, die Lücke, die der Magistrat in unser aller Bewußtsein zurückläßt, wird uns erst im Laufe der Jahre klarwerden. Ein großer Mann, ein homme de politique, aber auch ès lettres, ist von uns gegangen. Wir alle werden sein Andenken, das Andenken an einen Freund, tief in unseren Herzen bewahren und versuchen, sein zutiefst humanes Werk nach bestem Wissen und Gewissen fortzusetzen.

Zwei
Hut ab! Zur Präzision, nur zur Präzision!

Zeugin Ach, ich weiß, was alle denken. Mir ist das egal. Nein, es ist mir nicht egal. Richter Frey ist ein außergewöhnlicher Mensch. Zugegeben, etwas altmodisch. Was erwarten Sie von einem vierundsechzigjährigen Mann? Daß er jede Mode mitmacht? Es erstaunt mich nicht, daß man mit allen Mitteln versucht, seine Integrität in den Dreck zu ziehen. Unbestechlichkeit ist kein Attribut unserer Zeit. Richter Frey lehnt alle öffentlichen Ämter ab, die seine Unabhängigkeit einschränken würden. Er verließ seine Partei, als er das Richteramt antrat. Das hat für ziemlich viel Wirbel gesorgt. Als Nationalrat hatte er kein einziges Verwaltungsratsmandat. Vielleicht nannte man ihn deshalb exotisch. Wie will ein Volksvertreter, der in dreiundfünfzig Vorständen hockt, noch politisch unabhängige Entscheidungen fällen?

Frey meidet Zunftessen, Einweihungen, Vollwichsauftritte, Vernissagen, Parteiausflüge. Er kündigte sogar sein Opernpremierenabo. Da übertreibt er. »Justitia ist eine gestrenge, einsame, alte Dame«, sagt er. Richter Frey ist über jeden Zweifel erhaben. Er ist Berns schlechtes Gewissen. Er verkörpert den Gerechtigkeitsbrunnen. Man sieht es hier nicht gern, wenn die Sinnbilder, für die man eigens die schönen Brunnen errichtet hat, von ihren hohen Standsäulen herabsteigen und ihren Stiftern wieder ins Handwerk pfuschen.

Am 16. Juni aßen der Richter und ich im *National*. Wir kamen kurz nach zwölf. Er wollte mich fragen, ob ich ihm auch nach seiner Pensionierung als Arbeitskraft zur

Verfügung stünde. Ich hatte diese Frage erwartet. Mir käme das sehr gelegen. Ich will mein Studium wiederaufnehmen und den Fürsprech abschließen. Dabei bin ich finanziell auf eine Teilzeitstelle angewiesen.

Wir saßen in seiner Nische und hoben die Gläser. Ich wartete auf einen Toast, doch der Richter schwieg. Er schien in seiner Bewegung erstarrt, saß steif da, das Glas in der ausgestreckten Hand. Starr wie eine Brunnenfigur. Ich schaute ihn ungeduldig an. Sag schon was, dachte ich. Mir schien, er schaue durch mich hindurch. Ich glaube, er wartete selber darauf, daß er etwas sagte. Plötzlich zuckte er und verschüttete Wein. Er murmelte hastig einen unsinnigen Satz, der nicht seinem feinen, distanzierten Humor entsprach.

Und unvermittelt fragte er mich: »Haben Sie nach Feierabend noch ein Stündchen Zeit für mich, Fräulein Bourgknecht?«

Ich war perplex. Hatte ich mich verhört? Was ritt den Richter? Hatte ich mich derart in ihm getäuscht?

Er korrigierte sich sofort, mit hochrotem Kopf.

»Ich meine, wollen Sie nach meiner Pensionierung weiterhin einige Stunden in der Woche für mich tätig sein, Fräulein Bourgknecht.«

Diesmal ohne Fragezeichen. Es war nicht als Anzüglichkeit gedacht. Doch gesagt hatte er es. Ich erbat mir Bedenkzeit. Ich müsse meinen Lebenspartner fragen, obwohl für mich eben noch alles klar gewesen war. Enttäuscht stellte ich mein Glas auf den Tisch. Da krachte in meinem Ohr der Schuß.

In die behäbige Zunftstube des *National,* das hölzerne Täfer, die Malereien an den Wänden, in die unpassenden Deckenlüster, ja selbst in die Butzenscheiben schien Leben zu kommen, während das verhaltene Gespräch verstummte. Ein Schleier legte sich vor meine Augen. Mein Kopf dröhnte. Du hörst nie wieder, dachte ich. Ich neigte den Kopf, als sei er durch die plötzliche Stille im linken Ohr schwerer geworden.

Aus den Augenwinkeln nahm ich wahr, daß in der Nische neben uns ein hagerer Mann langsam in sich sank, während das ganze Lokal zu ihm hinstarrte. Der Mann wurde immer kleiner. Der Kopf kippte auf die Brust, die Lippen wölbten sich, ein Tropfen roten Speichels dehnte sich, zog sich wieder zum Tropfen zusammen, fiel und zerplatzte auf dem Tisch. Der leere Blick war nach unten gerichtet. Mein Großvater hielt in dieser Stellung sein Nickerchen. Es roch beißend nach Ruß. Ich erkannte, daß der Mann Bundesrat Hans Lüthi war.

Es dauerte, bis das Lokal wahrnahm, was vorgefallen war. Der Täter entkam, bevor sich jemand regte. Niemand hielt ihn auf; wer stellt sich schon einem Killer in den Weg, der gerade seine Kaltblütigkeit unter Beweis gestellt hat? Natürlich wissen wir jetzt, mit wem wir es zu tun haben. Zur Tatzeit sah ich ihn nur aus den Augenwinkeln, doch lange genug, um ihn genau zu betrachten. Mittlere Statur, vielleicht 1.72 oder 1.73 groß. Mir machte er einen korpulenten Eindruck in seinem zugegürteten Lodenmantel. In der weiten Außentasche verbarg er die Waffe. Im Ohr trug er einen Appenzeller Kuhstecker, wie es eine Zeitlang Mode war. Blondes Haar, Stufenschnitt, das Ohr frei. Bestimmt kam er gerade vom Coiffeur. Unter dem Ohr bemerkte ich eine gerötete Stelle, vielleicht ein Ekzem. Er kratzte sich, nachdem er geschossen hatte, als würde er sich selber über seine Tat wundern. Er murmelte etwas Unverständliches vor sich hin. In der linken Hand hielt er den Revolver. Er senkte die Waffe und drehte sich zu mir um. Seine leicht schwammige, glänzende Haut strahlte Unentschlossenheit aus, was in diesem Augenblick abwegig war: Dieser Mann hatte eben einen Menschen erschossen. Er wirkte gelöst, entspannt, hatte zu murmeln aufgehört. Als hätte ihn der Schuß aus einem Traum geweckt, doch wüßte er nicht, was er jetzt tun sollte. Schließlich setzte er sich mit einem Ruck in Bewegung und ging eilig, doch ruhig und beherrscht zum Ausgang. Auf dem Bärenplatz drückte er die Waffe einem Passanten in die Hand, der darauf von einem Gast des *National* niedergeschlagen und von der Polizei als vermeintlicher Täter verhaftet wurde.

Erst als der Mörder draußen war, fing im *National* jemand zu husten an, ich glaube, es war Pfarrer Obrecht. Das Lokal erwachte aus seiner Lethargie. Ochsenbein, der Zahnarzt, und Regierungsrat Franscini standen bereits beim toten Bundesrat. Der Richter hatte seine Hände auf meine gelegt und zog sie ertappt zurück. Bestimmt dachte er an sein mißverständliches Angebot. Ich entschied mich noch im *National,* es anzunehmen. Ich muß nur einen günstigen Moment abwarten, damit ich nicht meine Glaubwürdigkeit verliere.

Ich weiß nicht, wen der Richter beruhigen wollte, als er seine Hände auf meine legte. Nötig hatten wir es beide. Er äußerte sich mir gegenüber noch nicht zur Tat und wird es wohl auch nicht tun. Viel hat er nicht mitbekommen in seiner Nische. »Das Land hat einen großen Mann, ich einen fernen Freund verloren. Beruflich bin ich an dem Vorfall nicht interessiert«, sagte er.

Franz Ich hatte mich fürs Wochenende bestens eingerichtet. Einige Flaschen Burgunder würden die trübe Witterung zumindest in meinem Schädel auflösen, Whisky und Bier die weitere Richtung bestimmen. Außerdem hatte ich meinem Partner Baumann versprochen, Montag früh mit einem brauchbaren Vorschlag für den Kunst-am-Bau-Auftrag für die Schobinger Beton AG vor seiner Tür zu stehen. Sagt Baumann »brauchbar«, meint er, der Kunde sei keiner sonderlichen Mühe wert. Kunden wie Beton-Schobinger seien nicht an Kunst, sondern am Anschein derselben interessiert. Im Grunde schwerer zu vermitteln als echte Kunst. Kunst, die keine ist, jedoch aussehen soll, als wäre sie welche; Kunst light.

Bevor Wilhelm – oder vielmehr Sonja – wieder in mein Leben einbrach, stellte ich mir das Projekt »Werkhalle II« etwa so vor: Hier könnte ein Skulpturbrocken aus der Betonfassade ragen, dort käme ein abstrakter Betonbrunnen zu stehen, im Innenhof würde ich ein himmelstrebendes, nicht allzu phallisches Betonobjekt pflanzen. Dieses dürfte sehr hoch werden, höher als die Fabrik, und im Idealfall würde es ganz Zürich überragen, Frauenmünster und Dolder inbegriffen – und obendrauf würde sich Schobinger ohne Zweifel seinen Namenszug in grellroten Leuchtbuchstaben wünschen.

Hier werde ich meinen Stift zum Strich durch Schobingers Rechnung ansetzen. Hier kommt die Stelle, an der Schobinger dankbar begreifen wird, daß er nichts von Kunst versteht. Dafür hat er ja uns, Baumann & Gess, Creative Art Consulting. Mit dem skontofreien Bezahlen unserer überhöhten Rechnung darf er am Prozeß des Begreifens von Kunst teilhaben. Und staunen.

Am Freitag – ist es schon zehn Tage her? – erwartete mich Baumann gegen 17.00 Uhr im Büro. Erfahrungsgemäß gehen diese Termine am späteren Nachmittag, in die sich bald eine Flasche Weißwein einschleicht (wenn ich es steuern kann, ist es ein kalifornischer Chardonnay), in einen Restaurantbesuch und Anrüchigeres über. Dagegen habe ich nichts einzuwenden, seit ich nicht mehr verheiratet bin, und das sind jetzt gut fünfzehn Jahre. Daß es Baumann noch immer ist, muß ich nicht zu meinen Problemen zählen. Deshalb weist er mir diese Spätnachmittagtermine zu. Mir kann's recht sein, zumal der treue Beton-Schobinger unter dem Posten »Besondere Recherchen« kommentarlos unsere Puffbesuche finanziert.

Auch in mein privat-berufliches Adreßbuch (ich führe nur eines) haben sich einige weibliche Vornamen eingenistet. Eine von denen ist immer abrufbar. Ich bin Zyniker genug, um bei Bedarf alphabetisch vorzugehen, da ich eher zum sexuellen Eintopf neige als zur Entdeckung und Entfaltung in mir schlummernder Vorlieben. Anruf genügt, eine Stunde später steht Carla entblättert vor mir. Wenn ich es will, bringt sie ihre blutjunge Freundin Desirée mit, und am nächsten Morgen oder schon eine Stunde später verlassen sie mich – auf Wunsch für immer – mit dem Scheck des großzügigen, älteren Herrn, in den ich mich für diese Fälle verwandle. Ernas Vorzüge erkennen Sie daran, daß sie alle gängigen Kreditkarten akzeptiert. An dieser Tatsache wiederum erkennen Sie, wie praktisch unsere Welt seit geraumer Zeit schon eingerichtet ist. Zahlenkombinationen und Plastikkärtchen erfüllen mir jeden Wunsch, ich kann nicht aufhören, über dieses Wunder zu staunen.

Mir erspart meine persönliche Telefonnummernsammlung die qualvolle und entwürdigende Lektüre des *Sexanzeigers,* auf den ich während meiner ersten Zürcher Wochen angewiesen war. Eingekaufte Asiatinnen mit abgebildetem Knackarsch, in dem ein Tanga verschwindet, versprechen, den solventen Gentleman in diskreter Atmosphäre zu verwöhnen. Herrin Sabrina reitet ihn im gewünschten Tempo (Trab, Galopp oder Sprint) zu, dicke, fette oder alte Amateurstrumpfhosenträgerinnen bieten sich ihm zum Auspacken an, und Baby Jane läßt ihn mit ihren rosigen Fingerchen den grauen Alltag vergessen. Vernachlässigte Hausfrauen spreizen vor dem Selbstauslöser die Schenkel und servieren das Gesichtete im *Sexanzeiger.* Es ist zum Kotzen.

Von meinen privaten Telefonnummern mache ich mit einiger Regelmäßigkeit Gebrauch. Die Auswirkung der Anrufe auf meinen Körper begreife ich medizinisch. Heile deinen Kopf über den Unterleib. Eine östliche Weisheit. Einmal wöchentlich, verschrieben von Dr. Gess, und dein Kopf ist wieder klar. Keine Schwermutsschleier, kein Depressionsdunst mehr während einer ganzen Woche. Freie, ungebunden hemmungslose Kreativität, für die ich mit meinem Namen geradestehe. Eine Psychiatersitzung ist auch nicht teurer, richtet aber in der Regel mehr Schaden an.

Für dieses Wochenende zog ich Kim in Erwägung. Kim, das Thai-Girl, ist meine geduldigste Zuhörerin, denn sie versteht kein Wort, was nicht nur an der Sprache liegt. Ihr könnte ich meine noch unausgegorenen Schobinger-Pläne anvertrauen, die Werkhalle II etwa vor ihren Augen in einen Maja-Tempel verwandeln oder Schobinger einen Wettbewerb für junge regionale Kunstschaffende aufschwatzen. Ich würde meinen Blick in Kims tiefbraune, warme Augen versenken, und aus dem Feuer ihrer Iris entstünde in Zürichs Industrieosten eine Pyramide oder eine Vampyrgruft, je nach momentaner Vorliebe und alles natürlich aus solidem Schobinger-Beton, von dem ich ihr erzählte, angestachelt von ihrer meine Sinne überwältigenden Gegenwart. Sie würde nicht verstehen, weshalb ich sie unberührt entließe. Vielleicht sind ihr Freier lieber, die sie einfach bumsen, statt sie mit unverständlichen Fantasien zu vergewaltigen. Genau das brauche ich. Kims gläubiges Unverständnis fördert meine Fantasie.

Bei ihrem Anblick beginnt die Urquelle meiner Inspiration zu sprudeln, lavaheiß spritzen meine Ideen durch den Raum, die mich als wertvollen Partner des Creativduos Baumann & Gess auszeichnen. An mich glaubend und ungläubig, daß sie sich nicht einmal ausziehen soll, hätte sie spätestens am Sonntag in ihrer für europäische Begriffe gleichermaßen sinnlichen wie unbequemen Lotus-Sitzstellung vor mir gekauert und hätte meine Urfantasie beflügelt, während sich mein Schwanz, dieser zuverlässige Verächter alles Exotischen, nach etwas Eidgenössisch-Währschaftem gesehnt hätte, den ewiggleichen Carla-Desirée-Ernas, die dir so süß-sachlich einen Kostenvoranschlag unterbreiten, bevor sie ihren Auftrag ausführen. In diesem Land läuft nichts ohne Offerte, nicht einmal das Sexualleben. Doch wer kann schon seiner Haut entfliehen?

Ja, ich glaube fast, hätte Sonja nicht angerufen, ich hätte mich für Kim entschieden.

Ich stand bereits im Entrée, bizarrerweise mit Lodenmantel, Hut und Stock verkleidet. Draußen verregnete es den Zürcher Junitag. Da läutete es knapp vor 17.00 Uhr in meine Aufbruchstimmung. Ich blieb stehen, der Telefonbeantworter schaltete sich ein und gab mit selbstbewußter Stimme meine Nummer, nicht aber meinen Namen preis.

Ich erkannte ihre Stimme nicht gleich; und sie meine offensichtlich auch nicht. Wie auch, wir hatten uns sieben oder acht Jahre nicht gesehen!

»Franz... (füllte ihre Stimme, die ich weniger voll, weniger rund im Gedächtnis hatte, den Raum) Bist du das? ... Ich bin's, Sonja, deine Schwiegertochter... Ich weiß, wir haben uns lange nicht gesehen, hätten uns sehen sollen... Ich bin am Sonntag in Zürich, gegen Abend, und würde gerne bei dir vorbeischauen... Damals, ich weiß nicht, ob du dich erinnerst, an jenem Wochenende in Tschierv, wußte ich nicht, was aus mir und Wilhelm werden würde... Wir besuchten dich mehr oder weniger unangemeldet... und dir schien das auch unklar zu sein... oder nicht? Unklar ist für mich auch jene Nacht, Franz, in der du... Ich weiß einfach nicht genau, was passiert ist... Jedenfalls geht sie mir nicht aus dem Sinn, als habe alles damals begonnen... Ich heiratete Wilhelm, das kam alles so plötzlich... Doch darum geht es nicht, es geht darum, Franz, daß... Wilhelm hat –«

Hier stoppte das Band: Genug Zeit für den üblichen Anrufer, mir zu übermitteln, was er zu übermitteln hat. Für Sonja reichte es nicht.

Ich blieb im Entrée stehen. Würde sie noch einmal anrufen? Jetzt gleich? Ich wartete fünf Minuten, doch das Telefon blieb stumm. Mir kam das Taxi in den Sinn, das unten schon bereitstand. Als gäbe es in einem solchen Augenblick nichts Wichtigeres, schloß ich die Tür auf und verließ eilig das Appartement.

Therapeut Man darf nicht den Fehler machen, jeden Perversen als potentiellen Amokläufer zu diskreditieren – vielen gelingt es ja durchaus, trotzdem persönliche Stabilität zu finden. Wobei im vorliegenden Fall eine Perversion bestenfalls vermutet werden kann. Ich meine jedoch, man muß präzis hier ansetzen. Auch kann ja nicht eigentlich von einem Amoklauf die Rede sein, da ja zu einem solchen mehrere Opfer und – dies die statistisch gewonnene Erkenntnis – der finale Abtritt des Täters durch Selbstauslöschung gehören.

Eveline Der Weg vom Waffengeschäft zu Sonjas und Wilhelms Wohnung führte an der langen Mauer des Ostfriedhofs vorbei; ich beruhigte mich. Kurz nach sieben stand ich vor der Tür und kündigte mich mit dem gewohnten Klingelzeichen an: Kurz–lang–kurz. Oft schon wartete ich vor dieser dunkelbeigen Tür. Das Treppenlicht löschte. Ich stand im Finsteren, vor mir nur das leuchtende Auge des Türspions. Sie war zu Hause.

Vor ihrer Tür fragte ich mich oft, weshalb sie diese Wohnung gekauft haben. Dreieinhalb Zimmer, das größte mißt achtzehn Quadratmeter, taucht die Gastgeberin im Gang mit einem Tablett auf, muß man ins Bad flüchten. Wohn-Eßraum, Elternschlafzimmer mit Arbeitsgelegenheit für Wilhelm, in Walters Zimmer steht

Sonjas Fitnessreck. Bleiben Gäste über Nacht, verwandeln sie das Sofa in ein Doppelbett, das Wohnzimmer in ein Gästezimmer, die Wohnung in ein Matratzenlager. Wo käme ein zweites Kind hin? Der Säugling würde im Elternzimmer schlafen, aber später?

Der Balkon ist zugleich Gewächshaus, Geräteschuppen, Vorratskammer und Wintergärtchen. Hier spielt Walter, hier stoßen sie auf das neue Jahr an, hier pflanzt Wilhelm die Kräuter für seine Marinaden, hier (nur hier) rauchen die Gäste. Ich vermute, Sonja bräunt sich auf dem Balkon, dem Blick der Nachbarschaft ausgesetzt.

Ihre Aussicht ist zugemauert. Wohin man schaut, Beton, nichts als Beton. Die gegenüberliegenden Blöcke treten einem bei Föhnlage als wuchtige Felsen entgegen. Dahinter ragen, beängstigend nah, die Alpen hoch. Der Föhn bestimmt die Stimmung. Fadenziehende Wattewolken am sonst klaren Himmel, die für die Jahreszeit unübliche Hitze der Sonne, das in den Augen brennende Halblicht. Langsam setzt sich diese Mischung im Kopf ab; ich hatte an diesem Freitag starke Schmerzen. Schwindel schüttelte meinen Körper, Brechreiz stieg in mir hoch. Die Umgebung löste sich in meinen Augen auf. Also würde sich das Gewitter in der Nacht entladen.

Sonja öffnete noch immer nicht. Ich knipste das Licht an, klingelte erneut, dreimal lang, ungeduldig. Sie mochte hinter der Tür lauern und mich beobachten. Der Spion gab nichts vom Innenleben der Wohnung preis. Stille.

Wilhelm wuchs in einer großzügigen Umgebung auf. Das Haus, das mein Mann 1960 kaufte, als er den Geschäftserfolg »bis ins Mark spürte«, wie er sagte, liegt in einem Park, halb über der Stadt, fast an ihrem Rand und doch mittendrin. Schneebedeckt, wie im Märchen, grenzen die wuchtigen Bäume den Garten gegen die Stadt ab, im Frühling scheint sie zwischen den noch blätterlosen Ästen auf, und es reizt, wieder in sie abzutauchen. Weite Rasenflächen, auf denen die Kinder Federballturniere und Fußballspiele austrugen, umgeben das Haus. Hohe Tannen, Birken und Föhren und – gegen die Straße – eine Buchenhecke trennten uns von den anderen Liegenschaften. Die Nachbarn waren nur ferne Silhouetten. Kontakt war ein Privileg, keine Pflicht.

Meine Söhne spielten im eigenen Garten, Walter steht der gemeinsame Spielplatz der Siedlung zur Verfügung, eingekesselt von den Wänden der Wohnblocks, aus deren Fenster die Angstaugen der Mütter stieren. Eine mit Gras geschönte Betonwelt. Sonja mag recht haben, wenn sie sagt, daß dieser Umgang Walter in die Gesellschaft einfüge. Es sozialisiere ihn, sagt sie. Mir schmeckt das zu sehr nach Kopf statt Herz, nach Theorie, nach Angelesenem, das sie an sich selbst und den Kindern ausprobiert. Und wie steht es mit der Gegentheorie? Weicht diese Sozialisation Walters Eigenständigkeit nicht auf und hindert ihn daran, eine Persönlichkeit zu entwickeln? Wilhelm war ein originelles Kind, unterscheidbar von den anderen, die hier uniformiert herumtollen und auf Schritt und Tritt sozialisiert werden, als seien sie Teil eines großangelegten Menschenversuchsprojekts. Mein Wilhelm hatte ein Gesicht, hier sehe ich nur Münder und Augen, Nasen und Ohren. Ich konnte meinen Söhnen die ganze Welt bieten, Walter sieht nur einen Ausschnitt.

Als August und Wilhelm heranwuchsen, hielt die Hochkonjunktur an. Es wurde gebaut, viel und zu rasch. Beton, der heute, nur drei Jahrzehnte später, schon brüchig ist, Asbest, der mittlerweile als krebserregend gilt, beherrschte die Stadt. Betongymnasium, Betonhochschule, Betontheater, Betonspital. Alles leckt jetzt, bröckelt und fällt auseinander. Geld wurde verpraßt, der Reichtum ausgestellt – die Welt der sechziger Jahre war ein einziges Schaufenster. Cadillacs und Jaguare bevölkerten die Stadt, Zweithäuser im Tessin und Engadin kamen dazu – unseres stand, bevor es im vergangenen Jahr vom Berg verschüttet wurde, im Münstertal –, Goldschmuck und Nerzmäntel stolzierten durch die Fußgängerzonen. Private Einladungen gerieten zu kleinen Galas. Ein bei einem Nobelrestaurant ausgeliehener livrierter Kellner kümmerte sich um das Wohlergehen der Gäste. Das Mädchen rackerte schweißgebadet in der Küche und durfte sich mit den Blutspritzern auf der Schürze nicht sehen lassen. Die nervöse Gastgeberin überwachte die Etikette und sorgte mit einer gezielt ungeschickten Bewegung für den ersten Weinfleck auf dem Tischtuch mit echten St. Galler Stickereien: Der Abend war eröffnet.

Keiner unserer Tischgenossen bemerkte die aufziehende Rezession. Ich hatte meinem Mann oft von dem Unbehagen erzählt, das mich quälte, und ihn zu mehr Vorsicht im Umgang mit Geld und jenen ermahnt, die es ihm aufdrängten oder von ihm wollten. Was war unser Freundeskreis damals groß!

Er sprach mit mir nicht übers Geschäft. Er sagte, ich hätte, was ich bräuchte, der Umsatz steige Jahr für Jahr, ich solle mir den Kopf nicht zerbrechen. Ich konnte ihm nicht verständlich machen, daß eben das meine Sorgen waren. Ich hätte nur die Rolle der Spielverderberin gespielt. Wirklich mißtrauisch wurde ich, als sich die Bankberater zu uns nach Hause einladen ließen. Was hatten sie hier verloren? Freunde waren sie nicht, und Geschäftsgespräche gehörten nicht vors Cheminéefeuer. Bei Lachs und Champagner wurde die Betriebsvergrößerung diskutiert, beim Lammgigot und dem schweren Bordeaux (der nicht zum Lamm paßte, doch war der Bordeaux nun einmal das teuerste Getränk, das unser Weinkeller zu bieten hatte) ins Unermeßliche gesteigert, und beim schottischen Malzwhisky wurde sie finanziert. Später hörte ich von Bankrotteuren, bei denen selbst der Weinkeller vom Konkursamt abgeholt wurde.

Ich will nicht sagen, ich hätte damals, Jahre vor den anderen, die aufziehende Krise geahnt. Doch hatte ich gespürt, daß sich in das Verhalten der Menschen, auch meines Mannes, etwas eingeschlichen hatte, das nicht richtig war. Der Erfolg vielleicht. Das Zuviel an Erfolg. Das Maß war nicht mehr gegeben. War es das? Ich weiß es nicht. Ich kann Ihnen nicht genauer sagen, was es war, und da ich es damals noch weniger benennen konnte, als ich es heute kann, schwieg ich.

Die Ölkrise der siebziger Jahre brachte das Wohlstandsgebäude, das wir für so stabil hielten, zum Einstürzen. Viel brauchte es nicht. Betonhäuser erwiesen sich als weniger tragfähig als Kartenhäuser. Die schnittigen Sportwagen verschwanden im Nu aus dem Stadtbild, landeten erst in der Garage, dann beim Konkursamt. Die Frauen, die eben noch Nerzmäntel trugen, traten dem Tierschutzverein bei, die Schmuckschatullen wurden in den Rosenbeeten vergraben. Auf die sieben schlechten Jahre würden wieder sieben gute folgen, da hatte man rechtzeitig für den Neubeginn vorgesorgt. Sammler machten ihre Sammlungen plötzlich der Öffentlichkeit zugänglich – auf einer Versteigerung. Oder, waren sie schnell und frech genug, kamen sie dem Konkursamt zuvor und schenkten sie als Dauerleihgabe einem Museum. Trotz der allgemeinen Zurschaustellung der Besitztümer: Wer hätte gedacht, daß die Seerosen über dem Bürotisch des Herrn Doktor ein echter Monet waren und sich Frau Direktorin im Beisein einer Degas-Tänzerin die Haare frisierte! Woher mochten diese Kunstwerke kommen? Hatte wirklich jeder einen Urgroßvater, der rechtzeitig die französischen Impressionisten auf den Pariser Flohmärkten kaufte?

Mein Mann hatte das unverdiente Glück, sein Baugeschäft gerade noch rechtzeitig seinem Buchhalter verkaufen zu können. Dieser hatte ihn ein Jahrzehnt lang betrogen und war jetzt dumm genug, das von ihm ausgehöhlte Geschäft zu übernehmen, um festzustellen, daß es nichts mehr zu bauen gab. Sein Coup verlieh dem Wort Spottpreis die richtige Bedeutung. Ihm gelang der spektakulärste, schlagzeilenträchtigste, ja, wie sich einige Bänkler in der Erinnerung einig sind, *schönste* Konkurs der Region. Es sind dieselben Bänkler, die bei uns Wein tranken und mich später auf der Straße nicht mehr erkannten. Dabei spielte es keine Rolle, daß uns das Geschäft nicht mehr gehörte, zumal es noch unseren Namen trug – daß es der Buchhalter übernommen hatte, wurde lediglich als Taktik interpretiert, damit Franz den Kopf aus der Schlinge ziehen konnte. Wer kann schon sagen, ob die beiden nicht unter einer Decke steckten? Aber so war es nicht.

Damals wurde im Konkurs ein Verrat gesehen. Das Baugeschäft Gess hatte den Erfolg verraten und führte mit seiner Pleite die Endlichkeit der Welterfolgsgeschichte vor. Plötzlich war zu Ende, was als ewig zu gelten hatte. Mein Mann, mehr noch sein Buchhalter, führte eindrücklich vor, daß Scheitern wieder möglich geworden war. Die Gess-Pleite war nicht nur das Ende unseres Baugeschäftes, das fast zweihundert Angestellte, ein stattliches Fabrikgebäude und einen zweistelligen Millionenbetrag Schulden hinterließ. Dieser Bankrott bedrohte auch die anderen, die ebenso aus dem vollen geschöpft, dieselben Geschäftspraktiken betrieben, dieselben beratenden Banken und dieselben betrügerischen Buchhalter hatten. Die Einladungen in die Zweithäuser, auf die Jachten im Mittelmeerhafen hörten auf. Daran war das Baugeschäft Gess schuld. Es war schuld an allem, verantwortlich für alle, weil es als erstes pleite ging. Hätte Gess durchgehalten, hätten alle durchgehalten. Man war ernsthaft der Ansicht, sich mit einer Durchhalteparole vor der Rezession bewahren zu können; nur der Ozean um uns trocknet aus, wir schließen die Augen und machen weiter wie bisher.

Von diesem Unsinn schienen auch die Banken überzeugt. Keiner fragte nach, wer denn das Geld so bereitwillig zur Verfügung gestellt hatte, mit dem die Riesenpleite aufgebaut werden konnte. Keiner wollte wahrhaben, daß die Banken den Unternehmern das Geld aufgedrängt und damit ihren Untergang mitverschuldet hatten. Die Wut durfte sich auf Gess konzentrieren. Man mußte ihn besonders hart anfassen, damit keinem in den Sinn kam, seinem Beispiel zu folgen.

Verrat war auch das Wort, das sich in den Hirnen der Geldinstitute festsetzte. Die Entscheidung war rasch gefällt: Gess mußte exemplarisch bestraft werden. Hart und definitiv. War es nicht Verrat am Vaterland, pleite zu gehen? Die Todesstrafe werde hierzulande – wie Wilhelm später einmal halb im Scherz sagte – nur in Kriegszeiten angewendet, doch komme in unserem Land die Eröffnung eines Konkurses nicht einer Kriegserklärung an die Gesellschaft gleich?

Vergeblich. Die Einschüchterung verfehlte ihr Ziel. Mein Mann verschwand im Münstertal – wir ließen uns scheiden –, der Buchhalter wurde in der Bankenwelt zur Persona non grata, die Welt versank in der Rezession. Die unerbittliche Härte, die man in unserem Fall anwandte, verwandelte sich später, als sich die Konkurse häuften, in verständnisvolle Milde. Aus dem Kapitalverbrechen waren Kavaliersdelikte geworden.

Was hält Sonja von diesen Geschichten? Was weiß sie überhaupt davon? Ich meine, es ist die Vergangenheit ihres Mannes, seine Jugend und Kindheit. Sie sieht doch in jeder Geste, im kleinsten Detail eine tiefere Bedeutung, mit der sie dem ganzen Menschen auf die Schliche kommen will. Sie fragte nie nach dem Konkurs oder meiner Scheidung. Will sie davon nichts wissen? Interessiert sie sich nur für die *Urgründe* – ihr Ausdruck! –, wenn es ihr in den Kram paßt? Nie erkundigte sie sich nach dem Schicksal des Vaters ihres Mannes. Ich wunderte mich oft, daß sie nie mit mir über ihn reden wollte. Jetzt, meine ich, hat sich dieses Gespräch erübrigt.

Endlich öffnete sie.

Sie stand – das ist jetzt mehr als eine Woche her – im Bademantel unter der Tür, die Augen gerötet, die Haare zerzaust. Sie kam nicht aus der Dusche. Ich stellte keine Wasserspuren am Boden fest. Hatte sie sich meinetwegen ausgezogen? Die Mantelkordel war lose um ihre Taille geschnürt. Das Revers klaffte wie eine Wunde auf, stellte ihre gebräunte Haut aus und gab die Rundungen ihrer Brüste preis. Nackt, ging mir durch den Kopf, wirken sie weniger bedrohlich als eingezwängt in den synthetischen Sportdress, den sie für ihre Arbeit trug. Es war nicht das erste Mal, daß Sonja ihren Körper bewußt gegen mich einsetzte. Sie versuchte mich zu bedrängen, zurechtzuweisen, auch zu verletzen, indem sie ihren Körper zur Schau stellte, ihn in meiner Gegenwart aufreizend betonte. An diesem Abend allerdings sollte sie einen Schritt weitergehen.

»Du?« sagte sie wenig erstaunt, dennoch ungläubig, daß ich gekommen war. War meine Haltung am Telefon nicht unmißverständlich, schien sie mir mitzuteilen. Sonja faßte mit einer brüsken Bewegung der rechten Hand das Revers des Mantels und bedeckte ihre Brüste. Sie hatte mir gezeigt, wie schön sie sind, aber auch, daß sie nicht für mich bestimmt waren. Waren sie wenigstens für Wilhelm da?

»Ich sagte doch, ich komme um sieben, Sonja. Hast du das vergessen?«

Sie schüttelte den Kopf, sie hatte es nicht vergessen. Nur hatte für sie das Klingeln nicht unbedingt das Öffnen der Tür zur Folge. Sonja verschwand in der Wohnung. Sie forderte mich nicht auf, einzutreten.

Die Räume schienen leer, trotz der Bilder und Möbel,

die sie füllten. Natürlich waren da auch Wilhelms Sachen, von den Eltern Mitgebrachtes, gemeinsam Gekauftes. Dennoch spürte ich, mein Sohn war weg, als habe er den Gegenständen seine Seele entzogen. Ich traf auf Sonjas übliches Durcheinander. Vielleicht war es jetzt etwas schlimmer. Vielleicht hatte Wilhelm hinter ihr hergeräumt, um sie mir als die perfekte Hausfrau, die sie nicht sein will, zu präsentieren.

»Sonja?«

Ich stand im Gang.

Im Bad brannte Licht. Ich schob die Tür auf. Hier war sie nicht. Der Duschhahn tropfte. Wilhelms Bademantel lag am Boden. Ich hob ihn auf und sah, daß die WC-Schüssel verschmutzt war, doch menschlicher Schmutz war es nicht. Ich beugte mich über die Schüssel. Innen, außen, alles verschmiert. Lippenstift, Wimperntusche, Wangenrouge. Aus den Formen könnte ein Gesicht entstehen. Ich spülte; die Farben verwässerten, vermengten sich zu einen bläulichen Strom. Das Wasser sog einen Teil weg, und ein Rand, der sich verfranste, blieb zurück. Ich stellte den Hahn ab. Die Brause in der Hand, zögerte ich, ob ich die Duschkabine, die dieselben Farbspuren wie die WC-Schüssel aufwies, reinigen sollte, ließ es aber bleiben.

Wattebäuschchen lagen zerdrückt am Boden, Binden in einer Ecke. Der Abfalleimer war umgekippt. Der Spiegelschrank stand offen und war fast leer. Im Lavabo lagen Döschen, Crèmes und ausgedrückte Tuben, in der Katzenkiste Badetücher und der heruntergerissene Fenstervorhang. Lidschattenlinien zogen sich über die Decke. Ein Spinnennetz ohne Spinne. Die Spinne lauerte in der Wohnung auf mich. Ein zerknüllter Zettel geriet mir in die Hände. Ich faltete ihn auseinander. *Eveline, dein Sohn hat* – Ich zerriß ihn und ließ die Fetzen zu Boden fallen.

Der Zustand des Badezimmers schockierte mich nicht. Sonja hat Flausen. Sie schrieb Wilhelm Nachrichten mit dem Lippenstift auf die Tapete, er rahmte sie am Abend mit Leuchtstift ein und signierte in ihrem Namen *i.V. Sonja '89*, sie ergänzte *für Will, am 2. April*. Sie hämmerte Nicht-vergessen-Zettel mit Nägeln in die Wände und vergaß die Besorgung mit dem letzten Hammerschlag.

Sie fühlten sich hier nicht wohl. Seit sie hier wohnten, meine ich, hatten die Gehässigkeiten zwischen den jungen Eheleuten zugenommen. Wilhelm neigte dazu, spitze Bemerkungen zu machen. Ich übersehe die Unzulänglichkeiten meines Sohnes nicht. Sonja blieb Wilhelm nichts schuldig. Sie drehten die Spirale ständig höher. Für einen Gast war das unangenehm. Man verspürte den Wunsch, vorzeitig aufzubrechen. Ich sprach nicht mit ihnen darüber. Ich habe gelernt, meine Vorstellungen vom Leben nicht auf ihr Leben zu übertragen. Ich zog mich zurück. Mich beruhigte, daß Wilhelm hin und wieder die Tapete erneuerte.

Sonja hatte das Licht brennen lassen, um mich ins Bad zu locken. Sie hatte diese Szene für mich vorbereitet. Mit dem Zettel richtete sie die Vorwürfe an mich. Für sie war ich es, die Mutter, die ihren Sohn verdorben hat, und in den Trümmern saß nun sie, die liebende, verlassene Gattin.

Sie kauerte im Wohnzimmersessel, die Beine, die sie mit den Armen umschlungen hielt, angewinkelt und eng an den Körper gepreßt, der Morgenmantel hing lose darüber. Über ihre Augen hatte sich ein Schleier gelegt, eine Schutzwand, durch welche die Außenwelt nicht eindrang. Sie regte sich nicht, als ich eintrat. Ich setzte mich ihr gegenüber auf das Sofa.

»Zieh dich an, Mädchen«, sagte ich, vielleicht etwas grob. Mir war nicht nach Freundlichkeiten zumute. Wir mußten handeln. Ich mußte handeln, ich mache mir über die Handlungsfähigkeit meiner Familienmitglieder in Krisenzeiten keine Illusion. Sie hauen ab, sofern sie überhaupt noch da sind, verkriechen sich in sich selbst oder wischen das Problem vom Tisch.

»Iß etwas. Reiß dich zusammen, Sonja! Du solltest dich im Spiegel sehen!«

Sie rührte sich nicht.

»Ich verstehe dein Bedürfnis, allein sein zu wollen. Ich gehe gleich wieder, doch einige Dinge sind zu besprechen. Dinge, die keinen Aufschub dulden, Dinge, die man nicht am Telefon besprechen kann.«

Vielleicht hätte ich Sonja in die Arme schließen sollen. Doch meine Stimme redete von Anwalt, Terminen, Kosten. Nüchterne Möglichkeiten, Wilhelm zu helfen.

Gleich nach Sonjas Anruf hatte ich das Anwaltsbüro Näff & Näff, das einflußreichste in der Stadt, mit der Angelegenheit beauftragt. Das Büro kümmerte sich schon mit Erfolg um meinen Teil der Scheidung. Der Seniorpartner Hans Näff ist ein alter Freund der Familie, mir über unsere gemeinsame Vorliebe für die italienische Oper zugetan, seit es die Familie aus juristischer Sicht nicht mehr gibt – vor Gott sind wir noch immer Mann und Frau. Näff beabsichtigt, sich aus dem Berufsleben nach Andalusien, wo er ein Haus besitzt, zurückzuziehen. Er lud mich schon wiederholt ein. Ich meine, dieses Jahr werde ich fahren. Schon lange spricht er von seinem Réduit jenseits der Pyrenäen. Von hier vertreibt ihn die unberechenbare Mischung aus Regen und Föhn; von dort die mangelnde Beschäftigung. Offen war, ob Hans selber Wilhelms Verteidigung übernehmen wird. Es lockte ihn, der Fall war einmalig. Andererseits stünde er seinen Andalusienplänen im Wege. Der Fall war auch undankbar. Der spektakuläre Abgang des souveränen Anwalts könnte sich als politische Pleite entpuppen. Sollte sich nicht besser ein junger Schnösel die Finger daran verbrennen als ein ausgebuffter Profi?

»Und wenn Wilhelm für seine Tat nicht verantwortlich wäre, ich meine ...«

»Was meinst du, Eveline?«

»Du weißt es, Hans. Wenn er in diesem Moment, ich meine, im Moment der Tat, irgendwie abwesend war, als hätte er für einige Minuten den Verstand verloren ... Ein Blackout gehabt ... Ich denke, es würden sich Parallelen in seinem Leben finden, mit denen das irgendwie psychologisch zu erklären ist ... Das ist doch heute Mode, die Kindheit ist an allem schuld, und Wilhelm, ich meine, die Scheidung, er hat seinen Vater verloren und jetzt ...«

»... erschießt er seinen Vaterersatz?« Näff lachte. »So läuft das nicht vor Gericht, Eveline. Aber es gibt die Möglichkeit, Wilhelm für unzurechnungsfähig erklären zu lassen. Ich bin dir dankbar, daß du den Tatsachen so gefaßt ins Auge blickst. Du bist sehr stark. Wir könnten ihn«, fuhr er fort, »via Psychiatrische am Gericht vorbeimanövrieren. Ich denke, es läßt sich plausibel nachweisen, daß Wilhelm für diese Tat kein Motiv hat. Oder meinst du, er hat eines? Nein. Er ist vielleicht ein bißchen sonderbar, doch wer ist das nicht? Eine grundlose Tat. Das wäre ohnehin allen am liebsten. Es würde die Sache rasch aus der Welt schaffen. Das Unbegreifliche bliebe unbegreiflich, doch hätte es jetzt eine beruhigende Etikette: Verrückter erschießt Bundesrat. Da kann man nichts machen, so etwas geschieht nun einmal. Damit wären alle der weiteren Suche nach Gründen enthoben.«

Näff kam in Fahrt. »Da die Tat, so tragisch sie sein mag, nicht mehr ungeschehen gemacht werden kann, ist auch der Bundesrat interessiert, Lüthi schnellstmöglich unter die Erde zu bringen. Ein paar Abschiedsworte am offenen Grab, ein paar im Brustton der Überzeugung vorgetragene Empörungsstatements und Sargdeckel zu. Die Regierungsgeschäfte können nicht warten. Die Vakanz im Bundesrat muß rasch behoben werden. Es geht darum, bloß keine Krise aufkommen zu lassen, ja, das Wort Krise ist zu meiden wie die Pest. Es ist ja kein Geheimnis, daß hierzulande nicht das Problem angegangen, sondern der Überbringer des Problems zum Schweigen gebracht wird. Mit der Ernennung des Nachfolgers ist die Affaire Lüthi ausgestanden. Wilhelms ehrenvollste patriotische Aufgabe besteht jetzt darin, die Klappe zu halten. Dies kann er am besten in der Klapsmühle.«

Für die Klapsmühle entschuldigte sich Näff, ersetzte sie durch Psychiatrische Klinik und kondolierte mir. Mir?

Sonja saß noch immer reglos in ihrem Sessel.

»Morgen bringen sie Wilhelm nach Bern.«

»Wieso nach Bern, Eveline?«

Endlich schaute sie auf.

»Bern ist die zuständige Strafvollzugsbehörde, Sonja. Die Tat wurde in der Hauptstadt begangen. Bern muß sogar ein Rechtshilfegesuch an St.Gallen stellen. Morgen wird Wilhelm in einer Eisenbahngefängniszelle nach Bern gebracht. Es gibt dafür Fahrpläne, da man sich bei der Kundschaft auf eine gewisse Regelmäßigkeit verlassen kann. Näff erläuterte mir das ausführlich, weil er sonst nichts zu sagen wußte, und Kondolieren liegt ihm nicht. Wenn andere trauern, kümmert er sich lieber um die Sargpreise.«

Sonja nickte abwesend. Das interessierte sie nicht mehr. Die Details überließ sie mir. Wilhelm in Bern, das genügte ihr.

»Pack die Koffer, Sonja, noch heute abend. Fahr mit Walter irgendwohin. Tut so, als hättet ihr eine Reise vor, schon lange geplant, und morgen früh ist es soweit. Wo zieht es dich hin? Rom? Istanbul? Macht etwas Verrücktes! Etwas, das euch noch nie in den Sinn gekommen ist. Fahrt nach Moskau! Ja, genau, warum nicht nach Moskau! Euch wird schon nichts geschehen, du bist ja die Vernunft in Person. Oder Paris! Ihr wart noch nicht einmal in Paris! Ich kenne ein hübsches, kleines Hotel an der Rue Duhesme im Montmartre, ich war da mit meinem Mann, Ende der fünfziger Jahre ...«

Sonja rührte sich nicht. Der Bademantel hatte sich wieder geöffnet. Diesmal entblößte er das linke Bein. Sie zwang mich, ihre Schenkel zu betrachten, das Halbrund ihrer linken Brust, den Nabel, einzelne Haare am Bauchansatz.

»Nein, Sonja, du bist eine Landkatze. Fahrt in die

Champagne oder weiter, in die Bretagne. Ich war einmal in St. Malo, als Mädchen, es war ... Ich ...« Ich stand auf und holte meine Handtasche. »Hier, Sonja, ich habe euch etwas Geld mitgebracht ...«

Ich legte zwei Tausend-Franken-Noten auf den Tisch. Sonja nimmt sie ohnehin nicht an, dachte ich. Sie hatte noch nie etwas annehmen können.

»Das ist unsere Angelegenheit«, redete ich weiter. »Die Familie Gess kümmert sich darum, hörst du? Wir wollen dich nicht ausschließen, Sonja. Du bist mit den Nerven am Ende. Du mußt ausspannen, das hat mit Wilhelm nichts zu tun ... Nimm das Geld ... Ich hoffe, du verstehst das richtig, ich ... Am Sonntag fahre ich zu August und Alessandra. Auch meinen Exmann entlasse ich nicht aus der Verantwortung. Du erinnerst dich nicht zufällig an den Namen des Zürcher Hotels, in dem er jetzt wohnt? Sonja! Hörst du mir zu?«

Sie nickte. »*Bellevue*«, sagte sie nach einer Pause.

»Was *Bellevue?*«

Langsam drehte sie mir den Kopf zu, träge, wie in Zeitlupe. Ihre Augen glänzten gläsern, nicht von Tränen, meine ich. Ich dachte bei ihr schon an Drogen, so rasch und oft konnte sich ihr Zustand verändern. Nahm sie Medikamente, Beruhigungs- oder Aufputschmittel? Diese Hyperaktivität, darauf unbegreifliche Trägheit.

»Das Hotel, Eveline. Das Hotel, in dem Franz wohnt, heißt *Bellevue*. Dein Exmann wohnt dort. Franz.«

»Ich verstehe, Sonja. Ich weiß, wie mein Exmann hieß.«

Ich staunte: Sie nahm das Geld. Sie stand auf und legte es in eine Schatulle, die auf der Kommode stand. Dann trat sie auf mich zu und lächelte ihr minimales

Lächeln, das – wie kann ich es beschreiben? – kaum ihre Mundwinkel verließ. Schon bereute ich es. Ich fragte mich, was ich mit meinem Geld finanzieren würde. Lange stand sie vor mir, kaum eine Armlänge entfernt. Plötzlich zog sie mit einer hastigen Bewegung den Bademantel auf und ließ ihn zu Boden fallen. Immer noch lächelte sie. Sie ging rückwärts auf ihren Sessel zu, setzte sich, verschränkte die Hände hinter dem Kopf und schaute mich herausfordernd an.

»Du bist schön«, sagte ich endlich, so ruhig ich konnte, und begriff, daß ich ihr in die Falle gegangen war. Sie wollte mir diesen Gedanken eingeben, eine Katze, die dir schnurrend ihren Willen, ihre Persönlichkeit aufzwingt und dich mit sanfter Eleganz quält.

»Nicht wahr«, sagte sie.

Geil. Da war es, dieses Wort. Es schmerzte mich. Sonja warf es mir manchmal zu, beiläufig und treffsicher. Jetzt sprach sie das Wort mit ihrem Körper aus. Sie verführte mich und stieß mich von sich. Sie wollte, daß ich mich schmutzig fühlte, weil ich ihr Geld gegeben hatte, Geld gegen menschliches Leid, also gab sie mir für mein Geld nackte Haut. Sie machte mich an, wie sie sagt. Ihr Kuß, hätte sie mich in diesem Augenblick geküßt, hätte eine Wunde in meine Wange gebrannt. Sie zeigte mir die Möglichkeiten ihres Lebens und wies mich darauf hin, daß ich mit meinen gescheitert bin. Eine Lektion, der weitere folgen würden.

Als Wilhelm sie mir vorstellte, trug sie eine Kurzhaarfrisur. Der Kopf war fast kahlgeschoren. Die Haare waren nur noch Flaum und ließen den Schädel durchsichtig erscheinen. Das Wollkleid schmiegte sich an ihren Körper. Bei jeder Bewegung traten seine Formen hervor und ließen sie noch größer werden – Sonja, die die Maße und den mageren Körper eines Mannequins hat, überragte Wilhelm um fünf, sechs Zentimeter. Ich besitze einige Aufnahmen von ihr, die sie mit dieser Frisur zeigen. Andere Fotografien kamen hinzu. Bei einigen habe ich manchmal Zweifel, ob das Mädchen wirklich Sonja ist. Sie verändert sich von Bild zu Bild, und zwischen den Bildern liegen selten Jahre, meist nur Monate, Wochen. Sie ist ein Chamäleon, unberechenbar anpassungsfähig. Anpassungsfähig woran? Bestimmt nicht an Wilhelm. An ihre jeweilige Verfassung, an ihre jeweilige Laune? Ich hatte gehofft, über diese Aufnahmen etwas von ihr erfahren zu können.

Jetzt, nackt, prägte sie mir ein neues Bild von sich ein.

»Ihr müßt Wilhelm vergessen, du und Walter.«

Ich erhob mich. Ich sagte, was ich mir ohnehin zu sagen vorgenommen hatte. Verreist. Vergeßt Wilhelm. Ich stand unter der Tür. Von Sonja sah ich nur den Hinterkopf und ihre weit von sich gestreckten Füße. Sie blieb sitzen. Unter der Tür zögerte ich, drehte mich noch einmal um, trat von hinten auf sie zu und gab ihr einen Kuß auf den Hinterkopf. Als ich im Treppenhaus stand, die geschlossene Tür im Rücken, ließ ich die Waffe, die ich in der Handtasche umklammert hatte, los.

Zeuge Nun, ich saß am Nebentisch, als es geschah. Ich nehme mein Mittagessen oft im *National* ein. Es liegt für mich sehr günstig. In der Regel speise ich allein. Es entspricht nicht meiner Angewohnheit, mit einer meiner Arbeitskräfte die Mittagszeit zu verbringen, wie dies vergangenen Mittwoch der Fall war. Ich schätze das Unzeremonielle keineswegs, das mittlerweile am Arbeitsplatz Einzug gehalten hat und auch vor der Jurisprudenz keinen Halt macht. Sollten Sie einen offenen Kragen und ein unrasiertes Kinn für Effizienz halten, ist das Ihre Sache.

Am 16. Juni um präzis 12.27 Uhr, also etwa fünfzig Minuten vor der Mordzeit, begleitete mich Fräulein Susanne Bourgknecht, meine Sekretärin, ins *National,* das fortan mit der Reputation zu kämpfen hat, der Ort der Henkersmahlzeit von Bundesrat Dr. Hans Lüthi zu sein. Ich beabsichtigte während dieses Mittagessens, Fräulein Bourgknecht den Vorschlag zu unterbreiten, mir auch noch nach Beginn meines Ruhestandes als Arbeitskraft zur Seite zu stehen.

Meist bestelle ich einen reichhaltigen Salat mit einem Kalbsschnitzel nature oder auch einmal eine zart grillierte poitrine de poulet. An diesem 16. Juni ließ ich von meiner Gewohnheit ab und orderte ein kaltes Roastbeef an einer Roquefort-Sauce. Dazu gönnte ich mir, wie ich gerne zugebe, mit nostalgischem Heißhunger, eine Portion Pommes frites, die mich an meine kargen Genfer Studienjahre erinnerte, deren spärlichen Höhepunkt sie darstellten. Den Wein ließ ich Fräulein Bourgknecht auswählen. Da sie nicht viel davon versteht und weiß, daß ich gerne einen Œil de Perdrix trinke, ging meine bescheidene Kalkulation auf, Galanterie mit Egoismus zu verbinden.

Nach dem Essen pflege ich Gerichtsakten zu studieren. Mir behagt die Atmosphäre des *National,* das hölzerne 19. Jahrhundert der Studentenverbindungen. Ich mag das monotone Geplätscher der Gespräche im Hintergrund, das mir Leben vorgaukelt, ohne daß ich mich gezwungen sehe, daran teilzunehmen. Immer schon war ich der Beobachter, nicht der Beobachtete, was auch zu meinem Beruf geführt hat. Nur als solcher greife ich in das sogenannte Leben ein.

Ich liebe den Wohlgeruch frischgerösteten Bohnenkaffees, der mein Denken anregt, wenn ich in meiner Nische, neben jener des Bundesrates, in der Tiefe des Restaurants sitze, in der man mich längst nicht mehr zu stören wagt. Auch nicht mit dieser tragikomischen Erfindung schnurloser Telefone, die vom Kellner, als wäre es das Haupt Johannes', auf einem silbernen Tablett quer durch das Lokal an den Tisch gebracht werden. Es heißt, die Mikrowellen, die dieses Gerät zum Sprechen bringen, würden das Hirn des Empfängers aufweichen. Nun, mir ist die Vorstellung unerträglich, diesem Prozeß, der leider Gottes auch ohne fremde Hilfe stattfindet, Vorschub zu leisten, indem ich mir das Werkzeug meiner Hirnerweichung eigenhändig ans Ohr halte.

Fräulein Bourgknecht saß mir an jenem schwarzen Mittwoch gegenüber, den Rücken dem Lokal zugewandt. Sie trug eine dünne Seidenbluse. Nur auf meine ausdrückliche Aufforderung hin streifte sie – der Mittwoch war ein recht warmer Frühsommertag – ihr Jackett ab und hängte es über die Stuhllehne. Im gewölbten Winkel – wenn ich mir dieses der Geometrie widersprechende Bild gestatten darf – von Schulter und Hals wurde der Korridor sichtbar, der zwischen den Tischen des *National* von meiner Nische zum Ausgang führte. Dort befindet sich seit bald dreißig Jahren Türsteher Anton in Wartestellung. So bemerkte ich den Auftritt des Mörders.

Sein Opfer, mit dem ich Jahrgang und einige gemeinsame freundschaftliche Erinnerungen an Genf teile, saß schon in seiner Nische, die sich zu meiner Rechten befand. Ich saß einen knappen Meter von Dr. Lüthi entfernt, getrennt nur durch eine Holzwand. Es ist nicht sehr hell in diesen Nischen. Eine Schirmlampe – jeweils über einem Originalstich, der eine Berner Ansicht festhält – spendet etwas Licht.

Der Mörder, ein Wilhelm Gess, wie den Zeitungen zu entnehmen war (beruflich interessiere ich mich nicht für den Fall), betrat das Lokal – Anton hielt ihm die Tür auf: Es gab zu diesem Zeitpunkt noch keinen Grund, es nicht zu tun –, schritt direkt auf mich zu, wandte sich hinter Fräulein Bourgknechts Rücken von mir ab und muß – an dieser Stelle verschwand er aus meinem Blickfeld – vor Dr. Lüthi stehengeblieben sein. Hier feuerte er seinen tödlichen Schuß ab und verließ das Lokal auf demselben Weg wieder.

In dieser kurzen Zeitspanne, im wahrsten Sinne des Wortes dem Bruchteil einer Sekunde, der so entscheidend in eine Vielzahl individueller Leben wie auch in das Kollektiv unseres Staatswesens eingriff, liefen zwei Handlungen gleichzeitig ab, die nichts miteinander zu tun hatten. Fräulein Bourgknecht hob ihr Weinglas, als Gess das Lokal betrat, und sie stellte es ab, als der Schuß Lüthi tötete. Dazwischen lagen einige Sekunden, vielleicht eine Minute. Zufall, sagen Sie. Mag sein. Doch wer so etwas erlebt, an dem nagt es. Hier endet das logische Denken.

Auch ich hob das Glas, als Gess das Lokal betrat. Im Winkel, den Fräulein Bourgknechts Schulter und Hals bildeten, sah ich ihn. Ich hielt kurz in der Bewegung inne und blickte an meinem Gegenüber vorbei. Sie schaute mich verwundert an, das Glas zitterte leicht in ihrer Hand. Anton hielt hinter ihm die Tür, und scheinbar ebenfalls von dieser Erscheinung verwirrt, schloß er sie erst wieder, als der Mann das *National* verlassen hatte.

Gess trug einen der Witterung unangemessenen Trenchcoat von dunkelbeiger Farbe. In der linken Hand hielt er eine Einkaufstasche, die rechte verbarg er tief im Mantel. Auf der Höhe der ersten Tische – der eine war leer, der andere von einem Individuum besetzt, das, gelinde gesagt, im *National* nichts verloren hatte – trafen sich unsere Blicke. Wie zufällig, möchte man meinen, durch die folgende Tat jedoch schicksalhaft verbunden, blieben die Blicke des künftigen Mörders und meine aneinander hängen und knoteten ein unsichtbares Band. Ich frage mich unablässig, ob Gess, hätte ich mich nicht feig von seinem Blick befreit, mich erschossen hätte. Vielleicht war er im *National*, einfach um irgend jemanden zu erschießen. Es ist keine persönliche oder politische Verbindung zwischen dem Bundesrat und seinem Mörder bekannt. Wie dem auch sein mag, ich löste meinen Blick. Mir schien, als wäre dafür Gewalt nötig gewesen. Ich schloß die Augen, zuckte und verschüttete etwas Wein. Gess setzte sich in Bewegung. Ich besann mich der Gegenwart Fräulein Bourgknechts. Mit verstörtem Blick schaute sie mich an, noch immer das Glas in der erhobenen Hand. Er kam auf uns zu. Ich murmelte einen Toast, wobei mir nichts Besseres einfiel, als ihre Augen (sie sind braun) mit roten Rosen zu vergleichen. Sie lächelte unsicher. Er näherte sich. Ich schlug Fräulein Bourgknecht vor, auch während der Zeit meines Ruhestandes für mich tätig zu sein. Sie starrte mich an, als hätte ich sie beleidigt. Mich ritt der Teufel, sie das ausgerechnet in diesem Augenblick zu fragen! Gess befand sich auf der Höhe unseres Tisches und blieb stehen. Ich mied seinen Blick und starrte Fräulein Bourgknecht an. Verlegen senkte sie den Blick. Sie sagte, sie werde sich das Angebot überlegen. Ich hatte mit einer spontanen Zusage gerechnet; jetzt hatte ich daraus eine Absage gemacht. Als ich an ihr vorbeischaute, war Gess aus meinem Blickfeld verschwunden. Ich muß gestehen, ich war erleichtert. Fräulein Bourgknecht nahm einen Schluck Wein, und als sie das Glas, für meine Begriffe etwas heftig, auf den Tisch zurückstellte, peitschte der Schuß durch das Lokal.

August Mutter drückte mich fest an sich, ihr Körper verkrallte sich in meinen, als wäre es der Körper eines Liebhabers. Sie preßte ihren Kopf gegen meine Brust, ihre Haare kitzelten meine Nase. Sie tat mir weh mit der Kraft ihrer schmalen, sehnigen Hände. Meine Arme hingen reglos herab, ich konnte mich erst nicht entschließen, die Umarmung zu erwidern. Ich fragte mich, wie Wilhelm reagiert hätte, und gleichzeitig wurde mir klar, daß er darin mehr Übung hatte. Dann schloß ich sie in meine Arme. Mir war Mutter nie so schmerzhaft nahe gewesen.

»Wilhelm ist dein Bruder. Du mußt dich um ihn kümmern«, sagte sie, als wir uns endlich aus der langen Umarmung lösten.

Wir standen unten am Quai. Den Leuten, die das milde Wetter und den Sonntag für einen Spaziergang der Seepromenade entlang nutzten, fiel unsere ungenierte Intimität auf, die ein junger Mann mit einer Frau, die seine Mutter sein könnte und es ja auch war, zur Schau stellte. Sie setzte am späteren Vormittag mit der Fähre von Meilen nach Horgen über. Sie liebt die Autofahrt von St.Gallen über die Wasserfluh und den Ricken hierher. Nachdem sie, wie sie sagt, zweimal Anlauf über einen Berg genommen habe, schätze sie es, eine Fläche, den Zürchersee, zu überqueren.

Diesmal kam sie mit dem Zug. Ich holte sie an der Schiffländе ab, wie ich das bei jedem ihrer Besuche tue. Ich setze mich in ihren Wagen oder wir laufen, wenn sie zu Fuß kommt, zu meinem Haus hoch. Wie ich Ihnen das jetzt erzähle, fällt mir auf, daß sie auch an jenem Sonntag zur üblichen Besuchszeit eintraf. Es ist dieselbe Fähre, die kurz nach elf in Horgen ankommt und die sie immer nimmt, wenn sie Alessandra und mich besucht.

»Du kannst dich nicht von ihm abwenden«, flehte sie mich mit ungedämpfter Stimme an. Wieder blieb auf dem Quai jemand stehen und musterte uns. Als ich zurückstarrte, machte der Mann eine verlegene Geste und blickte an uns vorbei über den See. Ich löste meine Hände aus ihren.

»Du mußt dich mit Wilhelm beschäftigen«, fuhr Mutter fort, die die Spaziergänger nicht beachtete. »Er zwingt dich dazu, August. Du kannst nicht einfach sagen, es gebe ihn nicht mehr, auch wenn er etwas getan hat, für das ich weder eine Erklärung noch eine Entschuldigung habe. Es gibt Wilhelm jetzt mehr denn je!«

Ich hatte ihr angeboten, sie in St.Gallen zu besuchen, doch sie wollte herkommen. Sie müsse sich bewegen, sagte sie, als sie anrief. Sie müsse unterwegs sein, mit dem Zug durch die Berge, mit dem Schiff über den See.

»Er liebt dich, August.«

Ich nickte. Tut er das, mein kleiner Bruder? Ich bin mir da nicht so sicher. Ich gehe von Realitäten aus, nicht von Hoffnungen. Tatsächlich habe ich mich das selber schon gefragt: Liebt er mich? Achtet er mich, wie der kleine seinen großen Bruder achten sollte, der einige Jahre lang den Vater ersetzte?

Wir liefen durch Horgen. Das Dorf hörte mit. Ich flüsterte, doch verlieh das meiner Stimme nur mehr Klang, Mutter redete laut, ihre Worte hallten nach. Die Fenster standen offen, gierig nach Licht, und waren doch blind. Alle wußten von Wilhelms Tat. Mich kennt man im Dorf. Ich zahle hier meine Steuern, doch am Gemeindeleben nehme ich nicht teil. Im Gegensatz zu den üblichen Schlafstädtern, die zur Arbeit nach Zürich fahren, verlasse ich das Haus selten. Ich betreibe meinen Versand von hier aus. Um mein Geld zu verdienen, brauche ich mich nicht zu bewegen. Auch Alessandra, die ihr Turin vermißt, fährt für ihre Besorgungen nach Zürich. Oder gleich nach Turin.

Anders als das Seeufer war das Dorf leergefegt. Ich spürte, daß Menschen lauerten, doch sah ich niemanden, egal wie rasch und unvermutet ich mich umdrehte. Ich schwitzte. Mir war unheimlich zumute. Mir schien, es schöben sich aus dem kulissenhaften Hintergrund Puppen in das Dunkel der Fenster und nickten uns wie Turmuhrenfiguren mit dem Kopf zu, öffneten lautlos den Mund, ließen ihre Sense niedersausen – und waren weg.

Da saß sie. Auf dem Sofa, auf dem Sie nun sitzen. Ich werde sie immer auf dem Sofa sitzen sehen. Am Junihimmel zog eine schwarze Wolke auf. Der See, den wir vom Wohnzimmer aus sehen können, verlor seinen Glanz. Für uns, dachte ich, nur für diesen Augenblick, um mich zu verhöhnen, ein Himmelszeichen aber für Mutter.

Ich setzte mich zu ihr hin. Jetzt legte ich den Arm um sie, zögernd, unbeholfen, doch ließ sie es sich gefallen, daß ich sie an mich drückte. Sie antwortete heftig mit ihrem Körper. Ich fragte mich, als was Wilhelm in ihren Träumen auftreten mochte. Vor der Tat und jetzt, danach. Oder würde sie ihn einfach durch mich ersetzen?

Sie forderte mich auf, mich mit Wilhelm zu beschäftigen, schon am Telefon hatte sie gedrängt, ich solle ihn im Gefängnis aufsuchen, doch wollte sie das wirklich? War es ihr im Grunde nicht lieber, daß Wilhelm – wollte er schon nicht mehr ihr Wilhelm sein – unerreichbar war? Die Ohnmacht, etwas zu unternehmen, zumindest empfand ich es so, linderte den Schmerz. Ihren hatte es vergrößert.

Sie weinte.

Ich sah meine Mutter zum ersten Mal weinen.

»Ich verstehe ihn nicht«, begann ich leise. »Ich verstand ihn nie, und jetzt hat er mich, meine ich, dieser Pflicht ganz enthoben. Ist man seinem Bruder lebenslänglich verbunden, egal was für einen Scheiß er baut, nur weil es dein Bruder ist? Gibt es da keine Grenze? Du wolltest, daß man die schlechten Seiten des anderen ausspart und nur das Gute sieht. Bei Willo mußte ich immer mehr Abstriche machen. Jetzt ist nichts mehr übrig. Das wollte er. Er hat sich selber aus dem Verkehr gezogen. Er will, daß wir ihn in Ruhe lassen. Er ließ bereits mitteilen, daß er im Gefängnis nicht gestört werden wolle. Hat er wirklich *gestört* gesagt? Das war seine Entscheidung, Mutter, und sie ist verdammt konsequent. Ich respektiere sie.«

Sie nickte, stand auf, lief im Wohnzimmer umher, setzte sich an den Tisch, erhob sich wieder und schüttelte den Kopf. Sie wollte rauchen und ließ es bleiben. Ihre Hände zitterten stark. Sie verbarg sie auf dem Rücken, ich durfte das nicht sehen. Ich bemerkte, wie bleich ihr Gesicht war. Die von den Tränen geröteten Augen stachen hervor und leuchteten unwirklich. Wieder schüttelte sie den Kopf. Sie durfte nicht weinen. Nicht vor mir. Vor mir mußte sie stark sein, wie sie es immer gewesen war und wie ich es nach Vaters Auszug vor ihr sein mußte. Uns verbindet nicht die Schwäche.

Ich war siebzehn, als er abhaute. Von einem Tag auf den anderen war er weg und ich erwachsen. Zumindest sagte, nein, forderte das meine Mutter von mir: »Jetzt mußt du erwachsen sein, August.«

Ich tat mein Bestes. Mir gefiel meine neue Aufgabe. Ich begann, selber über meine Aktivitäten zu entscheiden. Ich beschloß, wann ich zu Bett ging und welcher Film mir noch guttun würde, ob der Rasen gemäht, die Hecke gestutzt werden mußte. Ich hatte das letzte Wort, als unser Boxer eingeschläfert werden mußte. Ich benutzte Vaters Rasierapparat, den er in der Hektik seines Auszugs dagelassen hatte und den ich vor Mutters Zugriff schützte. Ich wechselte vom Kinderbad, das ich Wilhelm überließ, ins Elternbad und probierte Vaters übriggebliebene Anzüge an, bevor Mutter sie an die Berghilfe gab. Ich regte den Kauf einer Espressomaschine an, als ich auf den Geschmack kam, Kaffee zu trinken. (Sie trank hin und wieder ein Glas Wein, vor allem Weißen, Wilhelm befand sich überlang in der Milch- und Sirupphase, und Vater hatte Whisky getrunken, an den ich mich nicht wagte.) Ich reparierte alles, was mir in die Quere kam: den schiefen Dachkännel, die von Mardern angefressene Isolation im Estrich, Wilhelms kupferfarbenen Wecker, der immer rasselte, wenn er unter der Dusche oder schon weg war. Dauernd lief ich mit Werkzeugkasten und kritischem Blick durchs Haus. Ich entwickelte dabei handwerkliches Geschick, doch habe ich auch einiges vermurkst. Nach meinem Versuch, dem Küchenhahn warmes Wasser abzutrotzen, mußte das Sanitärgeschäft eine neue Apparatur einbauen.

Mutter war das egal. Lehrgeld, sagte sie, fast zufrieden mit meinen Fehlern. Um meine Unentbehrlichkeit zu betonen, beanspruchte sie mich sogar, um eine Glühbirne auszuwechseln. Meine Versuche, Wilhelm zu meinem Assistenten zu machen, unterband sie, noch bevor er sein unvermeidliches »Ich will jetzt nicht« aussprechen konnte.

»Mach du das, August, Wilhelm kann das nicht«, fing sie meine Frage ab, warum nicht auch mein jüngerer Bruder einmal Hand anlegte. Später ließ ich ihn nicht mehr, indem ich Mutters Satz abgewandelt übernahm: »Ich mach' das, Wilhelm, du kannst das nicht.«

Ich wich kaum von ihrer Seite. Ich begleitete sie zu Näff, dem Scheidungsanwalt. An den schulfreien Mittwochnachmittagen empfing ich an ihrer Seite die wenigen verbliebenen Freundinnen zum Kaffee und gab Ratschläge zu Fragen der Gartenpflege, Hundezucht und Ersthypotheken, was die Freundinnen entzückte.

An den Sonntagen gingen wir – ohne Wilhelm – zur Messe in den Dom und wanderten anschließend über Drei-Weieren. Ich vernachlässigte die Schule, obwohl mein Notenschnitt nicht sank und ich keine Probleme mit dem Diplom hatte. Ich vernachlässigte meine Kameraden, Kameradinnen hatte ich nicht. Meine Freundin war Mutter. Ich nannte sie Eveline, in Wilhelms Leben aber schien sich durch Vaters Auszug nicht viel verändert zu haben. Er wollte sich durch Veränderungen in seinem Leben, auf die er keinen Einfluß hatte, sowenig wie möglich stören lassen.

Vor ihm durfte sie schwach werden. Das unterscheidet uns. So kenne ich unsere Mutter. Sie schirmte uns ab. An ihr prallte alles ab, was es auf dieser Welt zwar gab, was aber nicht sein durfte. Wilhelm kennt sie anders. Ihm vertraute sie ihre Sorgen und Nöte an. Bei ihm ließ sie sich gehen. Ihn nahm sie in die Arme, drückte ihn, wie mich erstmals an diesem Sonntag am Quai, an sich, was sie mir nie gestattet hatte – ich wäre auch nie auf diesen Gedanken gekommen. Sie habe geweint, erzählte er mir einmal, als habe er gerade eine Trophäe gewonnen.

Ich erinnere mich an jenes Gespräch. Wir trafen uns hin und wieder auf halbem Weg zwischen St.Gallen und Horgen, damit jeder am Abend wieder zeitig nach Hause kam. Meistens ohne die Frauen. Bruderabende, sagte Alessandra, seien schlimmer als Herrenabende, und zog es vor, mit ihrer Familie in Turin zu telefonieren. Wilhelm hatte auf jenes Treffen gedrängt. Ich hatte erwartet, er würde mir etwas Dringendes mitteilen. Die Botschaft lautete lediglich: Mutter weinte. Ich erinnere mich nicht, weshalb. Ich glaube, er sagte es mir nicht.

Das war auch egal. Wilhelm teilte mir mit, sie würde in seiner Gegenwart weinen, was sie bei mir nie getan hat. Nun tut sie es. Wegen Wilhelm.

Hauptmann Knappe, eiskalte Präzision. Denken Sie sich das Einschußloch als Zirkelmitte, drehen Sie den Kreis, und Sie verstehen, was ich meine. Schau dem Feind in die Augen, haben wir den Burschen, die unser Land verteidigen, beigebracht, laß ihn auf zehn Schritt an dich rankommen, dann zögere keine Sekunde länger, es wäre deine letzte, und puste den Feind aus der Landschaft. Übrig bleibt das Loch in der Herzmitte. Hut ab. Zur Präzision, meine ich, nur zur Präzision.

Nadine Schließlich benachrichtigte meine Tochter auch mich. Sie rief mich am Sonntagabend in Russo an. Ich war gerade dabei, über einem durchschnittlichen Roman und einer außergewöhnlichen Grappa americana in einen todesähnlichen Zustand zu versinken, als Eveline mich mit der Mitteilung ins Diesseits zurückholte, mein Lieblingsenkel habe den Bundesrat erschossen.

Nach wichtigen Vorfällen läßt sie mich immer warten. Sie ließ mehrere Tage verstreichen, als sich Wilhelm entschloß, sich aus dem Leben in die Beamtenbürokratie zurückzuziehen, und teilte mir seinen Entschluß feierlich mit; ich schien ein Spiel, von dem ich nicht wußte, daß ich an ihm teilnahm, verloren zu haben. Stört ein Ereignis die Kreise der Familie Gess-Hauser, dauert es im Schnitt eine Woche, bis ich davon höre, damit ich mir keine Illusionen über meinen Stellenwert in ihrem Umfeld mache. Man möchte meinen, daß gewisse Ereignisse ihre eisernen Lebensregeln außer Kraft setzen.

»Es sind die menschlichen Ringe, auf denen jeder seinen unverrückbaren Platz hat. Mit zwanzig«, theoretisiert sich Eveline am Leben vorbei, »entscheidet sich der Platz definitiv, den der Mensch auf den Ringen einnimmt.«

Sie begreift das Leben als Wettrennen. Hast du dich mit zwanzig noch nicht eingerichtet, verspätest du dich bereits am Start. Verläßt du deinen dir von einer höheren Macht zugewiesenen Platz wieder, zerstörst du einen Teil der gottgegebenen Ordnung. Rebellierst du gegen Gott, so durchkreuzt du den eigenen Schöpfungsplan. Du stürzt dich selber ins Elend (das sie sich in treuem Aberglauben als Hölle vorstellt). Du taumelst von Gut zu Böse. Zu Luzifer ist es nur noch ein kleiner Schritt ... und schon fällst du, Sünderin! Fast scheint es, meine Tochter wolle bei solchen Gelegenheiten das Wort Teufel in den Mund nehmen. Doch vor dem Teufel hat sie mehr Respekt als vor Gott.

Sie nennt diese obskure Macht der Einfachheit halber *Gott,* doch ihre Ahnung von diesem Wesen muß ähnlich verschwommen sein wie meine. Während sie noch immer der Vorstellung des Mensch gewordenen und vom Menschen gekreuzigten leibhaftigen Gottessohnes anhängt, versuche ich dieses Wesen – nennen Sie es *den Sinn* – entsprechend einiger Gesetze der Physik, die ich kaum verstehe, aus Quarks, Quanten, Teilchenbeschleunigung und dem ersten und letzten Urknall zusammenzusetzen. Mich begeistert der Gedanke, daß die Physik, die bislang alles dafür tat, den Nichtbeweis Gottes anzutreten, sich nun mit denselben Voraussetzungen an den Gegenbeweis macht. Die Physiker versuchen, Gott zu berechnen. Steckt unser Heil bald in einer nüchternen Zahlenanordnung, an die wir einzig deshalb glauben können, weil wir es nicht verstehen? Eines Tages wird sich ein Physiker über die anderen erheben, eine Formel an die Wandtafel kritzeln oder sie, für alle sichtbar, für niemanden zu begreifen, mit einem gigantischen Projektor ins All schreiben, mit dem Bambusstock darauf zeigen und ausrufen: »Heureka! Das ist Gott!« Ein Zeichen, daß die Wissenschaft der Physik alt, weise vielleicht, bestimmt aber hinfällig geworden ist. Das haben wir alle gemeinsam.

»Gottes unerforschlicher Ratschluß«, spotte ich, wenn Eveline ihre Ringe ins Spiel bringt.

Sie geht nicht darauf ein, schüttelt nur mitleidig den Kopf. Unsere Argumente sind immer dieselben. Jede hält ihren Monolog und hört sich selber beim Sprechen zu. Wir überzeugen nicht einmal mehr uns selber. Längst reden wir nicht mehr miteinander, sondern führen Gespräche auf. Wir genießen unseren Stillstand und das Unbehagen daran.

Eveline legt Wert darauf, sich von Wahrsagern, Kartenlesern und schwarz gewandeten Kristallkugelseherinnen abzugrenzen. Ebenso von mir, die ich mich einst schamlos der gotteslästerlichen Sekte des Kommunismus hingegeben habe. Daß sich dessen Struktur, Methode und Ziel vom Katholizismus nicht sonderlich unterscheidet, will sie nicht wahrhaben.

»Im Göttlichen Buch kannst du nicht lesen«, sagt sie. »Der Versuch, es dennoch zu tun, ist Gotteslästerung. Außerdem ist ein solches Unterfangen zum Scheitern verurteilt. ER läßt sich nicht in seine Karten schauen.«

Gleichzeitig versucht sich Eveline so gut es geht vor Überraschungen zu schützen. Als Kind schon hätte sie die Welt am liebsten angehalten und für immer in diesem Zustand belassen. Die Ringe und das Göttliche Buch sind Evelines Versuche, Ordnung in diese unordentliche Welt zu bringen. Längst hatte sie sich eingerichtet in ihrer Ordnung.

Ihr Versuch, der Welt zu entgehen, stammt aus der Zeit, als diese sich noch einigermaßen geordnet benahm – »in geordneten Bahnen verlief«, hieß das, zumindest, was ihre abgesicherte Lage betraf: Haus, Garten, Gatte, zwei Kinder, Ferienhaus, vermeintlich unerschöpfliche Konten. Auf einmal geriet Bewegung in ihre eingefrorene Ordnung. Sie reagiert auf Änderungen wie eine Autistin, deren Murmeln plötzlich anders liegen, mit extremer Irritation, Hysterie und Panik.

»Du willst mir sagen, dein Sohn, Wilhelm hat ...«

»Ja, Mutter, Wilhelm.«

Wieder hat sie eine Murmel verspielt. Viele sind ihr nicht geblieben.

Sonja Zog Wilhelm seinen Mantel bereits auf der Treppe aus? Oder stellte er erst den Koffer vor die Wohnungstür, schälte sich geduldig aus seiner Regenhaut, wie er den Mantel nannte, warf ihn über den Arm, kramte den Schlüssel aus der Hosentasche und öffnete die Tür ...

»Sonja, der Tag ist vorbei!«

So begannen alle seine Nummern.

Er betrat unser Reich erst, wenn er sicher war, daß mir sein kleiner Auftritt nicht entging. Er wußte, daß ich ihm nicht zuschaute. Er erwartete nie, daß ich ihm entgegeneilte wie die Frauchen von der Stange und ihn von seiner Tageslast mit dem Nachtkuß erlöste.

»Und die Nacht beginnt! Hallo, Will!«

Er vollzog sein pathetisches Ritual als Trockenübung, ohne Publikum. Doch wußte er, daß ich dem Geräuschtheater, das er für mich inszenierte, aufmerksam folgte, rechtzeitig die Augen schloß und die Bereitschaft für den Kuß auf die Stirn oder den Hinterkopf signalisierte. In diesem Moment auferstand mein Tag noch einmal, Mißlungenes und die kleinen Freuden, die ich überwiegen ließ. Was Wilhelm in diesen Augenblicken bewegen mochte, weiß ich nicht, ich habe ihn nicht danach gefragt. Er drängte mich, es zu erraten, und als Antwort verkündete er:

»Dein Tag stirbt.«

»Was meinst du damit?«

»Es ist die Scheide zwischen Tag und Nacht, Tod und Leben. Im Moment des Sterbens, Sonja, sagt man, durchläuft der Sterbende noch einmal sein Leben, eine rasante Kurzfassung, eine willkürliche Auswahl deiner sämtlichen Lebenspannen, gegen die sich die Glücksmomente schon rein statistisch nicht durchsetzen können. Ich habe eine Kundin, die seit bereits fünfunddreißig Jahren ihre Rente bezieht – Was das den Staat kostet! Als die Patriotin, für die sie sich hält, hätte sie längst abtreten müssen! – und die von sich behauptet, die sieben – oder sind es neun? – Tode der Katze gestorben zu sein, also Felderfahrung zu besitzen. Sie könne verläßlich vom Jenseits berichten, was dazu führt, daß ich ihr mehr Telefonzeit als anderen zugestehe. Unfair, ich weiß, doch interessiert mich der Blick hinüber auch, außerdem dienen solche Informationen dem Weiterbestehen der Institution, für die ich tätig bin. Sie sagt, das Jenseits sei dunkelblau-grünlich getönt, vom Lichte durchflutet, vergleichbar mit dem getönten oberen Rand der Windschutzscheibe eines Automobils, wenn die Sonne hindurchscheint. Ich halte diese Aussage deshalb für glaubwürdig, weil meine beste Kundin länger nicht mehr Auto fährt, als wir beide gemeinsam Lebensjahre aufweisen, meine Liebste ...«

Er holte Atem.

Ich stand auf und lachte ihn an. Mein Wilhelm, gleich suche ich mit den Lippen den Knopf an deinem Hals, mit dem man deinen Redefluß abstellen kann. Er blieb ernst, wenn er solchen Unsinn erzählte. Das gehörte zum Auftritt, da half kein Kuß.

»Dann stehst du vor Gott. Du dachtest, du fährst die himmlische Limousine, doch der Mann am Steuer ist ER.«

Seine Hand fuhr in einer grandiosen Bewegung durch die Luft und legte sich um meinen Nacken. Er küßte mich, auf die Lippen jetzt, und erlöst wechselte ich den Raum. Hinter mir her wehte sein Lachen über seinen Scherz, den er im ersten Augenblick für gelungen, später für mißlungen hielt.

»Das ist das Wesen des Scherzes«, lehrte er im Gang, »er ist immer flüchtig und hinterläßt einen schalen Geschmack im Gaumen, wie wenn du eine trockene Lachsforelle gegessen hättest.« Wieder lachte er. »Bei Brugger, zum Beispiel. Seine gute Maja kann einfach nicht kochen, und ich fürchte ...«

Damit war die Nummer zu Ende gespielt: Er war seinem Thema in die Küche gefolgt.

»… sie wird es in diesem Leben auch nicht mehr lernen. Heute habe ich bei Barsch zwei zärtlich-rosa Lachsforellen geholt, Sonja, wärst du von selber draufgekommen?«

Walters Zimmer kam zuletzt an die Reihe, es war der Höhepunkt. Fand er mich vorher, gingen wir zusammen zu Walter, der sich in den Ablauf einbezogen fühlte und auf uns wartete. Wie ich verhielt er sich mucksmäuschenstill, wie ich schloß er die Augen. Später gesellte er sich zu uns. In der Küche suchte mich Wilhelm nie. Sie war sein Revier. Er kochte besser.

Daß er am Abend nicht gleich nach Büroschluß kam, war nichts Ungewöhnliches. Er wollte der Regelmäßigkeit seines Bürojobs ein Schnippchen schlagen. Gewürze und Gemüse einkaufen wollte er! Oft war ich selber noch unterwegs, in Waltersachen. Ein beschäftigter kleiner, junger Mann von sechs Jahren, der meinen Terminkalender füllt, bevor ich dazu komme, und leider zu konsequent ist, einmal einen Termin sausen zu lassen. Schon gar nicht seiner Mutter zuliebe: »Du korrumpierst mich«, sagt in diesem Fall der Kleine frühreif.

Mein Wilhelm klapperte im Vorfeierabend mindestens zweimal die Woche die Metzgereien und Comestibles ab, um sich für das Abendessen inspirieren zu lassen. Er ließ sich die Fahrt in die Innenstadt nicht nehmen.

Er sagte: »Du hast nicht das Auge.«

Metzgermeister Messer am Magniberg hat es, denn er führt das *zärtlichste* (nicht zarteste!) Rindfleisch der Stadt, gut durchgehangen und abgetropft, dennoch *im Flußbett seines Blutes sprießend* (was immer ich mir darunter vorzustellen habe), Bäckermeister Buk bäckt beim Bahnhof die besten Brötchen, »... natürlich«, raunte er, »bäckt er sie nicht selber, sondern hat im Ofen einen Stiebitz sitzen ...« Was ein Stiebitz sei, wollte ich wissen, doch halt!, Wilhelm schüttelte den Kopf: Hier beginnt ein anderes Märchen. »... und Gemüse!« rief er triumphierend, als hätte er gerade Amerika entdeckt, »Gemüse darf man nur bei Gurk an der Goliathgasse neben der Gärtnerei erstehen, nirgendwo sonst!« Gewürze holte er – ein Umweg via Linie drei und vier, bis er zu Hause eintraf, war es sieben – bei der Kräuter-Kaja am Kreuzweg. Sie berichtete ihm von ihren neuen Verwünschungen und Hexereien und deren Resultat im Stadtrat, was mir Wilhelm am Abend als Willkommensgeschichte auftischte: »Und hier, eins, zwei, drei, die neueste Eselei!« Die Kräuter-Kaja, mein Lieblingswesen seiner Märchenfahrt durch das wirkliche St.Gallen, habe man seinerzeit versäumt auf dem Scheiterhaufen loszuwerden, was für ein Glück für die Kräutermarinade, die er zubereiten wolle!

Wechsel in die Küche.

Bei Rodriguez, unserem Comestible, dem letzten der Stadt, der tapfer der silbernen Überbauung in seinem Quartier und anderen Zeichen der Zeit trotzte, die ihm die Sicht auf ein besseres Leben versperrten, ergänzte Wilhelm meist samstags sein Programm oder begann am selben Tag das neue der nächsten Woche. Immerhin habe Rodriguez die mittlerweile vollzogene Grundstücksenteignung zumindest um sieben märchenhafte Jahre verzögert. Er habe glaubhaft machen können, daß sein Laden ihm gehöre, bis er über den Prozeßkosten merkte, daß die vom Gericht bestätigten Eigentumsverhältnisse nun nicht mehr dem Gerichtsentscheid entsprachen. Rodriguez mußte seinen Laden verkaufen, um den Richterspruch bezahlen zu können. Die Überbauung entstand doch, und Rodriguez ließ sich mit seinem Comestible-Geschäft in unserem Quartier nieder. Hier braucht er sich vor weiteren Überbauungen nicht zu fürchten, das Quartier ist bereits restlos verbaut. Womit das Märchen glücklich endete.

Wilhelm liebte es, einzukaufen, doch Aufträge mochte er nicht – bring noch Aufschnitt von Messer, hol noch ein Vollkornbrot, wenn du gerade bei Buk bist. Dagegen wehrte er sich. Es mache seine Stadtroute vorhersehbar, der Gedanke an WC-Rollen und Abfallsäcke schränke seine Inspiration ein und führe letztlich zu einer Bratwurst, von der er bekanntlich Kopfschmerzen bekäme. Er war ein Frischproduktfanatiker und Supermarkt-Gegner, eine Haltung, mit der er unser Budget ziemlich belastete.

In der Regel vervollständigte ich sein Exklusivprogramm mit meinen profanen Einkäufen Dienstag- und Freitagnachmittag mit Walter. Den Knaben zieht es bereits verdächtig in Richtung Delikatessen und nicht sonderlich nötiger Einkäufe. Ich lasse ihn ziehen.

Zeuge Laßt mich mit diesem blöden Apfelstrudel endlich in Ruhe! Ja, ich servierte dem Bundesrat den Apfelstrudel, als der schon tot war. Na und? Okay, ich bin ein Trottel, Hervé erteilte mir den Rüffel schon zigfach. Das ganze Lokal hackt auf mir rum, doch umgebracht habe ich ihn nicht! Kümmert euch besser mal um den Mörder.

Ich bewunderte Lüthi. Er war mein erster BR. Als ich

hörte, Hans Lüthi kommt, war ich ganz aus dem Häuschen. Er hatte eine Stammnische hinten im Lokal, wo er allein saß. So alle vierzehn Tage komme er, hieß es. Diskret betrete er das *Naz* und versuche, den »Grüezi-wohl-Herr-Bundesrat«-Chor zu überhören. Er sei immer sichtlich froh, wenn er endlich in seiner Nische sitze.

Ich spähte durch die Durchreiche ins Lokal. Ja, wirklich, da saß er! Eine Hand legte sich auf meine Schulter, und eine Stimme sprach: »Ton tour, Guillaume.« Das ist Hervé, unser Chef. Hervé könnte das natürlich auch auf deutsch sagen, doch er bildet sich ein, unsere cuisine werde besser, wenn er französisch parliert. Er ist ein bißchen pathetisch veranlagt. Eigentlich heißt er Sepp Furrer und ist eingeheirateter Österreicher. Er ist ein großer Verfechter der Nouvelle Cuisine, obwohl die meiner Meinung nach ihre besten Tage hinter sich hat, aber in Bern haben wir noch Erfolg damit. Hervé lernt sein Französisch so, wie man die Nouvelle Cuisine serviert. Riesige Teller, nichts drin, nichts bleibt hängen. Häppchen-Französisch in acht Gängen. Ja, und da steht er uns halt im Weg rum und gibt französische Kommandos oder zitiert Gedichte.

Fi de l'épice commode,
Comme un soulier trop grand,
Du mode
Que tout pied quitte et prend!

Er lernt solche Stellen auswendig, um sie bei Gelegenheit zum besten zu geben. Die Gedichte hat er aus einer zweisprachigen Ausgabe, er ließ das Buch mal in der Küche rumliegen, erzählten mir die Kollegen.

Au fond, meine ich, ist Hervé schuld an der ganzen

Misere. Es war mein erster BR, ich wollte die Sache besonders gut machen. Hervé tänzelte durchs Lokal zu Lüthi – jetzt hat er kein Auge mehr für gewöhnliche Regierungsräte, prominente Zahnklempner oder Multi-Verwaltungsräte, zu denen es ihn sonst magnetisch hinzieht – und nahm die Bestellung auf. »Apfelstrudel, Monsieur le conseiller fédéral, très bien.« Das reinste Ritual. Lüthi bestellt seinen Apfelstrudel schon ewig. So jedenfalls überliefert's Knüsel, der Oberkellner. »Aber«, das sagt auch Knüsel, »man kann nie wissen. Fi! Du stellst dem Lüthi ein einziges Mal in seinem Leben einfach seinen Apfelstrudel hin, wo er doch heute, genau und nur heute seine Quiche Lorraine haben will!« Das führe zu a) einer Herzattacke bei Hervé; b) dem allgemeinen Ruin der Schönen Stadt Bern; und c) dem Ende der postmodernen Gastronomie (Ära Hervé). »Manche Gäste warten nur auf diese Gelegenheit«, sagt Knüsel. Er ist ein Witzbold, unser Knüsel.

Außerdem: Was ist in einem piekfeinen Restaurant wichtiger als das Ritual? Das ist wie bei der Armee. Notfalls wird im Kreis marschiert. Der einzige, der das nicht begreifen will, ist Hervé. Der ist nach wie vor überzeugt, er hätte alle diese Sternchen und Hütchen und Gäbelchen und weißen Mützchen, die man uns verleiht, persönlich in seiner Küche zusammengekocht. Nix da. Die Sterne verdanken wir dem Ritual. Servietten (jetzt pastellfarben, sonst gibt's Abzug), frische Blumen, und das Kerzchen muß brennen. Hervé sagt, die Kerze im guten Lokal entflamme sozusagen von selbst, denn sie ahne das Kommen eines Gastes im voraus. Das sei die Seele des Lokals. Anton, der nichts ahnt, macht die Tür auf. Und Hervé rennt dem Gast entgegen.

Soll ich Ihnen sagen, was ich getan habe? Ich habe exakt Hervés Ritual erfüllt. Und das geht so:

»Was hast du zu tun«, brüllt er dich an, bevor du dem BR seinen Apfelstrudel servieren darfst, und packt dich am Ohrläppchen. Er dreht so lange an deinem Ohr, bis du vor ihm kniest. Dabei mußt du höllisch aufpassen, daß der Strudel nicht vom Teller rutscht. »Serrrviette überrrn Arrrm, Arrrm rrraus, in den Tellerrr gestarrrt, dem Tellerrr nachgerrrannt!« schnarrt er, das R perfekt einstudiert. Während du den Spruch wiederholst, dreht er dich am Ohrläppchen wieder auf die Beine. Diese Übung macht er aus linguistischen Erwägungen auf deutsch, weil sich diese Sprache fürs Brüllen besser eignet. Dann gibt er mir einen Klaps auf den Hintern und schreit: »Los!« Ich sause durch die Schwingtür in den Saal und schaue erst wieder vom Apfelstrudel auf, wie der auf Tisch 8 steht.

Da war Lüthi eben schon tot.

Drei

Märchen ohne Wolf

Nadine Gewöhnlich mischte sich Franz nicht in die pathetische Erziehung ein, der er seine Söhne ausgesetzt sah. In den Gedichten Günter Eichs aber, die er ihnen vorlas, erkannte er eine Möglichkeit, in die starre Ordnung seiner Frau einzugreifen. Abend für Abend saß Eveline am Bettrand der Knaben. Statt ihnen Märchen zu erzählen, diktierte sie Augusts und Wilhelms Gedächtnis Sprüche aus dem *Alltäglichen Wort*. Sie stellte sich das als Überlebenstraining vor, als Reserve im Notfall, aufzusagen vor dem Jüngsten Gericht.

»Gott allein«, rechtfertigt Eveline ihre Erziehung, »kennt die für seine Geschöpfe vorgesehenen Lebenssituationen. Es gibt eine Standardauswahl, mit denen der Erdenmensch rechnen muß. Also beschäftigt er sich besser frühzeitig mit ihnen, um zu vermeiden, daß sie ihn unvorbereitet antreffen.«

Sie verstand das Leben als Großes Examen. Jeder Schritt, jede Entscheidung – ein Wort, das sie liebte und vor dem sie zugleich Angst hatte – konnte unversehens zur Prüfung geraten. Um bis nach »oben« zu kommen, mußte der Erdenmensch, Pilger auf Gottes Pfaden, vergleichbar der Eidgenössischen Maturitätsprüfung, genügend Punkte sammeln. Nicht allen Prüflingen war klar, daß sie solche waren. Manche begriffen es früh, manche nie. Solange der Prüfling sich seiner andauernden Examenszeit nicht bewußt war – andere nannten das unbeschwerte Kindheit –, übernahmen die Eltern die Verantwortung.

Eveline erzog ihre Söhne mit den Worten Jesu wie die Sowjets ihre Pioniere mit den Worten Lenins, zu dem es mich einige Jahre hinzog. Vom katholischen Jammertal wandte ich mich bereits 1961 ab, also in Wilhelms Geburtsjahr. Darin brauchen Sie keinen Zusammenhang zu sehen. Sehen Sie ihn lieber in der Hinwendung Evelines zur katholischen Kirche, die sich in dieser Zeit vollzog. Beide hatten wir keinen angeborenen Bezug zu unseren Ideologien. Wir wuchsen nicht in sie hinein, sondern stülpten sie uns über den Kopf. Wir wählten sie mit Absicht, ich aus Trotz zu meinem Staat, Eveline aus Trotz zu ihrer Mutter.

Ich las in jenen Jahren Marx, Bakunin und Lenin, um mich auf Moskau vorzubereiten, während meine Tochter den Katechismus an ihren Söhnen erprobte. Sie lehrte sie Weisheiten wie »Lasset die Kinder zu mir kommen, denn ihrer ist das Himmelreich« und »Dein Wort ist meines Fußes Leuchte und ein Licht auf meinem Weg«. 1962, kurz vor der Kubakrise, reiste ich in mein Mekka, was mir 1991 ein stolzes Fichenpaket bescherte, während Eveline sich an Pauschalreisen zu wunderbringenden, elektrisch beleuchteten Madonnen mit ehrfürchtig gefalteten Händen und Himmelfahrtsblick in Rom beteiligte, was sie ebenfalls zum Objekt der Staatssicherheit machte.

Sie sträubte sich lange, ihre Fiche in der Taubenstraße einzufordern.

»Es ist richtig«, sagte sie, »wenn der Staat gewissen Bürgern auf die Finger schaut. Mir verschafft das ein Gefühl der Sicherheit. Es ist gut, daß in unserem Staat nicht jeder tun kann, was ihm in den Sinn kommt. Freiheit heißt ja gerade nicht, daß jeder tun kann, was er will.«

»Denken kann«, warf ich ein.

»Moment, Mutter, die Gedankenpolizei hat dein Gelobtes Land eingerichtet.«

Ich seufzte.

»Ich hatte meine Enttäuschung, Eveline. Ich ließ mich lange hinters Licht führen. Aber ich habe mir die Mühe gemacht, es mir anzusehen. Ich reiste immer wieder in die Länder des Sozialismus. Ich war früh in Moskau, ich war in der DDR, ich war in Bulgarien. Nicht immer hat mir gefallen, was ich sah. Ich wollte auch nicht wahrhaben, daß ich nur zu sehen bekam, was man mir zeigen wollte. Doch als es diese Notwendigkeit nicht mehr gab, fuhr ich wieder hin, allein. Ich wohnte privat bei Russen, um zu sehen, was es mit meinem Gelobten Land, wie du es nennst, auf sich hat. Diese Erfahrung war bitter, doch ich zog meine Konsequenzen. Seit der Eiserne Vorhang gefallen ist, hat sich auch dein Teil der Welt verändert. Du willst das nicht wahrhaben. Du hast dich in dein Haus mit dem hochumzäunten Garten zurückgezogen. Deine Welt, so wie du sie dir vorstellst, ist klein und eng geworden. Es genügt nicht, die Grenzen dichter um sich zu ziehen und so zu tun, als wäre rundherum nichts geschehen. Nicht nur ich muß mein Weltbild korrigieren, Eveline.«

Ihre Absicht war es natürlich, den Gegenbeweis anzutreten, als sie beantragte, ihre Akte einzusehen. Dem Staat vertraute Eveline wie ihrem Mann. Diese Institutionen *können* nicht betrügen. Der Gatte stand der Familie, der Keimzelle des Staates, vor, der Staat schützte Bürgerinnen wie sie. Er war für sie da, lullte sie ein in den Kokon, den sie stolz ihre Heimat nannte. Von dieser war nur Gutes zu erwarten.

Evelines Akte umfaßte ein Blatt.

Eingetragen war, stümperhaft, voller Lücken und Fehler, eine Auswahl ihrer Pilgerfahrten. Ich war verblüfft, daß selbst ihr Gottestourismus von ihrem Staat als Bedrohung, im weitesten Sinn als potentieller Terrorismus aufgefaßt wurde.

Es gelang mir nicht, meine Häme zu verbergen.

»Vor wem fürchtet sich dein Staat am meisten, vor Gott oder vor keinem Gott?«

»Du lästerst, Mutter. Ich würde mich hüten, so etwas zu sagen. Gott registriert alles.«

»Der auch ...«

Als ich vor über dreißig Jahren aus der Kirche austrat – damals war es nicht Mode, sondern brauchte noch Mut –, versprach mir Eveline, bar aller Sakramente, ein Grab jenseits der Stadtmauern, bei den Juden und Aussätzigen. Sie entschloß sich, ihre Söhne, vor allem Wilhelm, der mich oft in meinem Tessiner Exil besuchte, vor meinem gottlosen Schicksal zu retten, indem sie ihm rechtzeitig und in genügender Menge als vorsorgliche Gegenpropaganda die richtigen Phrasen eintrichterte.

»Alle eure Sorge werfet auf ihn, denn er sorget für euch.«

Mütterlicher Klaps auf den Po.

»Laß es uns wiederholen, Wilhelm.«

Einmal, zweimal, bis die Dreifaltigkeit saß. Es folgte die Nacht. Gottesträume, Visionen, Satan spie Feuer aus dem Abgrund, Engel stürzten. Darauf verfiel der Kleine, dem Schutze des Herrn anbefohlen, in unruhigen Schlaf. Gott allein weiß, was diese Verse in Wilhelms Kopf angerichtet haben. Es graute der Morgen.

Beim Aufwachen saß die Mutter bereits am Bett ihres Sohnes. Sie lächelte gütig und allwissend. Es folgte Lernschritt 2: Repetieren. Bald bestand Wilhelms Leben nur noch aus dem Repetieren einstudierter Phrasen. Eveline nannte das Beten.

Für Sinnfragen war es noch zu früh.

»Du wirst das verstehen, wenn es Zeit dazu ist«, sagte sie und meinte: Du wirst deiner Mutter dereinst dankbar sein für den Schutz, den sie wie eine Mauer um dich errichtet. Dabei preßte Eveline seine Hand fest in ihrer.

Franz ließ sie gewähren. Die Erziehung war nicht die Angelegenheit des Vaters. Ein Kind war ein Statussymbol. Kein Kind zu haben war in Franz' Kreisen nicht denkbar, eines war zuwenig. Leistete man sich vier, trug man zwar überdurchschnittlich zur Verbreitung des Volkes bei, doch benahm man sich eben überdurchschnittlich. Die Familie Gess entschied sich für zwei Kinder. August, der Ältere, ist ein laut Eveline *äußerst* erfolgreicher Vermittler von Leasingverträgen, Kompensationsgeschäften oder auch bahnbrechenden Kirschentkernern, je nachdem, was die Opportunität des Marktes gerade fordert. Gemeinsamer Nenner der Augustschen Handelsobjekte ist ihr revolutionärer Charakter. August gibt sich nicht mit etwas Gewöhnlichem ab. Ein Bauchmuskelmassagegurt ist nicht einfach ein Bauchmuskelmassagegurt. Hat er einen Bauchmuskelmassagegurt in seinem Versand anzubieten, ist es ein das Bauchmuskelmassagegurtbusiness auf den Kopf stellender Bauchmuskelmassagegurt. Sein Kirschentkerner sorgt im Gastronomiesektor für das längst fällige Umdenken und im Haushalt für eine Revolution. Erweist sich der Kirschentkerner als doch nicht so bahnbrechend, sprich: als ein Verlustgeschäft, hört man nichts mehr von ihm, während sich Augusts unermüdliche Begeisterungsfähigkeit längst anderen Alltagsrevolutionen zugewandt hat. Keine Revolution ohne Verluste.

Ich bemerke immer wieder mit Staunen, wie gut revolutionäres Denken in diesem unbeweglichen Land gedeiht. Umsturzpläne verlangen nach Windstille. Betrachtet man das Gebirge lange genug, sehnt man sich nach einer Lawine. Vielleicht erging es Wilhelm so. Vielleicht brachte auch mich die Große Ruhe vom Weg ab und verwehte mich in dieses abgelegene Tal, in dem das Land die Nichteinverstandenen aufbewahrt und weichkocht, bevor es sie in die Obhut Gottes entläßt.

August führt von seinem Privathaus in Horgen am Zürchersee einen Versand. Im »lichten Eckzimmer«, wie er sagt, mit Blick auf Surfer und Goldküste am anderen Ufer richtete er sich elektronisch ein. Mehr Raum braucht er für den Versand nicht, die Ware lagert in der Nähe Zürichs. Er nimmt Bestellungen auf allen Postwegen – und die scheinen sich ständig zu vermehren – entgegen und läßt diese je nach Art des Artikels als Paket, expreß oder diskret verschicken. Eveline gab zu, daß er sich auch in moralischen Randzonen des Versandgeschäftes bewege. »Sag doch Pornografie«, half ich ihr. Sie schüttelte den Kopf und wurde rot.

Die Bestellungen gibt August geordnet an die Auslieferlager weiter, von wo aus er dereinst ganz Europa, gegen das er sich bei jeder Abstimmung mit Händen und Füßen wehrt, beliefern will. Er läßt es sich nicht nehmen, den Eingang der Bestellungen selber zu überprüfen, obwohl es praktischer wäre, sie würden gleich im Lager eintreffen. Er weiß, daß es in diesem Geschäft für ihn nur zwei Optionen gibt: Nichts tun oder Subalternes erledigen. Er sagt, er liebe das Fiepen der Faxe, das Sirren des Papiers, das aus dem Schlitz fließt – elektronisches Gold, seiner Meinung nach –, das Telefonklingeln (jedes Klingeln bedeute im Schnitt 12,05 Franken Umsatz), die Überraschung, die in der Computermailbox lauert oder vom Teletext übermittelt wird, und den zweimaligen Gang zum Briefkasten. August ist ein Spätromantiker, der die Mittel der postmodernen Kommunikation zu nutzen weiß.

Er wohnt in Horgen am Zürchersee mit einer jungen Italienerin, die ihren Mann im Norden Italiens zurückließ, den Sohn aber mitnahm. »Eine Heißblütige«, gab Eveline zu bedenken. »Aus Katholien«, half ich Alessandra, »dem Land Gottes. Sei froh.« August mag den Kleinen. Das spricht für ihn. Eveline weiß das nicht zu schätzen. Sie hält Marco für ein Produkt seines Versandgeschäftes, diskret zu verschicken, bei Nichtgefallen nach zehn Tagen zurück.

Ich weiß nicht, wie sie zu ihrem Ältesten steht. Ihr Thema war immer Wilhelm. Über August hörte ich kaum Persönliches, nur auf Nachfrage nüchterne Fakten: »August lebt jetzt mit einer Italienerin und deren unehelichem Kind zusammen. Er ist äußerst erfolgreich.« Jeder Bemerkung über ihn fügte sie eine berufliche Leistung an, je zudringlicher meine private Frage, desto größer Augusts beruflicher Erfolgsausweis. Jetzt, nach Wilhelms Tat, dürfte sich August in unsere Gespräche drängen.

August wurde 1959, Wilhelm zwei Jahre später geboren. Wer sich in den Sechzigern kein Kind leistete, gab zu, daß er sich keines leisten konnte. Damit deutete er der Bank an, daß er nicht kreditwürdig war. Gerüchte zogen ihre Kreise, der Stammtisch rumorte, der Rotaryclub horchte auf, die Bank hörte mit. Vertrauensentzug, Liquiditätsengpaß, Lieferungsverzögerung, Auftragsrückgang. Aus, Amen. August stand am Anfang der langen Prosperitätskette. Er sicherte den Aufstieg des Geschäftes, Wilhelm konsolidierte den Erfolg. Eveline kümmerte sich um die drei großen K, Kinder, Kirche, Küche, Papa finanzierte die ganze Geschichte, addierte Frau plus Haus plus zwei Kinder plus Limousine plus Hund plus Schwimmbecken im Garten plus, ging die Rechnung auf, Ferienwohnung im Tessin oder Engadin.

Es war eine sehr männliche Perspektive, der sich die Frauen, angeregt von der katholischen Kirche, unterordneten. Franz dürfte nicht einmal gewußt haben, wo seine Gemeindekirche stand, ließ aber keine Gelegenheit zu betonen aus, er könne sich von den Kirchensteuern, die sein Geschäft bezahlte, einen eigenen Pfarrer leisten. In der Kirche versammelten sich die Mütter mit ihren Kindern und besprachen ihre Angelegenheiten mit Gott, während die Herren der Schöpfung beim sonntäglichen Frühschoppen ihre irdischen Geschäfte tätigten.

Eveline sah darin nichts Unrechtes. Sie begriff Freiheit auch im Dienen. Sie sagte, es sei ihr freier Entschluß. Ihr machte es nichts aus. Das war mein Problem, wenn ich mit meiner Tochter diskutieren wollte. Nichts machte ihr etwas aus. Ich hatte die unangenehme Aufgabe, sie auf ihre Probleme aufmerksam zu machen. Ich störte sie in ihrem Glück, weil ich es für falsch hielt. Heute weiß ich, daß es kein falsches Glück gibt. Damals war ich überzeugt, daß es Eveline etwas ausmachen mußte. Sie blieb stur. Nichts, was ist, will sie ändern; alles ist gut, wie es ist.

»Warum um Himmels willen soll ich etwas an diesem Zustand ändern, Mutter? Mir ist wohl so. Ich liebe meine Kinder. Ich liebe den Garten, unser Haus. Ich liebe Franz. Wir haben ein Ferienhaus im Münstertal. Wir haben das gemeinsam erreicht. Das sagt Franz. Jedem sagt er das. Ohne meine Frau hätte ich das nie geschafft. Meinetwegen müßte er das nicht einmal aussprechen, ich *weiß* es einfach. Aber – (dies war die übliche Gesprächswendung: War ihr Standpunkt geklärt, ging Eveline dazu über, auf meine Unzulänglichkeiten hinzuweisen) – aber was weißt du, Mutter? Was von deinem Leben ist für dich so konkret, daß du es anfassen kannst?«

Dreißig Jahre später fügte sie hinzu: »Woran hältst du dich? Du weißt nur, was nicht gut ist. Du hast deine Hoffnungen und Träume zerstört. Deine Welt ist ein Trümmerhaufen. Deinen Mann hast du sitzenlassen, weil du dich eingeengt gefühlt hast. Du hast die Kirche sitzenlassen, weil sie dich in deiner Freiheit eingeschränkt hat, du läßt deine Familie sitzen, weil sie anders denkt. Nicht so revolutionär. Wir denken nicht in Theorien, die alle zwanzig Jahre revidiert werden müssen, weil sie sich als falsch herausgestellt haben. Wir wollen den Staat nicht stürzen, nicht einmal ändern, weil wir mit ihm zufrieden sind. Ja, hör dir das nur an. Ich bin zufrieden mit meinem Staat. Ich bin es noch immer, auch seit ich weiß, daß er mich bespitzelt hat und vermutlich schon wieder damit angefangen hat. Soll er! Mich beruhigt das. *Ich* habe nichts zu befürchten. Alles funktioniert besser als überall sonst. Du aber hast das alles weggeworfen. Jetzt läßt du Wilhelm sitzen. Du hast ihn abgeschrieben, weil es nicht gerade berauschend revolutionär ist, Sachbearbeiter für die Buchstaben K bis P zu sein! Aber er war zufrieden mit dem, was er hatte.«

Die Frau war es, die den Spruch »Du sollst dem Manne untertan sein« in Brokat stickte, auf einen Rahmen zog und ihn sich übers Bett hängte. Der Spruch ist aus den meisten Häusern verschwunden. Eveline hängte ihn ab, als Franz den Haushalt verließ und mit einer neuen, großzügig geschätzt drei Jahrzehnte jüngeren Frau in sein Ferienhaus zog, um dort zu »privatisieren«, was immer man sich darunter vorstellen muß. Seit Eveline allein lebt, gesteht sie der jüngeren Generation zu, ohne den Spruch zu leben, und hält sich sogar selbst für ein bißchen emanzipiert. Aber findet sich der geeignete Nachfolger für Franz, braucht sie nach dem Brokatspruch nicht lange zu suchen.

Die Welt der Sechziger war einfach, klar strukturiert. Schwarz war böse, Weiß gut, eine Grauzone gab es nicht. Wer differenzieren wollte, dem wurde der Weg nach Moskau gewiesen. Ja oder Nein, hießen die Optionen, man mußte sich für einen Weg entscheiden. Wir lebten alle das Große Märchen, naiv, praktisch, nicht ohne Charme, wir waren Rotkäppchen, die anderen der Wolf. Das Problem war lediglich, daß es nur einen Wald gab. Den mußte man sich teilen. Also griff man zu Stacheldraht, Beton und Glasscherben. Dahinter hauste das Böse, die Lüge, das galt für beide Seiten, je nach Perspektive. Ich gebe zu, das Böse ausschließlich auf der anderen Seite zu wissen, hat seinen Reiz. Das Märchen funktionierte lange. Es ist immer schwer, Argumente gegen etwas Funktionierendes zu finden, zumal, wenn man nicht garantieren kann, daß das neue Märchen auch funktioniert.

Plötzlich ging das Böse unter, als ein ungarischer Zöllner den Stacheldraht durchschnitt, worauf, was keiner gedacht hätte, dem einen Wolf die Luft ausging. Er fraß sich selbst auf, Rotkäppchen taumelte rechthaberisch in die Euphorie, hatte kurze Zeit tatsächlich recht, alles war gut, über die anderen war planmäßig das Jüngste Gericht hereingebrochen, wir aber hatten das Paradies verwirklicht, wir hatten gewonnen! Die Besseren gewinnen immer, jetzt hatten wir es schwarz auf weiß, wir waren – ausnahmsweise rief mich meine Tochter Eveline umgehend an – *vom Bösen erlöst*, der Antichrist war besiegt, ihm folgte der Erlöser, Jahrtausendwende, Apokalypse 2000! Wie es geschrieben steht.

Doch Rotkäppchen kamen Zweifel. Es begriff, daß sein Märchen ohne Wolf wenig Sinn ergab. Es löste sich auf; übrig blieb der Wald, darin lauter Wölfe, die sich reißen, wo sich ihnen nur die Gelegenheit bietet. Weiß hatte Schwarz geschluckt, und jetzt leben wir alle in der Grauzone.

Waffenhändler Also, viele, die bei mir einkaufen, benutzen ihre Waffe nie. Schauen Sie sich um … Sehen Sie sich meine Vitrinen an … Hier die Trommelrevolver. Die '38-Special. Ist doch ein Schnuckelchen, wie sie so daliegt ... Fast schon schutzbedürftig. Man möchte sie in den Arm nehmen und streicheln.

Mir gibt der Action-Typ, der auf jedem Kasten so ein geladenes Baby liegen hat, auch zu denken. Wie das endet, liest man auf der Letzten Seite. »Betrunkener erschießt eigene Frau, die er für Einbrecher hielt.« Aber das ist statistisch vernachlässigbar.

Die hier benutzt John Wayne in *Stagecoach*. Ich nehme mir den Film einmal pro Monat vor. Es gibt eine nachkolorierte Fassung. Da sitzen Sie mittendrin. Ein Erlebnis, dieser Film. Wayne thront auf seinem Pferd und schaut sich geschlagene dreißig Sekunden lang den Sonnenuntergang an. Nichts geschieht, nur die Sonne geht unter. Das ist enorm! Ein Lebensgefühl! Plötzlich sitzen Sie selber auf dem Pferd, legen die Hände um den Sattelknauf, kneifen die Augen zusammen, und die Sonne geht unter.

Nehmen Sie das Baby ruhig in die Hand ... Nein, nicht so. Mit beiden Händen ... Wenn Sie so abfeuern, sind Sie der erste Tote. Der Rückschlag haut Sie um. Ich war mal dabei. Nachher mußte der Schütze ein paarmal zum Zahnarzt und hat jetzt so weiße Zähne, wie er sie als Knirps nicht hatte ... Ja, so, mit beiden Händen. Beine breit. Wippen. Rhythmisch aus der Hüfte wippen ... Mit der Waffe schießen ist wie Weiber vögeln. Kommen Sie mal auf meinen Schießstand, ich spendier' Ihnen 'n paar Freischüsse.

Also, ich weiß alles über diesen bescheuerten Gess. Ich hab' alle Zeitungsausschnitte aufbewahrt. Von diesem Bundesrat las ich am Donnerstag zum ersten Mal. Eine dumme Sache. Man faselte von organisiertem Verbrechen. Selbst Kripochef und Regierungsrat

Franscini, sonst ein vorsichtiger Mann, sprach von Mafia. Er ist selber einer dieser Schlafzimmerhändler, die privat Waffen verkaufen und mir auf unfaire Weise Konkurrenz machen. Soll bald ein Gesetz gegen die geben. Kann ich mir zwar nicht vorstellen, wo doch die Gesetzgeber selber alle Waffenfreaks sind. Franscini … hätte ich seinen Namen nicht nennen sollen, aber Sie können ihn ja noch ändern, oder? … also, ein hoher Beamter der Stadt Bern verfügt in seinem Eigenheim über ein kleines Waffenarsenal, inklusive einer Thompson im Geigenkasten wie im guten alten Chicago. Wenn Sie bei ihm einkaufen wollen, melden Sie sich am besten in der Praxis seines Busenfreundes Mr. X, der prüft Sie auf Herz und Nieren, heißt, er fühlt Ihnen aufs Zahnfleisch, das ist nämlich sein Beruf, und leitet Sie, wenn Sie keine Karies haben, an den hohen Beamten weiter. Da dürfen Sie dann ungestört einkaufen. Teuer, aber es lohnt sich.

Also, wenn die von »Mafia« und »sizilianischen Zuständen« reden, heißt das im Klartext: Wir sind mit unserem Latein am Ende. Politisch ziemlich froh wäre man gewesen, hätte man den Mord einem Serben oder so in die Schuhe schieben können, bei denen kommt's darauf auch nicht mehr an. Dann sprach man von einem Amokläufer, aber nein, der Mann brachte keine sechs weiteren Leute um und richtete sich dann selbst. Übrig blieb ein Herr Wilhelm Gess, 32 Jahre alt, verheiratet, ein Kind, unbescholtener Bürger der Stadt St. Gallen, nicht vorbestraft, Sachbearbeiter bei der Ausgleichskasse. Ein Staatsdiener. Schöne Pleite.

Ich dachte mir gleich, mit dem Jungen stimmt was nicht, als er in der Gerechtigkeitsgasse auftauchte. Kein

Mörder, nein. Ich dachte, Jungchen, du hast dich im Laden geirrt. Hertenstein ist die Tür nebenan. Hertenstein verkauft natürlich keine Reizwäsche, er verkauft Lingerie. Ein Sexshop für Patrizier. Gess fuhr den ganzen Weg nach Bern, um sich mit dem Firlefanz einzudecken. Ob er die Rüschen und Spitzen für seine Frau einkauft oder ob es Eigenbedarf ist, wird sich noch zeigen. Er muß ein Problem damit haben, wenn er meine Stahlmänner mit Hertensteins Höschen verwechselt.

Er wollte gleich wieder raus. Konnte aber nicht. Er unterliegt einem Zwang, ziemlich weitverbreitet. Er ist die Art Kunde, die etwas kaufen muß, selbst wenn sie einen Laden aus Versehen betreten hat. Ich verwickelte ihn in ein Gespräch übers Wetter. Diskreter Übergang zum Thema. Erzählte ihm beiläufig, gerade gestern sei hier ein Mädchen vergewaltigt worden. Nicht wahr, doch plausibel. Die Lauben sind sehr dunkel, man kann sich in der Nacht überall verstecken. Nach Ladenschluß schleichen die Ausländer rum, unsere Mädchen sind hübsch und emanzipiert und lassen es sich nicht nehmen, nachts allein durch die Altstadt zu gehen. Da genügt ein Pfefferspray nicht, sag' ich immer. Das erzählte ich Gess, weil ich ihn für eine feminine Type halte. Sehr feminin, wenn Sie wissen, was ich meine.

»Da«, sagte ich und zeigte durchs Schaufenster. Die Gerechtigkeitsgasse war auf meiner Seite von der Sonne beleuchtet, doch gegenüber klafften die finsteren Löcher der Lauben. »Da haben sich die Kerle über sie hergemacht.«

Er nickte verstört.

»Dort?« fragte er, um ganz sicher zu sein.

»Genau dort«, bestätigte ich, »keiner hat geholfen.«

Er stand am Fenster und dachte nach. Seine Hand hatte sich auf eine Beretta in der Auslage gelegt.

»Bist ein verlorener Mann, wenn du heute mit Hilfe rechnest. Du wirst auf offener Straße ausgeraubt, während die Polizei Strafzettel verteilt. So ist das. Als Frau wirst du vergewaltigt.«

Ich schaute ihm in die Augen. Seine Finger verkrampften sich um die Beretta. Ich hielt ihn weiß Gott nicht für einen Verbrecher.

»Man muß sich heutzutage selber zu helfen wissen.«

Gess nickte.

»Ein schnuckeliges Ding, nicht wahr?« sagte ich und zeigte auf die Waffe in seiner Hand. Er erschrak, wie er sie sah. »Anschmiegsam wie ein kleines Kätzchen. Ideal fürs Handtäschchen.«

Er starrte mich an. Ich ging zu weit. Verpatzt. Na, den Jux war's wert. »Ich meine, wenn Sie die Waffe für Ihre Frau wollen«, sagte ich.

Ich dachte, er legt die Waffe auf den Ladentisch und geht. Doch er sagte nur: »Einpacken.« Seine Stimme klang jetzt fest und entschieden. Ich wollte ihm die Waffe noch erklären, doch Gess schob mir das Geld zu und schaute auf die Uhr. Druckst eine halbe Stunde lang rum und hat's auf einmal eilig. Ob ich sie laden soll? Er schüttelte den Kopf. Na schön. Ich stellte die Quittung aus und legte ein Schächtelchen Munition gratis dazu. Er haute ab. Ich hielt ihm die Tür auf. Weg war er. Hertensteins Lingerie hatte er vergessen.

Kurz vor Ladenschluß stand die Polizei im Geschäft. Ob die Beretta bei mir gekauft worden sei, schnauzte mich ein Beamter grußlos an und fuchtelte mit der Waffe in der Hand. Ich schaute umständlich nach, damit er sah, wie seriös ich seine unsinnigen Vorschriften einhielt, verglich die Seriennummer und nickte endlich.

»Was!« brüllte der Beamte.

Für die Polizei genügte das nicht. Nicken kann man nicht protokollieren. Also sagte ich klar und deutlich »Jawoll!« Er wollte den Namen des Kunden wissen, den aber hatte ich natürlich nicht. Ich fragte, was geschehen sei.

»Drehen Sie's Radio an«, sagte er. Er machte ein Gesicht, als würde er gleich meinen Laden schließen.

Doch keiner schloß meinen Laden. Im Gegenteil. Als bekannt wurde, daß Gess seine Beretta bei mir gekauft hat, gingen in der ersten Stunde sechs weitere über den Ladentisch.

Eveline Auf dem Trottoir vor dem Amt parken die Polizisten. Einer bleibt am Steuer sitzen, die beiden anderen betreten das Amt. Beim Empfang erkundigen sie sich nach Wilhelm Gess, der hier in Büro 217 arbeitet. Am Morgen ging auf dem Polizeiposten St.Gallen ein anonymer Anruf ein. Jemand nannte den Namen meines Sohnes als den Mörder von Bundesrat Hans Lüthi und gab sein Büro an. Dann hängte er auf. Man liebt auf der Polizei solche Anrufe nicht sonderlich, obwohl sie oft genug die vertracktesten Fälle mit einem Fingerschnippen aus der Welt schaffen: Habgier, Eifersucht, Neid oder Zorn hat schon manchen aussichtslosen Fall gelöst. Wer aber war eifersüchtig oder zornig auf Wilhelm?

Die Empfangsdame bestätigt: Gess, zweiter Stock, und fordert die Beamten auf, den Lift zu betreten, den sie von ihrem Schalter aus öffnet. Sie meldet oben deren

Ankunft. Die Lifttüre schließt sich, vom zweiten Stock wird das Gehäuse in Bewegung gesetzt (ich habe das selbst erlebt, als ich Wilhelm einmal auf dem Amt besuchte). Die Männer warten mit auf dem Rücken verschränkten Armen. Im zweiten Stock betreten sie den Vorraum und warten erneut. Wilhelm kommt aus der Tiefe des Bürotraktes und muß ihnen selbst die Tür zur zweiten Etage aufschließen, damit sie ihn verhaften können.

Es ist Freitag, kurz vor elf. Sie verlassen ohne Eile das Amt. Als begäben sich drei Freunde, nicht ein Inhaftierter und zwei Polizeibeamte, auf einen Ausflug. Sie setzen sich in den Streifenwagen, der in meiner erdachten Szene ein beliebiger Wagen sein kann. Kein Blaulicht (das gab es auch in Wirklichkeit nicht). Wohin kann ich sie fahren lassen? Ich stelle mir vor, es hätte genügt, sie nachträglich und einzig in meiner Vorstellung in eine andere Richtung zu schicken, ihnen ein anderes Ziel zu geben, um alles ungeschehen zu machen. Es hätte mir nur etwas einfallen müssen. Zum Tennisplatz? Keine Schläger im Fond. Zum Angeln? Wilhelm angelt nicht. Was tat er gern? Womit beschäftigte er sich?

Der Wagen in meinem Kopf wird wieder zum Streifenwagen und bringt Wilhelm ins Bezirksgefängnis. Endgültig. Ich rede mir ein, mit einer Willensanstrengung, mit ein bißchen Fantasie hätte ich ihn davor bewahren können. Nein, da war nichts, keine Einbildung, keine Vorstellung, keine andere Möglichkeit.

Er kochte leidenschaftlich gern. Das hat er von seinem Vater, der meine Salatsaucen als fad beanstandet und sie, als seine Kritik nicht fruchtete, durch seine eigenen

Schöpfungen ersetzt hatte. Seine Saucen schmeckten besser, zugegeben, und das Durcheinander, das er in der Küche hinterließ, war ebenso beeindruckend. Kein Verständnis dafür, daß das Aufräumen Bestandteil des Kochens ist. War Wilhelm auch so? Eher räumte er Sonja hinterher.

Einige Jahre war er Mitglied eines Klubs, eines aus der oder wieder in Mode gekommenen Männerbundes, dem etwas Verschwörerisches anhaftete. Jeden siebten und einundzwanzigsten des Monats trafen sie sich, um zu kochen. Ich meine, sie kochten wirklich; das Kochen war nicht, wie es bei meinem Exmann der Fall gewesen wäre, der Vorwand, ein – vermutlich triviales – Geheimnis zu verstecken. Ihr Treffpunkt wurde vor den Ehefrauen geheimgehalten und wechselte jedesmal. Wilhelm, meine ich, freute sich, daß diese willkürlichen Termine immer einen anderen Wochentag trafen und auf diese Weise anderen Regelmäßigkeiten, Theaterpremieren oder Sonjas Saunaabenden, einen Streich spielten. Sie trafen sich, stelle ich mir vor, in kerzenbeleuchteten Gewölben und zelebrierten ihre harmlose Kochliturgie.

Dennoch war mir dieser Zirkel nicht geheuer. Unheimlich und lächerlich. Wenn es nur ums Kochen ging, hätten sie einen Kurs für Fortgeschrittene an der Volkshochschule belegen können. Und es ging nur ums Kochen! Wilhelm aber tat so, als wären sie im Besitz einer Geheimlehre, eines universellen, nur den Auserwählten des Zirkels anvertrauten Geheimnisses, das in keinem Fall nach außen dringen durfte. Sie nannten sich *Apicianer,* nach dem römischen Gerichteerfinder und Küchenbonvivant Marcus Gavius Apicius, geboren ein oder zwei Jahrzehnte nach Christus, wie Wilhelm verriet (und das Lexikon bestätigte).

Was suchte Wilhelm in diesem Kreis? Sonja kümmerte es nicht. Ich hatte den Eindruck, dem Zirkel gehe es nicht um ein Geheimnis, sondern lediglich um Geheimnistuerei. Mit großem Aufwand vertuschten sie die Tatsache, daß sie kein Geheimnis hüteten. Eine traurige Gesellschaft. Es schmerzt mich, daß mein Sohn auf sie angewiesen war.

Sie beteten diesen Apicius an. Wilhelm berichtete von einer Kräuter-Kaja am Kreuzweg, als sei sie eine Göttin. Von einem Metzgermeister Messer am Magniberg und dem Bäcker Buk schwatzten sie – Adressen, die mir nicht geläufig sind. Sonja lachte, wenn ich ihn darauf ansprach. Wilhelm erfand weitere Geschäfte, in denen er seine Kräuter und Gewürze zu kaufen vorgab. Kostwurz, Liebstöckel und Flohkraut. Nardenblüte, Rauke und Hasenwurz. Die Apicianer benutzten die lateinischen Namen, um vor Nichteingeweihten über ihre Probleme, oder was sie dafür hielten, sprechen zu können. Wilhelm murmelte irgendwelche unverständlichen Verse wie Beschwörungsformeln vor sich hin. *Double, double toil and trouble; fire burn, and cauldron bubble.* Versuchten sie wie die Hexen aus *Macbeth* die Zukunft zu erkochen? Es waren doch nur Gewürze und Kräuter für Saucen und Marinaden!

»Das Leben«, sagte mir Wilhelm einmal, »ist ein Märchen, erzählt von einem Narren, voller Schall und Wut und ohne Bedeutung.«

Hüteten sie dieses Geheimnis?

Sein übriges Leben war wenig geheimnisvoll. Freitagabend, kamen ihm nicht die Apicianer in die Quere, kegelte er mit seinem Freund Brugger, einem Arbeitskollegen. Um einiges älter, ein verschwiegener Mensch, steht Peter Brugger im Amt seiner Abteilung vor. Er hat Kinder und geht, laut Wilhelm, in die Kirche. Das sagte er mir zuliebe. Und konnte sich nicht verkneifen, hinzuzufügen, es handle sich dabei, leider Gottes, um die evangelische. Für Wilhelm ist er das, was man eine Vertrauensperson nennt: jederzeit ansprechbar. Sonja, die die beiden beobachtet hat, erzählte, Brugger würde lediglich mit dem Kopf nicken und an der Pfeife, die ihm nicht stehe, ziehen, während Wilhelm mit ihm rede. Ein Rat sei von Brugger nicht zu haben. Er gebe keine Antwort, eine Meinung sei ihm nicht zu entlocken. Doch sagte Wilhelm »Brugger meint«, war damit das Gespräch beendet, auch wenn kein Mensch eine Ahnung hatte, was Brugger meinen mochte.

Ich muß mir eingestehen, daß ich von Wilhelms Hoffnungen und Sehnsüchten, von seinen Lebenszielen nicht viel weiß. Ich dachte, er hätte seine erreicht, mit Sonja und Walter, mit dem Beruf, der ihn glücklich machte, auch wenn das einige nicht wahrhaben wollen. Das betrifft vor allem meine Mutter. Als Wilhelm die Beamtenlaufbahn ergriff, entschied sie kurzerhand: »Ein Beamter der Ausgleichskasse *kann* nicht glücklich sein«, und wandte sich von ihrem Lieblingsenkel ab, der ihrer Ansicht nach zu Außergewöhnlichem geboren war.

Wilhelm schien glücklich zu sein, einigermaßen zumindest. Mehr als man erwarten darf. Er herrschte über die Dossiers seiner Rentner, die er so liebevoll verwaltete, wie er früher, in seinem Zimmer auf dem Boden liegend, die Artikel über seine Reiseziele, meist Länder mit mächtigen Bergen, ausschnitt, aufklebte und alphabetisch in einem Heftordner ablegte. Er wollte sie alle bereisen, in alphabetischer Reihenfolge: die Anden, die Rocky Mountains, den Ural. Die Alpen interessierten ihn damals nicht, sie sah er von seinem Fenster aus.

Am liebsten telefonierte er mit seinen betagten Kundinnen, deren mehr oder minder altersweise Äußerungen er schätzte und weitererzählte. Neun Jahre arbeitete er nun auf der Ausgleichskasse. Nie sprach er von einer beruflichen Aufstiegsmöglichkeit, von Verbesserungen oder gar von Veränderungen. Karrieresüchtig war er nicht, hätte er meinetwegen auch nicht sein müssen. Doch so etwas wie ein Ziel vor Augen muß er doch gehabt haben?

»Wie der Esel der Karotte vor seinem Kopf nachtrottet«, pflegte er auf das Stichwort Ziel zu sagen. »Was will ich weiter oben? Hast nicht du immer gesagt, da sei die Luft so dünn? Ich brauche Luft. Das Geld reicht. Da ist Walter. Unser Nest. Wir haben, was wir brauchen, ist es nicht so, Sonja?«

Sie beantwortete seine Frage, indem sie näher an Wilhelm rückte und seinen Hals küßte. Den Blick hielt sie dabei auf mich gerichtet. Mit den grellgrün lackierten Fingernägeln erzeugte sie auf Wilhelms Hose jenes Kratzen, von dem sie weiß, daß es mich erschauern läßt. Schließlich ruhte ihre Hand auf seinem Oberschenkel, in Schrittnähe. Sie war nicht die Kindfrau, für die sie sich in solchen Augenblicken ausgab.

Nach einer Weile zog sie die Hand zurück und doppelte nach: »Wozu eine Karriere, Eveline, wo doch die Welt, wie du immer sagst, gerade auf die Zielgerade der Apokalypse einschwenkt?«

Sie hatte eine wunderbare Art, mir mit ihren Stinkbomben in den Rücken zu fallen. Wollte Sonja nicht, daß Wilhelm Karriere machte und Brugger in die Direktionsetage nachstieg? Wollte sie selber Karriere machen? Stand er ihr dabei im Weg? Ich begreife nicht, weshalb das Wort Karriere so in Verruf geraten ist. Gegen das, was das Wort bezeichnet und wo es hinführt, scheint niemand etwas zu haben. Nur aussprechen darf man es nicht.

Sonja fühlte sich in ihrer persönlichen Entwicklung schon eingeschränkt, wenn Wilhelm von einem beruflichen Erfolg, einfach von einem guten Arbeitstag, sprach. Sie konnte sich nicht darüber freuen, sondern schien das als Konkurrenz zu ihrem Tag zu empfinden. Dabei war Wilhelm bereit, auf seine Karriere zu verzichten, damit Sonja ihre – das Fitness-Studio – verfolgen konnte. Ihm war das recht, er schien zufrieden damit, etwas zu selbstzufrieden für meinen Geschmack. Doch beide hatten, was sie wollten, und genau das schien ihr Problem zu sein. Litt er zuwenig darunter, zugunsten seiner Frau auf seine Karriere verzichten zu müssen, als daß es Sonja als wahren Verzicht, als ein Opfer, das er ihr darbrachte, gelten lassen konnte? Sind denn alle verrückt geworden?

Mittwoch nach Feierabend suchte er den Kraftraum des Fitness-Studios auf. Bis Sonja ihn erlöste, quälte er sich mit Super-Stretch, Fatburner, Workout oder Step'n'Pump ab. Ich weiß nicht, ob ich mir darunter ein Gerät oder eine Fitness-Methode vorstellen muß. Anschließend gingen sie gemeinsam ins Kino oder in ein neuentdecktes Restaurant, vorausgesetzt, die Nachbarin oder das von Sonja auf eine Annonce gefundene

Mädchen, von dem ich nicht viel halte, hatte Zeit, Walter zu hüten.

Zu Hause empfingen sie selten Gäste. Ich meine, Wilhelm ist an Sonjas Seite etwas einsam geworden. Um neun ins Büro, nach fünf zu Hause. Das Mittagessen nahm er in der Kantine des Amtes ein. Familienwochenenden. Eine Tante Sonjas in Chur. Hin und wieder organisierte sie ausgedehnte Fitness-Wochenenden in ihrem Studio. Wilhelm fuhr einmal im Jahr widerwillig Ski mit den Kollegen. Über den Samstagnachmittag durfte Walter bestimmen: Eisbahn im Lerchenfeld, Schwimmen im Blumenwies, Zirkus mit den Eltern.

Manchmal zog es Sonja weg, sie setzte sich ins Auto und fuhr los. Destination Südwesten, Fahrtzeit drei Stunden. Dort, egal wo, angekommen, nahm sie ein Hotel. Das habe mit ihr, nicht mit Wilhelm zu tun, sagte sie mir einmal. Kleine Fluchten würden die Rückkehr garantieren, sagte sie. Was hielt er davon? Es ging nicht darum, was Sonja alles tat, sondern was sie tun könnte, was mich, wäre ich Wilhelm, beunruhigt hätte. Er ließ sie ohne Einschränkung ziehen.

Er wanderte gern. In die Berge zog er mit Walter, Sonja ist keine Wanderin. Im Rucksack schleppte er Bücher mit, las sich, wie er einmal sagte, Zeile für Zeile höher, bis sie oben auf dem Gipfel stünden und den Himmel mit einem Vers verblüfften. Ich stelle mir vor, in der einen Hand Walter, in der anderen das Buch, aus dem er vorlas, während ihm sein Sohn den Weg wies. Er liebte das Wasser. Eine Zeitlang segelte er auf dem Bodensee. Billig war das nicht. Sonja sprach einmal von einem Bootsplatz, doch schlugen ihre Interessen wieder einmal eine neue Richtung ein.

Nein. Da war nichts, keine Einbildung, keine Vorstellung, keine andere Möglichkeit im Kopf. Nur diese Szene, wie sie ihn vom Amt holen.

Freitag, kurz vor elf, verhaften sie ihn. Immer wieder.

Ich verbrachte die Nacht auf Samstag schlaflos, rastlos vom einen Ende der Dunkelheit zum anderen. Sie holen ihn ab ... Wohin gehen sie? Zum Segeln? Zum Kegeln? Nein, ich sehe nichts, keinen Ausweg.

Da waren immer Bilder von Wilhelm. Vielleicht stimmten sie nicht mit der Wirklichkeit überein, ich meine, sie waren veraltet, angegraut und wurden zu jenen braunvioletten Fotografien mit den gerippten Rändern, die ich aus meiner Jugend kenne. Viele der Bilder in meinem Kopf mögen meiner idealisierten Erinnerung entspringen. Was ist schlecht daran, wenn in meiner Vorstellung manches schöner geworden ist, als es tatsächlich war?

Meine Bilder führen mir den vierjährigen Wilhelm vor, der im Garten einem Schmetterling nachjagt, hinfällt und, weil scheinbar niemand zuschaut (ich stehe hinter dem Vorhang am Fenster), nicht losbrüllt, sondern sich hochrappelt und weiterrennt. Der knapp Siebenjährige, stolz auf seine erste Schiefertafel, posiert für das Foto »Der erste Schultag«. Ich sehe vor mir Wilhelm, den sechzehnjährigen Diplomanden, dem die lange Schulzeit ein verschmitztes Lächeln in die Mundwinkel gezeichnet hat. Wilhelm, Sonja am Arm, verläßt das Standesamt. Auf der Treppe küssen sie sich für alle, fürs Hochzeitsalbum, für meinen Erinnerungsschatz. Wilhelm in Not: Früh hatte Walter Mumps, hilflos beugt sich sein Vater über das Kindsbett, Sonja, gefaßter, steht mit einer Arznei in der Hand gegenüber.

Jetzt kommen keine neuen Bilder mehr dazu. Der Streifenwagen setzt sich in meiner Fantasie in Bewegung. Ich kann noch sehen, wie das Auto von der Straße abbiegt. Dann leert sich das Bild. Es bleicht, die Konturen lösen sich auf, es ist weiß. Wilhelm ist weg.

Am Samstagmorgen nahm ich den Zug nach Bern.

»Aller Wahrscheinlichkeit nach«, hatte Näff gesagt, »bringen sie ihn am Samstagmorgen nach Bern, in einer Gefängniszelle, es gibt bei der SBB eigens Waggons für Gefangenentransporte ...«

Genauer wußte er es nicht. Hans, mir seit der Scheidung, durch die er mir half, zugetan, verfügt über genügend Drähte, um rasch an die gewünschten Informationen zu kommen.

»Ich mache das nur ungern«, sagte er am späten Freitagabend routiniert und nicht ohne hilfsbereiten Stolz, »und auch nur aus tiefer Sympathie zu dir, Eveline.«

»Mich interessiert der Weg, den mein Sohn zurückgelegt hat, und jener, der vor ihm liegt. Vor allem jener, Hans. Wenn es ein Weg ist. Ich will das Verfahren kennen. Was geschieht jetzt? Ich muß wissen, wie seine Zelle aussieht. Wenn ich nicht in seine kann, will ich, daß du mir eine vergleichbare zugänglich machst. Wer spricht mit ihm? Wer beschäftigt sich mit ihm? Hast du mich verstanden, Hans? Ich will *jeden* Kieselstein seines Weges kennen. Ich muß mich in das Hirn meines Sohnes einnisten, um ihn zu verstehen.«

Näff schwieg lange. »Das hat keinen Sinn«, sagte er endlich. »Wilhelm ist so etwas wie ein öffentliches Staatsgeheimnis geworden. Wir werden sehr darauf bedacht sein müssen, daß er nicht zum Politikum wird, soweit sich das noch vermeiden läßt. Das klingt paradox, ich weiß, doch letztlich hat Wilhelm nicht Bundesrat Lüthi getötet, sondern die Privatperson Hans Lüthi. Das wird die vordringlichste Aufgabe des Verteidigers sein – noch habe ich mich nicht entschieden, ob ich die Angelegenheit selbst in die Hand nehme. Das muß scharf getrennt werden, Witwen- oder Staatstrauer. Letzteres hieße, einen neuen Mythos schaffen. Wilhelm erhob seine Armbrust gegen die Obrigkeit. Das könnte so manchem in den Kram passen. Man würde ihn zum Märtyrer, seine Tat zur Befreiungstat hochstilisieren. Das darf nicht geschehen.«

Näff räusperte sich. »Wenn hier einmal eine Bombe hochgeht, dann gilt sie nicht uns, sondern dem Büro irgendeiner arabischen Fluggesellschaft, und gelegt hat sie in einem solchen Fall ein Ausländer. Wir sind neutral. Wilhelm aber ist Bürger dieses Landes. Er ist nicht Mitglied einer Terrorvereinigung! *Das* wäre fatal. Das darf nicht sein. Wir können es auch ausschließen. Was denkst du, weshalb es nie Anschläge auf unsere Minister gibt? Glaubst du, wir blieben weiterhin einfach verschont vor der Welt um uns, oder alle seien dermaßen zufrieden? Nein, Gründe, Bomben zu werfen, gibt es überall genug, nur mit den Zielen ist es hier nicht so einfach. Wen willst du wegbomben, um etwas zu ändern? Es gibt hier keinen Diktator, der das System verkörpert und mit dessen Tod es weggefegt wäre. Es gibt keinen plausiblen Grund, einen Bundesrat zu töten, ganz einfach deshalb, weil er nichts verkörpert. Geht einer, kommt der nächste. Das ist alles. Arafat, Jelzin, Saddam, der amerikanische Präsident, der deutsche Bundeskanzler, das würde am Lauf der Welt vielleicht etwas ändern. Aber Hans Lüthi? Je länger ich darüber nachdenke, desto unsinniger kommt mir das alles vor. Geistige Umnachtung... Darauf muß man die Verteidigung bauen. Der blanke Unsinn, das ist das einzige, was Sinn macht... Ich fürchte, um wirklich etwas zu ändern, müßte Wilhelm das ganze Bundeshaus in die Luft sprengen. Und selbst dann... Nur diese prächtige Silhouette in Bern wäre weg.« Näff hielt inne.

»Ich hoffe, das bleibt unter uns. Ich bin müde, Eveline, das war ein langer, harter Tag heute.«

Ich wünschte ihm eine gute Nacht, doch Näff hängte noch nicht auf.

»Dir rate ich, bei allem Leid, dich zurückzuziehen. Ich glaube, du hast das Recht, dich ein bißchen zu verkriechen. Du kannst nicht Wilhelms Weg gehen. Es ist nun einmal geschehen, daran läßt sich nicht rütteln. Sei froh, wenn du nicht alles weißt...«

»Das sagte Franz auch immer.«

»Und, Eveline –«

»Ich weiß, Hans.«

»Mach keine Dummheiten.«

Bereits am Freitag hatte ich versucht, Wilhelm zu sehen. Ich rief aus der Stadt an – tatsächlich befand ich mich in einem Café gegenüber dem Bezirksgefängnis. Der Wärter war freundlich, redselig, doch hielt er sich an die Vorschriften. Keine Auskunft. Ich hängte ein, bezahlte bei der Serviertochter das Gespräch und überquerte die Gasse. Der Lift brachte mich in den zweiten Stock des Amtshauses. Die Gefängnistür, immerhin eisenbeschlagen, reihte sich fast unterschiedslos in die Bürotüren ein. Es war schwieriger, in Wilhelms Amt als ins Gefängnis zu kommen.

Ich klingelte. Der Wärter, der über meine rasche Ankunft nicht erstaunt war, entriegelte die Tür und ließ mich in den Vorraum treten. Ein paar Schritte weiter befand sich eine zweite Tür, eine abschreckendere diesmal, die in den Gefängnistrakt führte. Rechts war eine winzige Kammer, deren Zweck mir nicht bekannt ist, links ein nicht viel größeres Zimmer, in das mich der Wärter begleitete. Holztisch, zwei Holzstühle, ein Aschenbecher. Das Fenster, das auf den Hinterhof ging, war vergittert.

Der Wärter wies mir einen Stuhl zu, setzte sich auf den anderen und schwieg.

»Mir gegenüber, auf Ihren Stuhl«, sagte er endlich, »setze ich die Häftlinge, wenn eine Amtsperson sie sprechen muß. Manchmal muß ich sie ins Untersuchungsrichteramt bringen. Wir spazieren dann wie gewöhnliche Passanten durch die Innenstadt, die Handschellen, falls nötig, kann man unter langen Mantelärmeln verstecken. Hin und wieder kommen private Besucher wie Sie.«

Wieder schwieg er. Nach einer Weile fügte er einige einfühlsame Worte hinzu, die nicht zu seinem grobschlächtigen Äußeren paßten. Es habe sich schon herausgestellt, daß der Patient – so nenne er seine Kunden – an der falschen Krankheit leide. Er meine damit, daß hier schon einmal ein Unschuldiger zu sitzen komme, aber auch, daß jeder einen Grund hätte, ein paar Tage bei ihm zu verbringen. Für ihn, wurde er philosophisch, gebe es keine Unschuldigen, nur solche, die hier säßen und andere, die eben nicht hier säßen. Er verwalte die Schlüssel, nicht die Gewissen. Er habe schon erlebt, daß sich der scheinbar übelste Halunke in einen Unschuldsengel verwandelte. Das bedinge allerdings auch den umgekehrten Vorgang.

Ich dankte ihm für seinen umständlichen Trost.

»Weiter in mein Reich kann ich Sie nicht lassen.«

»Das heißt, mein Sohn ist hier«, sagte ich.

Der Wärter winkte ab. Es konnte nicht anders sein, er betreute ihn. Mehr noch, er schien ihn zu mögen.

Am Samstag war ich seit sieben Uhr früh am Bahnhof, schritt unentwegt das Perron ab und ließ keinen Intercity aus den Augen, doch Wilhelm brachten sie nicht. Nach zehn fuhr ich nach Bern. Bald schon tauchte ich in den Stadttunnel ein, tauchte wieder aus ihm auf. An mir zog unbeteiligt die Landschaft vorbei. Flachland, im Hintergrund die Alpenkulisse, dazwischen das Appenzeller Hügelland. Der Himmel war wolkenlos, es war noch wärmer als am Freitag. Nur die Wasserflecken der Fensterscheibe, durch die ich hinausstarrte, hinterließen Spuren in der Landschaft. Ein höhnisch strahlender Junivormittag. Für den Nachmittag hatte sich Walter einen Besuch im Kinderzoo Rapperswil gewünscht. Ich fragte mich, ob Sonja fahren würde (und wirklich: sie fuhr).

In Kloten war die Versuchung, auszusteigen, von der Eisenbahn ins Flugzeug zu wechseln, groß. Alles hinter mir zu lassen. Destination 10 000 Kilometer weg. Weg, weiter weg, als es sich Sonja je erträumt hätte! Geld hatte ich genug. Bargeldbündel lagen lose in meiner Handtasche. Es beunruhigte mich nicht, dieses viele Geld. Es beruhigte mich auch nicht. Die Waffe beruhigte mich. Ich fragte mich, ob mich der Händler wohl angezeigt hatte und ich nun ebenfalls von der Polizei gesucht würde. Es war egal; nein, es war gut, es brachte mich Wilhelm näher. Mit einem leisen Rucken hielt der Zug. Ich blieb reglos sitzen.

Wilhelm soll bereits im Streifenwagen gestanden haben, unaufgefordert. Er gestand dem Wärter, er gestand dem Untersuchungsrichter. Jedem sagte er: »Ich war's!«, als wollte er mir damit die Hoffnung auf einen Justizirrtum nehmen. Die Polizei hatte erst einen unbeteiligten Passanten verhaftet. Wenn dieser es nun doch war? Hatte man das genau überprüft? Aber wieso und für wen hätte Wilhelm die Schuld auf sich nehmen wollen? Nein, Wilhelm ist der Täter. Ich kann mir nichts anderes mehr vorstellen. Gott hatte mich für Hiobs Heimsuchungen ausersehen. Ich war auserwählt, Stolz müßte mich erfüllen, doch der Zweifel, das Leid und der Schmerz waren stärker.

Zürich, Sackbahnhof. Ich schloß die Augen, bis wir weiterfuhren. Einige Minuten Aufenthalt. Hier wohnte Franz. Im *Bellevue,* wie Sonja wußte. Es lag ihr auf der Zunge, als ich sie danach fragte. Auch ihn könnte ich aufsuchen. Vielleicht tauchte er am Bahnhof auf, um jemanden abzuholen. Ein junges Mädchen. Oder er würde wegfahren. Er könnte mit mir nach Bern fahren. Mit seinem Sohn, der sich vielleicht auch irgendwo im Zug befindet. Gott könnte ihn in mein Abteil setzen. Ich will das nicht, flehte ich. Ich will nicht! Der Zug fuhr an. Ich öffnete die Augen. Das Abteil war leer. Ich fühlte mich einsam.

In weniger als neunzig Minuten würde ich in Bern sein.

Bildhauer Ich seh's als Happening. Warhol pißte Pißbilder, Beuys fläzte Fett in die Museumsecke. Keiner hat die Kunst so radikal verändert. Jetzt kommt Gess. Gess ist Avantgarde. Radikale Brachialavantgarde, progressiv bis zur Selbstverstümmelung. Action art. Ein Gesamtkunstwerk. Jetzt vollendet Gess es im Knast. Bravo! Kunst kennt keine Grenzen. Sie müssen den Mord als Metapher verstehen. Über Nachahmer braucht sich das rechtschaffene Volk keine Sorgen zu machen. Kein wahrer Künstler würde das tun. Es wäre epigonal. Das Happening ist in etwa fünfzehn Jahren beendet, wenn Gess seine Strafe abgesessen hat. Dann wird es eine große Werkretrospektive im Kunstmuseum geben, weil ich dann Konservator des Kunstmuseums sein werde. *Gess Art* wird die Ausstellung heißen. Auch die Zeit ist gut bemessen. Von der Beleidigung bis zur offiziellen Anerkennung dauert es hier durchschnittlich fünfzehn Jahre.

August »Zur Ablenkung«, murmelte Mutter und berührte mit den Fingerkuppen die Scheibe der Verandatür, »könnten wir ein paar Schritte im Garten gehen. Sehen, was Alessandra angepflanzt hat.«

Sie umfaßte die Türfalle wie einen von Vaters Revolvern, die er in unserem Haus verstreut hatte und mit denen er, spät abends meist und oft angetrunken, herumfuchtelte. Wir schwebten ständig in Lebensgefahr, was mir damals nicht bewußt war, da Mutter die Waffen versteckte. Vater, der sie nicht mehr fand und nicht wußte, ob er sie nicht selber verlegt hatte, verteilte neue im Haus, das sich, schwerbewaffnet, in ständiger Bereitschaft für den inneren Krieg befand.

Einmal, ich war mit Wilhelm im Garten, glaubte ich einen Schuß zu hören. Wir gruben stumm nebeneinander unsere Löcher im Wäldchen im hinteren Teil des Gartens. Meines diente der Suche nach einem verborgenen Schatz, den ich auf halbem Weg zur Hölle vermutete. Mein Bruder verfolgte mit seiner Grube einen weniger ehrgeizigen Zweck. Er sagte schlicht, sie sei sein Grab, und legte sich, nachdem das Loch groß genug war, hinein, faltete die Hände über der Brust, stieß einen letzten Seufzer aus und schloß die Augen. Seine Bitte, eine Schaufel voll Erde auf ihn herabrieseln zu lassen und ein Gebet zu murmeln, verweigerte ich. Erst gegen Abend und mit der Hilfe Mutters und unserer damaligen Haushaltshilfe (Vater fand Wilhelms Gedanken »anregend«) ließ er sich dazu bewegen, am Nachtessen teilzunehmen, gab aber keine Auskunft über den Zweck seiner makabren Sonntagnachmittagbeschäftigung. Mir, dem Handwerker der Familie, oblag es, am nächsten Tag die Gruben zuzuschütten, da dies Wilhelm, so Mutter, nicht zuzumuten sei.

Ich wollte wissen, was das für ein lauter Knall – ich sagte: Schuß – gewesen sei, den ich im Garten gehört hatte. Sie habe, gab sie wenig glaubwürdig zur Antwort, mit Vater eine Flasche Champagner geöffnet, der Korken sei im Weinkeller gegen das Fenster geprallt. Was dort tatsächlich geschehen war, während wir im Garten unsere Löcher gruben, erfuhr ich nie.

Mutter stand noch immer an der Verandatür. Sie verkrampfte sich. Ihre Augen glänzten matt, doch ich konnte die Tränen in ihrer Kehle wahrnehmen. Ich konnte sie *sehen.* Ich stand hinter ihr, nahe an ihrem

Hinterkopf, und hörte es darin plätschern. Das braucht Sie nicht zu erstaunen. Mutter verdanke ich ein paar unnütze überirdische Talente. Manchmal habe ich halbe Visionen; halbe, nie ganze.

Ich trat neben sie und löste behutsam ihre Finger vom handwarmen Metall. Sie stand jetzt unter meinem Arm. Mir fiel auf, wie klein sie war. Ihr Haar war kurzgeschnitten. Beim letzten Besuch hatte sie es noch länger getragen. Mir gefiel sie so besser. Das mädchenhaft lange Haar verjüngte sie nicht wirklich. Es verlieh ihr eine falsche Jugend, eine, die sie nie gelebt hat. Steckte sie es zum Knoten hoch, erinnerte sie mich an die alten Primarlehrerinnen, die früher die Schulhäuser bevölkert hatten. Bestimmt war sie am Tag vor ihrem Besuch beim Coiffeur gewesen und hatte ihr Haar in der plötzlichen Wut, alles zu ändern, kurz schneiden lassen.

Ich hätte nicht gedacht, daß ihr Schädel so wohlgeformt war. Ich wölbte meine Hand um ihren Kopf. Die Haare berührten meinen nackten Unterarm und kitzelten die Haut. Ich schaute auf sie hinab, sie aber wuchs an mir empor, an mir vorbei. So war es immer. Sie nahm mich nur als Klempner wahr, ihr stummes Vertrauen schenkte sie meinem kleinen Bruder. Ihm gehörte ihre Schwäche; mich lehrte sie, was im Geschäftsleben kein Nachteil ist, den »aufrechten Gang« (Vater nannte das so). Eine starke Schulter brauchst du, Muskeln und Sehnen, um im Leben zu bestehen. Sie hätte mich gern als erfolgreichen Amateursportler gesehen und bedauerte sehr, daß ich das Schwimmen wegen der zunehmenden beruflichen Belastung aufgab.

Sie steht meinem Versand skeptisch gegenüber, obwohl sie sich über den Erfolg freut, den ich mit ihm habe. Was ich erreichte, gefällt ihr, nur mit der Methode ist sie nicht einverstanden. Für sie ist Versand ein schmutziges Wort. Wer hat es schon nötig, Sachen zu bestellen? Ihre – unausgesprochene – Antwort ist einfach: Wer sich für das, was er haben will, nicht in die Läden traut, will etwas Unseriöses. Sie berichtete von Freundinnen, die in meinen Katalogen Unseriöses geortet hatten. Was? Die Massage-Videos, die fünfundvierzig Minuten lang Cindy Crawfords Haut vorführen? Das bescheidene Angebot an Unterwäsche? Am ehesten die Poster, die Madonna mit der Hand zwischen den Beinen zeigen. Wird so unsere Jugend verführt? Die Poster verkaufen sich nicht gut. Oder gibt es ein Gebot gegen Taschenrechner und PCs? Es ist an der Zeit, daß sie sich selbst ein Bild von meiner Tätigkeit macht.

Mir vertraute sie die praktischen Probleme an, jene, die man mit dem Hammer oder ein paar Telefonnummern lösen kann. Nichts könne mich erschüttern, meint sie, und jetzt wundert sie sich, daß ich die Dinge hinnehme, wie sie sind. Sie verlangt von mir auf einmal, in der Möglichkeitsform zu denken. Das brachte sie mir nicht bei. Meine Form ist die Ist-Form. Was-wäre-wenn kann ich als Frage nicht billigen. Nichts wäre wenn, die Dinge sind, wie sie sind. Mehr kann ich zu Wilhelms Tat nicht sagen. Ich lernte, mich an die Fakten zu halten, nicht an Mutmaßungen, die sich rasch als Illusionen entpuppen. Nüchtern überlegen, nüchtern handeln. Es hat mich hingebracht, wo ich bin. Wilhelm sitzt dort, wo ihn seine Möglichkeitsformen hingeführt haben.

Mutter nahm mich nicht wahr und blickte stumm auf den See. Ich wandte mich ab.

Sie rüttelte am Türgriff.

»Schwimmst du im See?« lenkte sie ab. Sie konnte den See von hier aus nicht sehen. Es wäre ihre erste Frage gewesen, wäre sie draußen auf dem Rasen gestanden und hätte mit mir in den Glanz des Wassers geschaut. »Ihr wolltet doch ein Segelboot haben, Alessandra und du? Ihr könntet an Wettbewerben teilnehmen.«

»Und gewinnen?«

»Natürlich, August, warum nicht. Als Schwimmer hast du einige Pokale und Medaillen geholt. Du könntest sie im Wohnzimmer aufstellen, statt sie im Schrank wegzuschließen. Ich war immer stolz auf sie.«

»Auf die Pokale?«

»Auf dich, August.«

Sie rüttelte heftiger an der Falle, unfähig, den Türmechanismus zu durchschauen – lediglich ein unterhalb des Griffes angebrachter Stöpsel mußte herausgezogen werden. Dafür hatte sie mich. Wäre sie allein gewesen, hätte sie tastend den Mechanismus begriffen und stünde längst im Garten. Ich hätte ihr in diesem Augenblick nicht helfen dürfen, und mit diesem Gedanken im Kopf tat ich es.

»Siehst du, schon ist die Tür auf«, sagte ich und erschrak über den leisen Triumph in meiner Stimme. »Es geht ganz leicht, mit etwas Geduld.«

Sie schüttelte den Kopf. Sie schüttelt immer den Kopf, wenn ihr etwas Einfaches nicht gelingen will. Sie versteht das als Verschwörung gegen ihre hilflose Person. Es mußte einen übergeordneten Grund geben, daß allen Menschen etwas so Einfaches gelang, bloß ihr nicht.

»Unter diesen Bedingungen will ich nicht in den Garten«, sagte sie trotzig.

»Was für Bedingungen, um Himmels willen?«

»Demütigungen«, verbesserte sie.

Ich schaute sie verständnislos an.

»Ihr Jungen erfindet solche Türmechanismen, um uns Alte auszuschließen. Um uns zu demütigen.«

»Was redest du da? Ich verstehe dich nicht. Du bist achtundfünfzig, noch nie sahst du so jung aus …«

Sie schüttelte den Kopf. »Nein, August. Ich bin alt geworden. Seit Wilhelm das getan hat, spüre ich das Alter in den Knochen.«

Es war grotesk. Die Kette der Katastrophen in ihrem Leben schien nicht abzureißen. Die größte war gerade vier Tage alt – und das ließ sie jünger erscheinen, kräftiger und frischer. Jetzt lebte sie. So war es auch, als Vater abhaute. War das die Aufgabe der Tränen? Sie mußte leiden, um stark zu sein. Tränen bei Wilhelm, Stärke bei mir.

Jetzt durfte das nicht sein. Sie wollte alt sein. Sie schämte sich wegen ihres guten Aussehens. Auf ihren Schultern versammelte sich das Elend der Welt, und sie sah gut aus! Sie setzte sich wieder aufs Sofa, nahm sich nun doch eine Zigarette und ließ sich von mir Feuer geben.

»Ich will Gott dankbar sein, daß er mich für diese Prüfung auserwählt hat«, sagte sie mit zerbrechlicher Stimme.

»Dein Glaube brachte uns auch nicht weiter. Mit deinem Glauben saßest du uns im Nacken. Mir und Wilhelm. Vor allem Wilhelm!«

Wir hatten wieder den Punkt erreicht, an dem wir

nicht mehr mit-, sondern nur noch gegeneinander sprechen konnten.

Sie schaute erschrocken auf. *Ich saß euch im Nacken!?* schrien ihre Augen, ich konnte es hören.

»*Was* sagst du da, August?«

Ausgerechnet ich, flehten ihre Augen mich an, ich, das hilfloseste Geschöpf, das Gott erschuf, verletzlich und zerbrechlich wie eine Porzellanpuppe, der ER diese Bürde auflud. Ich muß dankbar sein, verstehst du denn nicht, es bleibt mir nichts anderes übrig, als dankbar zu sein.

Alles durfte ich ihr an den Kopf werfen, Gott, ihre Mitschuld am Scheitern ihrer Ehe – alles, nur kein Wort gegen Wilhelm. Er war nicht Mutters Partner in der Familie, er war ihr Heiliger. Ein Märtyrer auf der Spur Gottes?

»Du hast recht, August. Ich werde seine Strafe auf mich nehmen«, begann sie mit einem veränderten Klang in der Stimme, der ihr eine eintönige Melodie verlieh. »Soll die Polizei mich einsperren, ich gestehe Wilhelms Tat. Ich habe manchmal den Eindruck, ich, nicht Wilhelm, habe es getan. Ich werde mich stellen. Er hat noch sein ganzes Leben vor sich. Wenn sie Menschenjahre für das Leben von Bundesrat Lüthi haben wollen, sollen sie meine nehmen. Ich gebe ihnen alle, die mir noch verbleiben, wenn sie Wilhelm in Ruhe lassen. Ich bin schuld, du hast recht, August.«

»Du bist nicht schuld, Mutter. Niemand ist schuld, im Grunde nicht einmal Wilhelm. Er ist doch nur ein armer Kerl, das hat er jetzt bewiesen. Lüthi kam ihm in die Schußlinie. Aber ein Verbrechen muß bestraft werden. Darauf fußt unser Rechtsstaat. Mach dir keine Sorgen, nach ein paar Jahren guter Führung kommt Wilhelm wieder raus, wie neu geboren, geläutert, ein Weiser, der keiner Fliege mehr etwas zuleide tun wird, und endlich, endlich wird er wissen, was er mit seinem Leben anfangen wird. Jetzt ist er wenigstens etwas Besonderes. Mit diesem Schuß hat er sich von seiner Mittelmäßigkeit befreit.«

Etwas mußte ich ihr sagen. Wenn ich ihr jetzt nicht die Hand reichte, würde die Falle auch über ihr zuschnappen. Eine psychiatrische Klinik würde zu Rate gezogen. Ihr Rat ist, egal, wie er ausfällt, bereits der Entscheid über ihren künftigen Lebensverlauf.

Als ich ihr sagte, sie solle über Nacht, ja, ein paar Tage bei uns bleiben, erhob sie sich, um zu gehen. Nichts konnte sie davon abbringen, und je mehr ich sie bedrängte zu bleiben, desto mehr drängte es sie weg. Sie blieb nie über Nacht, weil sie Alessandra nicht mag, die aus einer Ehe zu mir zog, zudem mit einem Kind, das nicht von mir ist. Wir wollen nicht heiraten (der italienische Staat läßt sich ohnehin Zeit mit Alessandras Scheidung). Wären wir verheiratet, könnte sie darüber hinwegsehen, daß Marco nicht mein Sohn ist.

Als sie am Sonntagmorgen eintraf, war Alessandra unterwegs zu ihren Eltern. Ich hatte meiner Frau die Reise vorgeschlagen, um den Pöbeleien, denen wir hier seit Wilhelms Tat ausgesetzt sind, zu entgehen. Immer wieder melden sich Journalisten. Ich gebe keine Auskunft. In der Nacht wecken mich anonyme Anrufer, eifrige Landesverteidiger, die sich, hänge ich im Halbschlaf nicht gleich auf, zu Obszönitäten, Erpressungsversuchen oder, was schlimmer ist, zu Gratulationen versteigen. Am Morgen finde ich neue Drohbriefe, an Haus und Garage neue Schmierereien, die Blumen sind systematisch zertrampelt, und jemand schiß in den Garten.

Die Nachbarn sind überzeugt, ich würde ihre Stimmen nicht erkennen, wenn sie sich ein Taschentuch vors Maul halten, um uns früh morgens am Telefon zu beschimpfen. Ein paar Stunden später, haben sie mich nicht im Comestible oder auf der Post angetroffen, stehen sie mit dem Vorwand, Milch oder Mehl zu borgen, vor der Tür, um den Effekt ihrer patriotischen Aktion zu überprüfen. Er ist gering. Ich fühlte mich hier nie sehr willkommen. »Von Italien«, meint Alessandra, »trennen uns nur die Alpen.«

Sie wird bei dieser Gelegenheit auch Marcos Vater besuchen. Sie tut das oft. Ich habe nichts dagegen. Mutter verschwieg ich das, weil sie der Auffassung ist, daß endgültig getrennte Partner auch endgültig verkracht sein müssen.

Kommt Mutter für ein Wochenende zu uns, klärt sie vorher ab, ob Alessandra auch wirklich weg ist. Sie stellt sich dabei rührend ungeschickt an, erkundigt sich eingehend nach ihr, will wissen, woran sie gerade sitzt – Alessandra arbeitet freiberuflich für verschiedene Zeitungen und war, bevor wir uns kennenlernten, römische Korrespondentin einer deutschen Tageszeitung –, und lobt ihre Arbeit, von der sie keine Ahnung hat. Aber egal. Alessandras Wochenende in Turin ist organisiert, und Mutter bereitet die entscheidende Frage vor.

»Sag, August, macht es dir nichts aus, wenn ich dich übers Wochenende besuche, obwohl Alessandra nicht da ist?«

»Sag doch, *weil* Alessandra nicht da ist, Mutter.«

Nur einmal gelang es mir, etwas von der Abneigung, die sie gegen Alessandra hegt, an die Oberfläche zu bringen.

»Sie gleicht Alja, August«, gestand sie.

Die Frauen haben ihr die Männer weggenommen. Alja nahm ihren Gatten, Alessandra den ältesten, Sonja den anderen Sohn. Alja. Auch in meinem Leben gibt es eine Alja-Episode.

Franz Der Zähler tickte die Fahrteinheiten, während mich das Taxi durch den einsetzenden Abendverkehr Zürichs brachte. Baumanns Büro befindet sich am Westufer des Sees. Ich nistete mich vorübergehend in einem zentral gelegenen Hotel ein. Ich kann mich mit dem Wort Büro und dem, was es nach sich zieht, nicht abfinden. Es gibt nichts Grauenhafteres als Architektenbüros, spartanisch eingerichtet, mit Chromstahlfüßen, Onyx-Aschenbechern, schwarzlackierten Schreibtischplatten, hohen Decken, Glastischen und lässig hingestapelten Design-Magazinen (in einer uralten Nummer findet sich immer gerade eine Reportage über ein hauseigenes Werk). Baumann hängt noch der aus New York importierten Loft-Phase an, obwohl zur Zeit wieder stinkteure Büros in umfunktionierten Zürcher Altstadtwohnungen angesagt sind. Riesige Fensterscheiben, an den Wänden die minimalistischen Werke eines in Paris lebenden algerischen Künstlers mit unaussprechlichem Namen. Baumann neigt zusätzlich zur Berieselung durch esoterische Sphärenklänge von einer CD, Vogelstimmen, raunender Sprechgesang oder Computergeräusche, in die sich das ungebändigte Surren und Rauschen der Klimaanlage mischt. Architektenbüros sind der Feind jeglicher Inspiration, obwohl – oder weil – sie vorgeben müssen, eben einer solchen Kind zu sein. Dankbar, daß mir das nur für eine knappe Stunde, nicht das halbe Leben, blühte und wir uns bald in ein von Baumann neuentdecktes Restaurant zurückziehen würden, nutzte ich die Zeit in Zürichs solidem Stau, um mir Gedanken über Sonjas unerwarteten Anruf zu machen.

Wann hatte ich sie das letzte Mal gesehen? Ihr schien sich diese Begegnung eingeprägt zu haben. Ich hatte in ihrer Stimme eine unsichere Neugier gespürt, einen Drang nach einem Wissen, zu dem ich ihr anscheinend verhelfen konnte. Falls sie auftauchen sollte, würde ich sie enttäuschen müssen. Ich hatte sie in meinem Chalet im Münstertal kennengelernt und danach nicht wieder gesehen. Mit dem Hinweis auf »jene Nacht«, die Sonja so wichtig ist, daß sie sie bereits auf dem Telefonbeantworter erwähnte, kann ich nichts anfangen.

In meiner Erinnerung taucht sie als eigenschaftsloses Fitnessmädchen auf. Tatsächlich arbeitete sie später auch, wie ich von August erfuhr, in einem Sportstudio. Ich sehe sie in einer jener Gruppen von Aerobic-Tänzerinnen, die morgens über die Mattscheibe flimmern und die mit dem Aus-Knopf aus dem Bewußtsein verschwunden sind. Welche hätte Sonja sein können? Die zweite von links im lila Dress oder jene hinten rechts, deren Beine in den himmelblauen Leggings stecken? Kräftige Waden, schlanke, doch mädchenhaft formlose Beine, kleiner Busen, straffer Körper, Kurzhaarfrisur. Alles an ihr war durchtrainiert, auch ihre präzis kalkulierten Beinbewegungen, die sie durch den Raum tragen, und die Begrüßungs- und Abschiedsküsse, die sie treffsicher auf deine Wange setzt.

Im Umgang mit Wilhelm kam mir Sonja routiniert vor: routinierte Konversation, routiniert verliebter Blick, routinierte Berührungen. Ich hatte nie den Eindruck, sie habe die Hand aus Zärtlichkeit auf Wilhelms Knie gelegt. Für den routinierten Sex bot ich den beiden, als sie mich damals besuchten, Wilhelms Kinderzimmer an. Mein Sohn lehnte ab. Die beiden zogen sich damals in zwei verschiedene Zimmer zurück, am Morgen aber genügte ihnen eines. Verliebt? Mag sein. Liebe? Kaum. Für Liebe war dieses Mädchen zu sehnig, zu muskulös, zu frostig. Sonja mochte das gewußt haben; sie sponn ihr Netz um Wilhelm, das sie fester zurrte, wann immer er sich zu weit von ihr entfernte.

Das ist sieben, acht Jahre her. Seither gab es eine Hochzeit, zu der ich nicht geladen war, und ein Sohn wurde geboren, den ich nie gesehen habe. Walter soll er heißen.

Was wollte Sonja von mir? Die Bundesratsgeschichte, von der in allen Medien die Rede war, hatte mich nicht beschäftigt. Weshalb hätte ich sie in Zusammenhang mit meiner verlorenen Familie bringen sollen? Blieb nur: Sonja wollte etwas von mir persönlich. Einen väterlichen Rat? Hatte sie ein Problem, das sie nicht mit ihrer Schwiegermutter besprechen konnte? Da bot sich eine ganze Palette von Möglichkeiten an. Zuerst die Scheidung. Eine für eine Katholikin unannehmbare Vorstellung. Ich glaube, Sonja und Wilhelm heirateten kirchlich. Blühte Eveline nach ihrer eigenen Scheidung nun jene des Sohnes? Ich muß gestehen, daß ich an dieser Vorstellung meine unverhohlene Freude hätte, eine unverhoffte zweite Genugtuung, auch wenn ich es Wilhelm nicht wünschte. Dennoch, eine Hypothese, die an jenem Wochenende stündlich an Attraktivität gewann – Eveline wäre sozusagen in zweiter Potenz gescheitert.

Hatte Sonja genug von Wilhelm? Wollte sie ihm davonlaufen? Mir kam nicht in den Sinn, daß Wilhelm sie verlassen könnte. Dafür war er nicht geschaffen. Wilhelm wird verlassen. Zu langweilig, zu kleinkariert, zu bodenverhaftet. Zu treu, zu fad. Zu mittelmäßig. Tut mir leid, er ist mein Sohn. Doch zu dem, was er wurde, haben ihn nicht meine Gene, sondern seine Frauen gemacht.

Sonja verläßt. Ich habe Erfahrung mit solchen Frauen, sie verlassen immer. Ohne äußeren Grund, einfach weil sie genug haben, weil die Zeit abgelaufen ist, sie sich neu orientieren müssen oder meinen, es zu müssen, sie selbst sein wollen – in der Regel eine deprimierend banale Vorstellung – oder sich, wenn es schlimm kommt, »verwirklichen« wollen. Machen sich diese Weiber eine Vorstellung, in welchem Zustand sie ihre Umgebung, Mann und Kind, zurücklassen, weil sie glauben, einer Laune folgen zu müssen? Alles, was stört, wird weggeworfen. Partner, Männer, Kinder werden zu Ballast, damit der Selbstverwirklichungsballon ungehindert aufsteigen kann. Irgendwo in der dünner werdenden Himmelsluft verliert er sich. Begreifen diese Weiber nicht, daß es selten ihre Umgebung ist, die sie einengt, sondern daß sie es meist selbst sind? »Mach einen weiten Bogen um diese selbstsüchtigen Zicken, Junge«, sagte ich zu Wilhelm. »Ich weiß, wovon ich spreche.«

Damals in Tschierv sprach Sonja bereits von verborgenen Talenten, die sie in sich vermutete, von der Stellung der modernen Frau in der nach wie vor patriarchalischen Gesellschaft, vom Aufbruch einer neuen Frauengeneration, vom erwachten weiblichen Selbstbewußtsein, vom ganzen Frauenleben, das sie zu leben gedachte. Ach, wozu nur immer dieser fatale Drang nach einer alles erklärenden Ideologie, Gott, Lenin oder Emma! Was hat es denn jemals anderes gebracht als eine neue Form von Unterdrückung?

Wilhelm saß neben ihr auf dem Wohnzimmersofa, stierte ins Kaminfeuer und nickte abwesend zu jedem Wort, das sie mit ihrer dünnen Singsang-Stimme wie den Katechismus vortrug und das ihm später den Garaus machen würde. Armer Wilhelm, armer Trottel. Solche Weiber darfst du nicht heiraten. Ich sagte das damals meinem Sohn. Sie taugen nur als Übungsmaterial. Und schon gar keine Kinder mit ihnen in die Welt setzen. Sobald sie das auch gehabt haben, lassen sie dich sitzen. Ziehen, unfähig, irgendwo zu bleiben, weil sie es mit sich selbst nicht aushalten, mit vervollständigter Biografie weiter, um einen weiteren Trottel unglücklich zu machen, und dir bleibt nichts anderes übrig, als den nächstbesten Bundesrat zu erschießen. Ist das Leben nicht lächerlich, wenn man es ernst nimmt?

Am nächsten Morgen kamen die beiden übermüdet und glücklich nach unten. Sie hatten sich kaum gesetzt, da verkündete Wilhelm, er wolle Sonja heiraten. Sonja stutzte. Sie schien nichts davon gewußt zu haben, doch sie widersprach nicht. Nach dem Frühstück entschuldigte sie sich, sie wolle in den Wald, ihr Morgentraining hinter sich bringen.

Ich nickte, Wilhelm lächelte. Ich stand auf und ging

zum Fenster. Sonja, mit gleichmütiger Miene, sprintete die Straße hoch und verschwand aus meinem Blickfeld.

»Finger weg, Wilhelm«, sagte ich, ohne mich umzudrehen, »an der verbrennst du dich. Sie schaut nicht zu dir auf. Das sollte sie aber, wenn du ihr Mann sein willst, sonst hast du von Anfang an verspielt. Sie kalkuliert dich ein, ich merke das an ihrem Blick. Ich kannte solche Weiber. Faseln von Liebe und gehen mit dir ins Bett, während sie im Kopf deinen Nützlichkeitsfaktor berechnen. Wenn sie dich sitzenlassen, erzählen sie dir, es wäre für beide das beste, weil ihr euch auseinanderentwickelt hättet. Und du – verzeih, mein Sohn – bist genau der Trottel, der ihr noch ins nächste Bett steigen hilft und sich für die schöne Zeit bedankt. Sonja wird dich für irgend etwas in ihrem Leben brauchen und eines Tages, wenn sie ihre Rechnung neu macht, ausgenutzt zurücklassen. Glaub mir, Wilhelm, ich weiß wovon ich rede. Ich wünschte, ich täuschte mich in ihr, aber ich tu's nicht.«

Wilhelm winkte ab, er konnte nicht anders. Außerdem stand Sonja unter der Tür und lächelte ihn verschwitzt keuchend an. Sie hatte mir eine letzte halbe Stunde mit meinem Sohn gegönnt, bevor sie ihn ganz in ihr Netz einsponn. Mit einem einzigen Blick lockte sie ihn nach oben. Ich hörte sie lange und ausgiebig duschen, dann packten sie und fuhren zurück nach St. Gallen. Als ich Sonjas Blick begegnete, wußte ich, daß ich die beiden nie wieder sehen würde, zumindest nicht als Paar. Es folgte rasch die Verlobungsanzeige, die Heiratsanzeige (mit der Bitte um mein väterliches Verständnis, nicht geladen zu sein), es folgte unerbittlich das Kind.

Nadine Die Besuche bei meiner Tochter und ihrer Familie verdichten sich in meiner Erinnerung zu einem einzigen, als sei ich nur einmal bei ihnen zu Gast gewesen. Immer beginnt diese Erinnerung vor ihrem St.Galler Domizil, wie Eveline es nennt, seit das Chalet im Münstertal dazugekommen ist. Ich stehe mit ihrem Satz im Kopf auf dem Trottoir: »Wenn ich nicht öffne, bedeutet das nicht, daß ich nicht zu Hause, sondern irgendwo im Garten bin, und der ist, wie du weißt, so groß, daß du schreien mußt, damit ich dich hören kann.« Zum Wir ist sie erst übergegangen, seit sie allein ist; als sie die Familie noch um sich scharte, sprach sie nur von sich: »Ich bin zu Hause.« Die übrigen Familienmitglieder waren Beiwerk.

Eveline war nie allein. Da waren immer die Kinder und deren Freunde, die im Garten herumtollten. Vor allem Augusts Kameraden waren das. Er war der geselligere, was bereits auf seinen Einstieg ins Versandgeschäft hindeuten mag, während sich Wilhelm absetzte. Da war das stetig ausgewechselte, in meiner Erinnerung identische Hausmädchen mit einer der britischen Mode nachempfundenen Frisur und den von meiner Tochter mit Vehemenz aufgelisteten identischen Mängeln. Die Mädchen nenne ich unverändert Luisa (in meiner Erinnerung hören sie alle auf diesen Namen), der gemeinsame Nenner ihrer Mängel war ihre unvollständige Tischetikette. Da war eine schwanzlose Katze, die nicht zum Haushalt gehörte, und da war stets ein kurzhaariger Hund, welcher am Wochenende mit Franz raufte. Dieser kam immer gerade vom Geschäft nach Hause oder verzog sich dorthin, wenn er nicht angemeldeten Besuch rechtzeitig witterte: Oft hörte ich das leise Brummen des Jaguar-Motors auf der Straße versiegen und, nach einer Horchpause, wieder aufleben.

Meine Erinnerung stört es nicht, diesen *einen* Besuch, der sich in Wahrheit aus drei oder vier Dutzend Wochenenden, verteilt über zwei Jahrzehnte, zusammensetzt, mit dem zwar immer gleichen Personal, jedoch in fortschreitendem Alter zu besetzen. Daraus ergibt sich die reizvolle Vorstellung, daß sich die Zeit während eines einzigen Wochenendes den Spaß erlaubte, zehn Jahre oder mehr vergehen zu lassen. Als habe sie sich – wie der Zauberer aus dem leeren Taschentuch eine Taube zupft – aus sich selbst herausgezogen, tritt in meinem nachlassenden Gedächtnis Franz auf. Von einer Sekunde auf die andere verschwindet sein Schnauz, den Eveline so männlich fand, und auf dem kahlrasierten Gesicht wuchert wieder der zerzauste rötliche Bart, den er noch heute trägt. Eveline, deren Bauch sekundenschnell ein zweites Mal für Wilhelm anschwillt und wieder flach wird, trippelt mit ihren kurzen, energischen Schritten ständig mit Geschirr beladen durch Haus und Garten, tischt auf, tischt ab, gefolgt von einer ganzen Schar Luisas, die in der atemlosen Geschwindigkeit der Stummfilmkomödien das Haus stürmen und es entnervt, aber nicht weniger stürmisch, wieder verlassen (ihr Kommen und Gehen wechselt so schnell, daß in der Szene, die ich vor mir sehe, bis zu drei Luisas gleichzeitig auftreten). Ein Rudel Hunde wedelt katzenjagend an mir vorbei. Über den Kiesweg prescht der kleine August auf einem Dreirad, taucht ins Herbstwäldchen ein, und sobald er wieder auftaucht, ist er um Jahre gealtert (es liegt jetzt Schnee) und in Begleitung eines Nachbarmädchens. Nur bei Wilhelm versagt der Zeittrick. Ihn sehe ich unverändert im Schneidersitz, als Beobachter des an ihm vorbeiziehenden Lebens, fern von den anderen, doch keineswegs unglücklich, im Gras sitzen.

Die Begrüßungszeremonie fand im Entrée statt. Über die Gegensprechanlage wurde der Besucher über den Gartenweg und die Stufen hinauf ins Haus gelotst. Hinter ihm fiel die Tür ins Schloß. Er fand sich in einem langen, dunkel getäferten Korridor wieder, in welchem drei Türen lockten: die Treppe in Keller und Garten, die Toilette, die das außen angebrachte Lavabo verriet, und jene, die ins Hausinnere führte. Statt des livrierten Butlers, der den Besucher in dieser langsam in einen Film übergehenden Szene in die Bibliothek gebeten hätte, wo er mit der Unterstützung eines dry Sherry auf den Gastgeber zu warten hatte, erscholl irgendwo aus dem Haus Evelines helle Stimme, die sich kurz darauf in ihrer hageren Gestalt materialisierte. Dem hölzernen Knall der zufallenden Tür folgte ihr trockener Begrüßungskuß.

Wange links, Wange rechts.

»Hallo, Mutter, wie geht's immer.«

»Nenne mich nicht Mutter.«

Franz saß unsere Begrüßung im Winter im Salon, im Sommer auf dem Gartensitzplatz ab. Jeder erhielt von mir ein Präsent. Eveline hielt ich ungefragt über meine Russisch-Fortschritte auf dem laufenden. Ich schenkte ihr einen Lenin-Band in kyrillischer Schrift. August entnahm seinem Päckchen eine Sparbüchse in Form eines Spielzeugtelefons, in das der Sparer Zwanzig-Rappen-Stücke steckte, um dem Gerät ein Freizeichen zu entlocken. Wilhelm schenkte ich das Zauberset des *Großen*

Diabelli und gab das Datum für die nächste Tessinwoche bekannt. Den stets aus Freude, Wachsamkeit oder Langeweile in unveränderter Tonlage knurrenden Hund (da gab es einen Boxer, einen Rottweiler und, zur Krönung, einen unerziehbaren Bullmastiff) besänftigte ich mit einem Bisonknochen. Die spröden Luisas bedachte ich der Vollständigkeit halber mit Trockenblumen, um ihnen die Qual einer jeden darbenden Jungfer abzunehmen, für den in der Regel inexistenten Liebhaber Blumen in sentimentalen Lyrikbändchen zu trocknen. Franz überreichte ich Günter Eichs *Botschaften des Regens,* in denen er desinteressiert blätterte.

»Ich werde es nicht lesen«, quittierte er den Empfang meines Verlegenheitsgeschenkes für jemanden, der alles hat oder sich alles selber kaufen kann. Also brachte ich ihm etwas, was er nicht wollte oder von dem er zu wissen glaubte, er wolle es nicht.

»Schmuggelgut, dem überbracht, der es nicht haben will«, zitierte ich.

»In der Tat«, meinte er und kümmerte sich um den Aperitif.

Mit Genugtuung nahm ich bei späteren Besuchen zur Kenntnis, daß weitere Eich-Bände dazugekommen waren. Franz wies eine Buchhandlung an, ihm zu schicken, was es von Eich gab, und war enttäuscht, wie wenig kam. Einige schmale Gedichtbände, die Hörspiele, die *Maulwürfe,* schließlich die vierbändige, blaue Ausgabe der *Gesammelten Werke* des mittlerweile verstorbenen Eich, die ich ebenfalls hier in Russo stehen habe.

Es begannen die überbrückenden Gespräche. Das Abendessen zeichnete sich in unerreichbarer Ferne noch kaum ab. Wir gingen die Themen August (seit letztem Mal wieder kräftig gewachsen), Wilhelm (dito, aber schweigsam und voller einzelgängerischer Fantasie) und Franz (Bart jetzt statt Schnauz) durch, welche auf ihr Stichwort hin aus ihrer Besuchslethargie erwachten und verschwanden: »Abendessen um 19.00 Uhr, ja?« Neunzehn Uhr, hatten sie zu sagen, keinesfalls um sieben. Eveline hatte ihre Rasselbande gut dressiert.

Sie ahnte nicht, daß bereits erste Löcher ihr Netz zu zerreißen begannen. Kaum hatte sie den Jüngeren nach dem Abendessen zu Bett gebracht und sein Zimmer mit dem *Alltäglichen Wort* verlassen, schlich sich Franz mit einem Lyrikband zu ihm (Eveline meinte ihn während dieser Absenzen wohl im Weinkeller zu wissen, beschäftigt mit seinen Waffen). Franz machte sich um die Erziehung seiner Söhne keine Sorgen. Es störte ihn lediglich, Wilhelm – August war in dieser Beziehung weniger beeinflußbar – in derselben Tonart sprechen zu hören wie seine Frau.

Nachdem Eveline mit Wilhelm vor dem Einschlafen – sie entfalteten so ihre Wirkung besser – Sprüche wie »Richtet nicht nach dem, was vor Augen ist, sondern richtet ein rechtes Gericht« oder »Dein Herr, dein Gott ist mit dir in allem, was du tust« geübt habe, erzählte mir Franz bei einem meiner Besuche in St.Gallen, habe er mit einer Taschenlampe das Zimmer seines Sohnes betreten, sich an die Stelle auf dem Bett, die noch von seiner Frau warm war, gesetzt und ihm mit leiser Stimme Verse aus Eichs Gedichtband *Botschaften des Regens* vorgelesen, den ich ihm Anfang der sechziger Jahre geschenkt, oder aus *Zu den Akten* und *Anlässe und Steingärten*, die er sich selber gekauft hatte.

Franz berichtete stolz von einem ersten Erfolg, den er mit seiner Gegenindoktrination, wie er das nannte, erzielte. Als wieder der »religiöse Besuch« von Evelines damals wöchentlich stattfindender Bibelgruppe drohte, bereitete er den Anlaß gebührend sorgfältig vor. »Sag deinen Satz, wenn von den ›schweren Entscheidungen‹, die Gott uns aufbürdet, die Rede ist«, trichterte er Wilhelm am Abend zuvor ein, und so kommentierte der fünfjährige Knabe am darauffolgenden Tag planmäßig: »Entscheidungen aussprechen ist Sache der Nilpferde«, was ihm die Aufmerksamkeit der leicht angetrockneten Jungfern sicherte, die die weit jüngere Eveline aus unverständlichen Gründen um sich scharte. Sollte nachgefragt werden, lehrte ihn Franz, so müsse Wilhelm erklären: »Ich ziehe vor, Salatblätter auf ein Sandwich zu legen und unrecht zu behalten.« – »Der Junge hat Hunger«, meinte darauf eine der Damen, die sich verpflichtet fühlte, das Schweigen zu brechen. Eveline erhob sich irritiert, ebenso die Bibeldamen. »Was meinst du damit, Wilhelm? Ich verstehe nicht...« – »Laß nun die Abschiede uns unauffällig begehen«, erläuterte er, und bevor er sich zurückzog – auch das war vorher abgesprochen worden, Franz erwartete ihn in seinem Horchposten, von wo aus er die Szene mitverfolgt hatte –, sagte er zu der Bibeldame, die ihm Hunger unterstellt hatte, ihre Tage würden falsch gehen, und erbat sich nach zehn Ruhe im Sarg.

Evelines Reaktion war vorhersehbar: Irritation, Hysterie, Panik. Ihre Ordnung war durcheinandergebracht, und zwar mit der Methode, die für die Aufrechterhaltung dieser Ordnung vorgesehen war. Franz, ohne die Folgen seines Spaßes (mehr dürfte er sich nicht dabei gedacht haben) abzusehen, hatte lediglich das Kartenspiel ausgewechselt; Karten, mit denen man eine Patience legen, aus denen man aber auch die Zukunft lesen konnte. In der Leichtigkeit, in der sich die Spielregeln ändern ließen, verbarg sich eine Gefahr, die Franz nicht bedacht hatte. Seine Strategie, wenn es denn eine war, hätte Humor vorausgesetzt; doch Mütter, die ihren Kindern Phrasen aus dem *Alltäglichen Wort* beibringen, verstehen keinen Spaß. Da war ein Frevler am Werk, dem man mit dem Instrumentarium der Inquisition das Handwerk legen mußte. Vermutete Eveline einen Teufel an ihrer Seite?

Selbst wurde ich bei einem meiner Besuche heimliche Zeugin folgender Szene: Als sich Franz an einem Abend wieder zu Wilhelm setzte, um die Schäden der Erziehung seiner Frau auszubessern, öffnete sich wie von einem Windzug aufgestoßen die Zimmertür, Orgelmusik erklang aus der Tiefe des Hauses, in meiner Erinnerung dampfen zusätzlich Rauchschwaden das Treppenhaus hoch und kriechen den Flur entlang. Im Türrahmen, die Silhouette in zitternden Lichtschein getaucht, erschien eine hagere Gestalt im weißen Nachthemd. Ihr Haar schien zu wehen, in der einen Hand hielt sie eine Kerze, in der anderen, weit von sich gestreckt, das Kruzifix. Franz erschrak, als stünde der Leibhaftige vor ihm (ich muß gestehen, daß ich diesen Auftritt meiner Tochter genossen habe). Ohne weiteren Versuch, auf diese Weise auf seinen Sohn Einfluß zu nehmen, zog er sich vom Bettrand des Knaben zurück und beschränkte sich auf die Sommertage mit stabiler Wetterlage, während deren er mit Wilhelm in die Alpen zog, lange Gespräche führte und ihm Eich vorlas; das ließ er sich nicht nehmen.

Ich bin mir bis heute nicht im klaren über den spektakulären Auftritt Evelines. Sie ließ kein Klischee aus. Franz hätte darüber lachen müssen. Er erschrak, als sei er in die eigene Falle getappt. Der Ernst, mit dem Eveline ihren lächerlichen Auftritt absolvierte, verlieh ihm eine diabolische Note. Franz hatte sich in seiner Frau getäuscht. Sie schlug eine andere Richtung ein, eine, die sich von seiner radikal unterschied und von der sie nichts abbringen konnte. Vielleicht wurde ihm das damals bewußt, obwohl die Scheidung erst viel später folgte. Machte sie sich über ihn lustig? Oder war sie, wie mich Franz einmal fragte, besessen – im katholischen Sinn? Brauchte sie einen Exorzisten? Doch welcher Exorzist treibt einem Besessenen den Katholizismus aus?

Franz kam sich, trotz oder wegen der Lächerlichkeit der Situation, die er letztlich selbst herbeigeführt hatte, schäbig vor, ertappt wie der kleine Junge, der neben ihm im Bett lag und dem sie, Vater wie Mutter, einen neuen Alptraum beschert hatten. Oder schlief er schon, als die Zeremonie begann? Mit mir sprach Wilhelm nicht darüber, auch nicht, als wir in Russo Zeit gehabt hätten; vielleicht hatte es für ihn keine Bedeutung. Ich bin keine Anhängerin jener in der Kindheit verwurzelten Urszenen, mit denen die Psychiatrie jedes Vergehen erklärt. Der Dreijährige, der genußvoll Fliegen quält, muß nicht zwangsläufig zum Babyquäler heranwachsen. Die Schuld stets in die unmündige Zeit der eigenen Kindheit zu verweisen, hat den Menschen des zwanzigsten Jahrhunderts selber unmündig gemacht. Er ist verantwortungslos geworden. Und damit gefährlich.

Untersuchungsrichter Wie stellen Sie sich das vor? Ich bin nicht befugt, Auskünfte zu einem laufenden Verfahren zu geben. Ich würde dispensiert. Ich würde mich schon beim Gedanken daran selber dispensieren. Jeder Satz, den ich Ihnen zu einem Fall sage, greift in diesen ein, verändert ihn, verdunkelt ihn. Sie können von mir nicht ernsthaft Auskunft am Telefon erwarten. Sie sind Schriftsteller, sagen Sie. Jaja, Schriftsteller. Heutzutage behauptet das jeder Leserbriefschreiber von sich. Ich beschäftige mich zufällig in meiner Freizeit mit Literatur. Andere Kaliber als Sie, wenn ich mir dieses Urteil in Unkenntnis Ihres Werkes erlauben darf. Das Risiko, daß ich Ihnen unrecht tue, ist gering. Stefan George, Gerhart Hauptmann, Gottfried Benn, Ernst Jünger. Über diese Fälle können wir uns gerne unterhalten. Die sind abgeschlossen. Und jetzt entschuldigen Sie mich, ich habe zu tun.

Vier
Alja in Tschierv

August Ich brach den Kontakt zu Vater nicht ab wie Wilhelm, der sich nach unserem mißglückten Besuch weigerte, ihn wiederzusehen. Manchmal ruft Franz an, redet eine halbe Stunde lang und bricht das Gespräch mit der Mitteilung ab, er komme besser gleich vorbei – was heißt, daß er vom Bahnhof aus telefoniert. Ein paar Minuten später steht er im Garten und erschreckt Alessandra, die auf der Wiese liegt und einen Artikel redigiert oder döst.

Sie schätzt dieses leise Aufschrecken aus ihrer Arbeit, wenn Franz unvermutet erscheint und ihren Tagesplänen für einige Stunden eine andere Richtung gibt. Bei Mutters umständlich angekündigten Besuchen stellt sich dieses Gefühl nicht ein. Wir haben uns darauf geeinigt, daß Alessandra nicht vor ihr flieht, sondern an diesen seltenen Wochenenden unaufschiebbare journalistische Arbeiten zu erledigen hat, die sie zuverlässig über die südliche Landesgrenze bringen.

Alessandra und ich besuchten Vater zwei-, dreimal in Tschierv, riefen ihn kurz vor unserer Ankunft vom Ofenpaß aus an oder stellten uns vor die Tür des Chalets. Am Türpfosten hängen zwei Brüste, aus braunschimmernder Bronze, Gipsabdrücke nach Aljas Vorbild. Die rechte Brustwarze ruft ihn; drückt man die linke, kommt Alja. Das heißt, sie käme, wäre sie einmal da. Ich sah sie nur bei meinem Besuch mit Wilhelm, wobei ich mir noch heute nicht sicher bin, ob sie es wirklich war. Doch wer, wenn nicht Alja, hätte das Mädchen sein sollen, das er mir als Alja vorstellte?

Dieser Besuch nach Franz' Auszug liegt mehr als sechzehn Jahre zurück. Damals haßte ich sie. Sie hatte mir den Vater weggenommen. Ich war knapp siebzehn. Ich haßte sie, bevor ich sie kannte. Tatsächlich war ich nicht unglücklich über den freigewordenen Platz, den mir Vater kampflos abgetreten hatte. Als ich Alja begegnete, spürte ich, daß ich mich in sie zu verlieben begann; zum ersten Mal. Sie spielte mit mir, mit meiner, wie ich damals dachte, bereits hinlänglich erprobten Sexualität.

Franz' Affaire mit Alja war bald aufgeflogen. Eine Lieferung Seidenstrümpfe, von seiner Sekretärin eingekauft, entlarvte ihn: zwei Paar für Mutter, fünf für Alja; Mutters Mitbringsel lag die Quittung bei. Vater versprach Besserung, Abbruch der Beziehung zu Alja, die von Mutter nur »das Mädchen« genannt wurde. Als sie feststellte, daß »das Mädchen« seit einem halben Jahr in unserem Ferienhaus wohnte (und die Erklärung war, weshalb er uns nicht mehr mitnahm, vielmehr dort Geschäftssitzungen und Meditationsweekends – ausgerechnet er! – anberaumte), forderte Mutter die Entscheidung.

Er entschied sich überraschend zur Auflösung der Beziehung zu ihr. Er packte einen einzigen Koffer, zog nach Tschierv, leitete das Geschäft noch einige Monate von einem St.Galler Hotel aus und verkaufte es dann. Verblüffend radikal. Und gerade noch rechtzeitig. Auf seine Weise ist er ein Glückspilz. Der Buchhalter, der selbst dazu beigetragen hatte, daß das Geschäft, ohnehin angeschlagen von den »sieben mageren Jahren«

(Mutter) der Rezession, kurz vor dem Bankrott stand, übernahm es. Unklug der Mann. Man kauft nicht, was man eigenhändig ruiniert hat. Billig war es, und teuer kam es ihn zu stehen. Ein biblisches Gleichnis. Mutter sprach von Gerechtigkeit: Der Buchhalter, verführt vom Teufel, finanzierte den eigenen Untergang.

Sie hatte gedacht, daß all das, von dem er sich mit einem schwungvollen Federstrich trennte – Frau, Kinder, Haus und Geschäft –, ihn dennoch vom endgültigen Bruch abhalten würde. Was hatte sie erwartet? Daß er sich von allem trennte, in den Bergen in sich ging und dann reuig zur Familie zurückkommen würde? Sie spielte auf Zeit und verlor mit jedem Tag ein weiteres Stück Boden, er hatte die Brücken gleich nach dem Auszug gesprengt.

Ein halbes Jahr hörten wir nichts von ihm. Ich nahm im Haushalt seinen Platz ein; im wörtlichen Sinn, ich setzte mich im Eßzimmer auf seinen Stuhl. Mutter blieb, wo sie war. Wilhelm entschied sich für die Beamtenlaufbahn, eine Wahl, von der vorher nicht die Rede gewesen war – er hatte um jeden Preis studieren wollen. Sollte er sich aus Trotz für diesen Beruf entschieden haben, kann es niemanden erstaunen, daß er daran scheiterte.

Vom Verkauf des Geschäftes erfuhren wir durch den Anwalt. Es folgte keine scheue Kontaktaufnahme von Tschierv (Mutter sprach von »Tschierv« wie der Nachrichtensprecher von »Moskau«: »Moskau lehnte den westlichen Abrüstungsvorschlag für Mittelstreckenraketen ab.«), keine stürmische Heimkehr des reuigen Sünders, den Mutter verzeihend in die Arme schließen konnte, kein Anruf während der ganzen Zeit, nicht einmal eine Postkarte an seine Kinder, die sie zur Not als Ankündigung der Rückkehr des verlorenen Sohnes hätte interpretieren können.

Zu spät begriff Mutter, daß sie sich verrechnet hatte. Sie hatte gedacht, die Krise vergehe von selbst, solange sie sie nicht wahrnahm. Ein paar Wochen, einige Monate höchstens würde es dauern, bis sich Franz an dem »Jungmädchenloch« sattgesehen hatte. Das war die einzige Vulgarität, die ich jemals von ihr hörte; sonst schickte sie sich in ihr Schicksal, ein Wortspiel, das ihr gefiel.

Wilhelm begleitete mich zu Vater. Erst weigerte er sich mitzufahren, doch Mutter überredete ihn. Sie wollte die doppelte Auskunft: Meine Beobachtungen, ergänzt und berichtigt von jenen Wilhelms. Zugleich konnten wir uns gegenseitig im Umgang mit Vater auf die Loyalität gegenüber Mutter überwachen.

Sie hatte ein schlechtes Gewissen. Die Scheidung war nicht nur ein Affront gegen Gott, sondern ein regelrechter Verfassungsbruch. Auch der Staat berief sich auf die Familie. Zerstörte sie mit der Scheidung nicht zugleich das Fundament der Kirche und die Keimzelle des Staates? Neben ihrem privaten Unglück verstärkte sich bei ihr die Gewißheit, daß sie gleichzeitig am Untergang ihrer spirituellen und irdischen Heimat arbeitete. Daß sie sich einigermaßen schuldlos fühlen konnte, verstärkte lediglich ihre Schuldgefühle.

Mutter kämpfte an allen Fronten. Sie verteidigte ihre Stellung gegen jene ihrer Mutter, die sich im Tessin in avantgardistische Kunsttheorien und neomarxistische Ideologien verkrochen hatte. Dort unten, hinten in ihrem weltfremden Rustico im Onsernone-Tal, fernab vom

Mekka New York und vom Mekka Moskau, kämpften einst Warhol und Lenin ihren aussichtslosen Kampf um Nadines Seele. Sie wollte die Welt retten, indem sie das Wasser aus dem Dorfbrunnen schöpfte und sich bei Kerzenlicht die Augen verdarb. Jetzt verkündet sie stolz, Kriminalromane zu lesen, und vermutet in einer Nachbarin, die sie nur durch das Fernglas kennt, eine weltbekannte Thrillerautorin, nachdem sie jahrelang versucht hatte, den alten Sartre auf einen Schwatz zu sich nach Russo einzuladen. Nadine mag mich nicht sonderlich; ich weiß das. Für sie spricht, daß sie keinen Hehl daraus macht.

Mein kleiner Bruder war damals noch auf Nadines Seite. Um Flagge zu zeigen, hängte er in seinem Zimmer ein Leninposter auf, das er mit einem Heiligenschein ergänzte. Du sollst dir kein Bildnis machen (von dem schon gar nicht!). Die Seiten waren geklärt: Nadine verfügte über eine Tessiner Enklave in St.Gallen. Das war Verrat in den eigenen Reihen. Ein verbotenes Zimmer im eigenen Haus. Womit hatte sie das verdient? Es war das Zimmer von Mutters Liebling, der nicht mehr Mutters Liebling sein wollte. Ich sagte ihr damals, er pubertiere, das gehe vorbei. Doch Wilhelm zog bewußt die Grenzen, die er bis heute aufrechterhielt. Nach unserem Besuch bei Vater und Alja in Tschierv brach er den Kontakt zu ihm ab und leitete seine Laufbahn als Beamter ein. Als er Beamter wurde, brach Nadine den Kontakt zu ihm ab und begann Krimis zu lesen. Wilhelm ließ Nadines Lenin im Zimmer hängen, um Eveline in ihre Schranken zu weisen. Die Grenzen waren gezogen. Unsere kleine Weltordnung. Von lächerlicher, Gessscher Sturheit.

Nadine Einige Jahre nach ihrer Scheidung besuchte ich Franz in Tschierv. Er bewohnte damals das geräumige Chalet, das er sich als Erholungs- und Abschreibungsobjekt während der Hochkonjunktur gekauft hatte. August und Wilhelm mochten Tschierv sehr (bei Eveline bin ich mir nicht sicher), und ich glaube, sie verbanden den Verlust ihres Vaters eng mit dem Verlust des Hauses im Münstertal, den langen Autofahrten, die sie über den Flüela- und den Ofenpaß in eine der entlegensten Ecken des Landes brachte, und den, wie Wilhelm einmal sagte, »verwunschenen Tagen im gebirgigen Niemandsland«. Vielleicht vermißten die Knaben Tschierv mehr als ihren Vater, der, für sie völlig unerwartet, von einem Tag auf den anderen im Münstertal blieb, um mit einer anderen Frau dort zu leben und nie mehr zur Familie zurückzukehren.

Das Haus steht außerhalb des Dorfes, bereits hinter der Ortstafel, im Schatten des dreitausend Meter hohen Piz Daint. Vor dem Chalet liegt Wiese, die Straße, die ins Dorf führt, hinten schmiegt es sich in den Felsen. Beim Erdrutsch vor einigen Jahren blieb es verschont, doch im vergangenen Jahr wurde es vom Geröll verschüttet. Es traf nur sein Chalet, als hätte der Berg auf die Wiederholung einer verpaßten Gelegenheit gelauert. Niemand hielt sich im Haus auf, der Besitz ist gut versichert.

Die Geologen befanden, der Erdrutsch sei eine Folge der Klimaerwärmung. Das ewige Eis, welches das Geröll festhält, schmilzt und rutscht ins Tal. Sind die Dörfer unten von einer neuen Lawine bedroht? Grundsätzlich ja, lautet der Befund des Zürcher Institutes für Lawinenforschung, auch wenn momentan keine akute

Gefahr bestehe. Doch rate man, einen Lawinenschutz zu errichten. Die gefährlichen Hänge wurden mit Eisensperren versehen, als befinde sich das Münstertal im Krieg mit dem Berg.

Als ich von dem Unglück hörte – Eveline teilte es mir mit dem gebührenden zeitlichen Abstand mit: der Bergsturz lag bereits einen Monat zurück –, rief ich Franz an. Ich erreichte ihn im Zürcher Hotel, in dem er sich zur Überbrückung einquartiert hatte.

»Es braucht dir nicht leid zu tun, Nadine«, sagte er, bevor ich mich nach dem Chalet erkundigt hatte. Es war Vormittag, seine Stimme klang bereits unsicher, belegt. »Ich bin in der Abgeschiedenheit etwas träg geworden, da kommt mir dieser, verzeih, Tritt in den Arsch ganz gelegen. Gut möglich, daß ich da oben versauert wäre, und ihr hättet den komischen Kauz, der ich geworden wäre, am Fuße des Piz Daint beerdigen können. Jetzt hat der Berg entschieden, sich auf mich zu legen. Schade ums Haus, ich habe mich dort wohl gefühlt. Es folgt der Rückzug der Truppen aus dem Réduit. Mein neues Quartier habe ich hier im Hotel aufgeschlagen. Es gefällt mir, daß mir alles per Knopfdruck gebracht wird.«

Ich hatte mir den geselligen Franz, der Menschen um sich brauchte, immer schlecht in dem abgelegenen Münstertal vorstellen können. Eine halbe Tagesreise von Zürich entfernt, die italienische Grenze lag zwar nah, doch rasch erreichte man nur Bozen und Meran. Er mochte diese unverhoffte Gelegenheit zur Flucht ins Flachland nutzen. Ich fragte mich nur, weshalb Franz Entscheidungen von dieser Tragweite nicht aus eigener Kraft fällen konnte – erst holte ihn Alja aus der Ehe, jetzt vertrieb ihn der Berg aus dem Münstertal.

»Du läßt das Chalet wieder aufbauen?«

»Ich weiß nicht. Viel blieb nicht übrig. Ein Felsbrocken hat sich mitten aufs Chalet gesetzt, den Keller eingedrückt, darin meine Objekte, die ich der Welt letztlich doch nicht derart konsequent vorenthalten wollte –«

»Kein Verlust.«

»... nein, kein Verlust.« Er lachte verhalten. »... und die Wände klappten über dem Fels zusammen. Hinten ragt, erstaunlich intakt, der Kamin hoch, fehlt nur noch, daß der Balkon stehengeblieben wäre.«

»Und darauf die Geranien.«

»Genau. Man müßte es so arrangieren und Eintritt verlangen. Ein Kunstwerk der Natur. Oder den Felsen aushöhlen und darin wohnen. Was für ein Aufwand, allein diesen Felsen wegzuschaffen! Eines Tages werde ich auf den Piz Daint steigen, um zu sehen, wo dem Berg dieses Stück fehlt.«

»Die Versicherung bezahlt doch?«

»O ja, und nicht zu knapp. Mir bleibt überlassen, ob ich das Geld in die Kopie meiner Vergangenheit stecke oder es hier ausgebe. Denen ist das egal. Aber ich weiß jetzt schon, ließe ich es wieder aufbauen, ich würde erst nach Tschierv fahren, wenn es fertig wäre, würde mißmutig durch die neuen Räume schreiten, ohne Zweifel wäre jetzt alles praktischer und komfortabler eingerichtet, mit Zentralheizung und Waschturm, aber auch ohne den Charme, die Atmosphäre, das Alter. Ohne meine Spuren. Ich käme mir vor wie in einem Hotel, da kann ich auch gleich hier bleiben. Aus dem neuen Haus würde ein Pseudochalet, ein Mietobjekt für Steuerflüchtlinge oder deutsche Alpenanbeter, die im

Puschlav keinen Platz mehr gefunden haben. Ich könnte es an eine Sekte vermieten, die sind ja immer interessiert an guterhaltenen Häusern in gottverlassenen Gegenden, und Diskretion wird bezahlt.«

»Ihr habt euch wohl gefühlt. Es ist auch die Gelegenheit, etwas Neues zu bauen.«

»Das ist das Dilemma. Es wäre nicht mehr das Alte, wie ich es will, und wirklich neu könnte es an derselben Stelle nicht werden. Mich verbindet zuviel mit Tschierv, nicht nur Gutes, und jetzt habe ich die Chance, das Schlechte loszuwerden und mir das Gute in der Erinnerung zu bewahren.«

»Du klingst weise, Franz.«

»Ich *bin* weise.« Er lachte wieder. »Die langen einsamen Abende – Alja ist oft unterwegs, Wochen in New York, wenn die neue Kollektion präsentiert wird – haben mich zum Weisen gemacht. Um ein Haar hätten sie mich in einen Kauz verwandelt.«

»Der Übergang ist fließend.«

»Genau.« Ich hörte Wasser plätschern, vermutlich goß sich Franz ein Glas Whisky ein. »Ich sehe keinen Sinn im Wiederaufbauen von etwas Zerstörtem. Der Wink der Natur, verzeih mein Pathos, war deutlich genug. Verschwinde von hier, bau noch einmal etwas auf, die Zeit geben wir dir noch. Letzter Abschnitt. Ich habe in dem Zürcher Architekten Baumann, mit dem ich schon von Tschierv aus Kontakt hatte, den geeigneten Partner gefunden – er ist eine Mischung aus architektonischem Scharlatan, gewitztem Geschäftsmann, Feingeist und talentiertem Schönredner, vor allem aber ein – etwas überaltertes – Vorzeigemitglied der Zürcher Yuppie-Society, eine Stellung, die er dazu ausnutzt,

Aufträge an Land zu ziehen. Ich halte ihn für einen nützlichen Idioten und er mich ohne Zweifel, weil ausgesprochen, auch. Das ist die ideale Basis für eine Geschäftspartnerschaft.«

Doch auch Zürich, dachte ich, könnte sich nur als Zwischenstation entpuppen. Vielleicht zieht er mit seiner Lebensgefährtin – geheiratet hat er Alja, soviel ich weiß, nie – nach Italien, nach Mailand oder Rom. Oder in die USA. Sie war früher Model, seit einigen Jahren entwirft sie in New York Kleider, Kollektionen, mit denen sie sich einen guten Namen gemacht hat. Ein modernes Paar, die beiden. Der bald sechzigjährige Franz setzt zum Endspurt an.

»Warum nicht noch so etwas wie Altersjetset betreiben«, sagte er, als wir auf Alja zu sprechen kamen. »Mein Mädchen kann mich einführen.« Er sagte Mädchen, als sei für ihn die Zeit stehengeblieben. »Alja war auch ein solcher Einschnitt. Alja und der Berg sind auf mich herabgestürzt und haben meinem Leben eine andere Richtung gegeben. Aus eigener Kraft hätte ich das nicht geschafft. Aber ohne Gefahr ist das nicht. Beide hätten mich um ein Haar unter sich begraben. Es kommt nicht selten vor, doch in der Nacht, als sich der Berg zu seinem Manöver entschloß, war ich in Italien, übernachtete im *Meraner Hof,* ich leiste mir hin und wieder solche Eskapaden. Aber was braucht das für Überwindung, wenn ich kein Ziel habe, nur weg will! Meist beschäftigt mich ein solcher Entscheid den ganzen Tag, und bis zum Abend habe ich genug Gründe gefunden, um zu Hause zu bleiben. Diesmal nicht. Das kann nur eine Fügung Gottes sein. Oder, vorsichtiger ausgedrückt, eine Fügung der Natur.«

»Du warst nicht mit ihr?«

Franz nahm einen Schluck von was immer er trank und hustete. »Alja war in New York, als es geschah. Beschäftigt mit ihrer neuen Kollektion.« Der gesprächige Franz wurde einsilbig. Alja schien nach wie vor kein Thema zu sein, zumindest kein konkretes. Dennoch erkundigte ich mich aus Höflichkeit, wie es ihr ginge.

»Blendend«, sagte er.

Als ich Franz Mitte der achtziger Jahre in Tschierv besuchte, stand ich ohne Anmeldung vor der Tür. Ich fürchtete eine Inszenierung ihrer kompromißlosen Modernität. Alja war unterwegs, auch damals, Paris, London, New York, Tokio. Ich hätte sie gern gesehen. Ich war neugierig, wer meine Tochter ersetzt hatte. Immerhin waren das auch Evelines Räume gewesen. Roch es noch nach ihr? Hatten sich die Gerüche vermischt?

Der Tag war bedeckt. Ich lief über die Wiese zum Haus. Der Zaun, den sich Eveline ausbedungen hatte, war verschwunden. Der Briefkasten stand einsam an der Straße, der Garten öffnete sich ins Tal. Ein von Grasbüscheln und Unkraut überwucherter Weg führte mich zur Tür. Als Klingel dienten die spitzen Brüste eines braun schimmernden Bronzetorsos, mit Grünspan überzogen; ich drückte beide Knöpfe. Im Inneren des Hauses erklang das Bellen eines Hundes, den es dort nicht gab. Plötzlich stand Franz vor mir. Er war im Schlafrock, obwohl es bereits gegen Mittag war, zerzaust, mit Vier-Tage-Bart und verärgert über die Störung. Er hatte zugenommen. Hätte ich mich doch besser angemeldet?

Ich war auf eine Filmszene gefaßt. Ich hatte mir Alja

sehr theatralisch vorgestellt (und tue es immer noch, obwohl jetzt noch eine eher introvertierte, geheimnisvolle Komponente dazugekommen ist). Ich kenne sie nur aus den Magazinen, in denen sie sich vom Model zur Designerin gewandelt hat. Das muß um jene Zeit gewesen sein; in der zweiten Hälfte der achtziger Jahre konzentrierte sie sich auf ihre Karriere als Modeschöpferin. Würde sie gleich in wohlkalkulierter Zerzaustheit, der Körper noch erhitzt von ihrer vibrierenden, von mir unterbrochenen Tätigkeit vor mir erscheinen? Würde aus der Tiefe des Hauses eine rauchige Frauenstimme rufen: »Tesoro, wo steckst du?« Unterton: Laß bloß keinen herein.

Es blieb still. Franz führte mich ins Wohnzimmer. Ich glaube, er freute sich, mich zu sehen. Er machte Kaffee und entschuldigte Aljas Abwesenheit. Gestern abend sei sie unvermutet abberufen worden. Wirklich Pech, seinetwegen hätte ich den Umweg kaum auf mich genommen. Am frühen Abend, vielleicht erst am Sonntagmorgen, man könne das nie so genau sagen, sei sie wieder da, uns zu Gefallen. Ich würde doch über Nacht bleiben – was ich nicht vorhatte. Doch Franz war schon weg, um sich anzuziehen.

Alja war nicht da. Dennoch prägte ihre Anwesenheit das Haus. Oder war es ihre Abwesenheit? Ihre Entwürfe hingen über den Stuhllehnen. Eine Ecke war für Aufnahmen eingerichtet. Eine Profi-Kamera, Spots, weiße Wände. Eine Puppe, die ein Négligé trug, hielt in der ausgestreckten Hand eine Zigarettenspitze. Die Zigarette war echt, angeraucht, der Filter, den ich aus der Spitze zog, wies Lippenstiftspuren auf. Am Boden lagen Wäschestücke. Eine Männervision, dachte ich. Alja erfüllt Franz' private Wünsche, während sie die Öffentlichkeit als feminine Feministin wahrnimmt, eine Frau, die zu ihrem Recht kommt, ohne dabei ihre Weiblichkeit zu verraten. Modezeitschriften, geöffnete Briefe, an Alja gerichtet. Nahmhafte Absender, nicht zu übersehen. Gerahmte Fotografien von ihr an den Wänden, Mannequins, die ihre Mode vorführten, Entwurfsskizzen. Da war ihr Duft, als wäre sie eben durch den Raum gegangen.

»... geschwebt«, korrigierte Franz, als er angekleidet, frisch rasiert und nach einem herben Rasierwasser riechend, wieder dastand: Alja sei ein ätherisches Wesen, nicht zu fassen, ein Luftgeist. Einverstanden, nickte ich. Es war ihr Parfum, welches leise Duftnoten wie Spuren setzte, denen ich durch das Haus folgte.

»Ihr Name«, sagte Franz, »taucht seit ein paar Jahren vermehrt in den richtigen Magazinen auf und hat, so die Magazine, den ›richtigen Klang‹. Tatsächlich sind nach einer langen Durststrecke reichlich Angebote vorhanden. Alja überlegt sich ruhig jedes Angebot und trifft dann die richtige Entscheidung.« Es schien ausgeschlossen, daß eine Entscheidung, die Alja traf, falsch sein könnte. Franz sprach von ihr wie von den wundertätigen Madonnen, die seine Exfrau anbetete.

»Ein Atelier – ein Headquarter – in Mailand, Paris oder Hamburg wird opportun. Tschierv liegt weit vom Schuß im abgelegenen Münstertal, doch hat es, vielleicht deshalb, den Geruch des certain something, nach welchem es die Modewelt dürstet. Man konnte St.Moritz und Gstaad in ein internationales Kaff verwandeln, was also sollte da bei Tschierv im Weg stehen? Modeentwürfe, Ideen, Geistesblitze kann man von jedem

Punkt aus in die Welt faxen, obwohl die physische Anwesenheit Aljas in der Regel den Ausschlag gibt. Sie ist unwiderstehlich.« Er hielt inne, als sei er in seiner Anbetung zu weit gegangen.

Ich begann, mir das Bild dieser Frau zusammenzusetzen. Die Fotografien, die mir aus den Magazinen vertraut waren und die ich hier wiedererkannte, zeigten eine hochgewachsene Brünette. Sie war damals um die Dreißig. Meist trug sie eine asymmetrische Frisur: auf der linken Seite kurz, rechts lang. Ihr Kopf schien durch das Gewicht der Haare nach rechts zu neigen. Der Effekt war bewußt gesetzt. Eine selbstbewußte Frau, stolz, mit unberechenbarem Humor. Deutlich gezeichnete, leicht hervortretende Backenknochen formten das slawische Profil.

Ihre Erotik wirkte auch auf Frauen. Ich verstand, daß ihr Franz verfallen war. Die ganze Welt war Alja verfallen, durfte man den etwas aufdringlich gestreuten Briefabsendern glauben. Der gestrige Ruf in eine Modemetropole paßte gut zu ihr. Ob sie sich hin und wieder selber abrufen ließ? Ohne Anlaß. Einfach, weil es gut zu ihr paßte? Oder befand sie sich in einem Raum, den mir Franz vorenthalten hatte, und belauschte uns, wie wir von ihr schwärmten? Aber das bildete ich mir nur ein. Alja hatte solche Inszenierungen nicht nötig. Sie war in der Modewelt verankert.

Ich hatte Verständnis für Franz. Eveline hatte auch mich aus dem Haus getrieben, unseren Kontakt schließlich – das betrifft die gesamte Familie Gess – auf die Krisentelefonate beschränkt. So hängen wir aneinander, lose Punkte im unsichtbaren Telefonnetz, immer erreichbar, und doch verloren. August, den Ältesten, habe er berücksichtigt, als er das Chalet computerisierte – Franz sagte »berücksichtigt«, als ginge es wirklich nur um eine Geschäftsverbindung. August habe ihm zur richtigen Hard- und Software verholfen, ein äußerst talentierter Consulter in diesen Dingen, eine Hotline bewahre ihn Tag und Nacht vor dem Breakdown (er tat es erneut, als Franz Jahre später ins Hotel nach Zürich umzog).

Von Wilhelm war nicht die Rede. Im Gang des Chalets hing sein Portrait, ein feindseliges, in Blautönen gehaltenes Ölbild. Es nahm durch seine aggressive Lebendigkeit, gleichzeitig durch die Apathie des Blickes, der nicht Wilhelms Blick ist, neben den Hochglanzkörpern der Mannequins einen besonderen Platz ein. Jetzt liegt das Portrait unter den Trümmern begraben, und das ist gut so.

Alja war allgegenwärtig, wie es vorher Evelines Gott gewesen war. Franz schien das zu brauchen. Er teilte seinen Besuchern auf diese Weise die Abhängigkeit von Alja, aber auch die Unabhängigkeit von Eveline mit.

In der Abgeschiedenheit war er zu einer Art Künstler geworden. Er zimmerte aus Wegwerfsachen Objekte und wiederholte damit die Kunst der zwanziger und sechziger Jahre. Ihn brauchte das nicht zu kümmern, es war Zeitvertreib. Sein Geld verdiente er damals als Unternehmensberater. Zwischendurch spekulierte er an der Börse und mit Immobilien.

Er selbst bezeichnete seine Objekte nicht als Kunst. Als er sie mir in seiner Kellerwerkstatt zeigte, betonte er, er fabriziere diese Sachen, um bewußt etwas Unsinniges zu tun, um sich über seine Existenz lustig zu machen. Irgendwo war mit Kreide auf eine Wandtafel der

Spruch »Kunst ist überflüssig. Gehen Sie nach Hause« hingekritzelt.

Die Objekte waren rührend unbeholfen, immer von schwerfälliger Bedeutung, grotesk plump und manchmal obszön. Sie waren peinlich. Nur gut, daß die Werkstatt mit verschüttet wurde. Franz zeigte mir das Angebot einer Lausanner Galerie, die hinter seiner Kunst her war. Ein Scout hatte ihn in seinem Exil aufgestöbert. Ich wußte, was das bedeutet, und tatsächlich, ich hätte Franz in meiner Galerie, die ich einige Jahre lang führte, gezeigt – pour épater le bourgeois, damals, in den Sechzigern. Das hatte heute keinen Sinn mehr. Der Bourgeois hat überlebt und von den vielen Skandalen Hornhaut entwickelt, die Kunst aber vermag kaum mehr jemanden vor den Kopf zu stoßen. Alles verpufft, jeder Gedanke, jeder Geistesblitz, jeder Geniestreich verschwindet in der erschütternden Trivialität, die wir zu unserem Alltag gemacht haben.

Unter einem Glassturz ein gefüllter Aschenbecher, Bierdeckel, einem Kruzifix war ein Goldring übergezogen (sein Ehering? Er trug keinen Ring, als er mir das Objekt zeigte); auf einem Brotbrett ein weißes Höschen (Aljas?) mit Blutfleck, daneben, richtungsweisend, ein – wiederum goldener – Kugelschreiber mit übergestülptem Kondom, offensichtlich gebraucht; geschnittenes Gras auf blutroter Unterfläche, das Vietnamfoto mit dem sterbenden Soldaten (meine Postkarte?) und Mickey Mouse, die Kinder in Disneyland empfängt. Er ließ nichts aus.

Es gab auch Portraits. Franz fotografierte Menschen. In der Regel waren es hübsche Mädchen, deren Köpfe er ablichtete. Am vergrößerten Negativ arbeitete er weiter am Ebenmaß der Köpfe, betonte die geschwungene Backenknochenlinie, den leicht geöffneten Mund, zeichnete die Kurve der Augenbrauen, der von Haarsträhnen gebildeten Stirnrundung neu. Er verstärkte die Augenfarbe, das Wangenrot, korrigierte eine Unebenheit der Haut, ließ einen Leberfleck verschwinden, begradigte ein Kinn, verkleinerte ein Ohr. Mit der Arbeit war er erst fertig, wenn die Köpfe austauschbar geworden waren.

Er führe in der Kellerwerkstatt seinen privaten Kampf gegen die natürliche Schönheit dieser Welt … er halte es beim Anblick von Schönheit einfach nicht aus, es gebe nichts Langweiligeres als ebenmäßige Schönheit … so müsse er Gottes Werk, zumindest dort, wo er es als gelungen betrachten könne, weiter perfektionieren, im Wissen, daß nichts die natürliche Schönheit hinterhältiger zerstöre als die klinisch sterile Vollendung, die zur Künstlichkeit wird … Er sei nicht einverstanden mit der Schöpfung … müsse gegen sich selber etwas unternehmen.

»Du killst die Kunst«, sagte ich nur.

»Treffer!« rief er erfreut aus, »de Kooning sagte das über Warhol. Leider schwieg Warhol über mich … Und mehr noch: Die Natur, wenn sie wieder über uns herfällt, killt die Kunst. Ich gehe ihr in vorauseilendem Gehorsam zur Hand, als vollstreckendes Werkzeug Gottes …«

Er zeigte mir weitere Portraits, die er kostbar gerahmt in einer Ecke seines Ateliers stapelte. Selbst vor einer verunstalteten Marilyn schreckte er nicht zurück. Sein Epigonentum war furchterregend.

»Abgeschmackt, was!« rief er fröhlich. Er lebte auf,

als er mich durch seine Werkstatt führte. »Pollock spritzte seine Gemälde, Warhol pißte sie, ich mach das! Ich mache mich lächerlich damit, nicht wahr, Nadja?«

Ich nickte beschämt und wollte nach oben, in die Räume, die Alja bestimmte. Immerhin hatte er sie vor der Verstümmelung verschont.

»Dann ist es gut. Dein Urteil ist mir wichtig. Ich höre damit auf, wenn das alles vorbei ist. Ich werde alles verbrennen. Seit mich diese Lausanner Galerie drängt, der Menschheit meine Visionen kundzutun – der Galerist schreibt allen Ernstes, hör dir das an, ›le monde entier a besoin de vos visions stupéfiantes‹ –, glaube ich an das Ende der Welt. Der Menschheit, zumindest.«

Wir setzten uns auf den Balkon – er gab mir eine Jacke, die ihm Eveline einst gestrickt hatte – und warteten auf Alja. Irgendwann erhob sich Franz, das Telefon habe geklingelt. Ich hatte nichts gehört. Er kam zurück und richtete aus, Alja komme später. Zu spät für mich, hieß das. Ich brach auf. Auf dem Rückweg überlegte ich mir, *was* vorbei sein mußte, bis er *damit* aufhören konnte. Womit? Mit der Beziehung zu Alja? Mit seinen Geschäften, diesem undurchsichtigen Privatisieren – Immobilien, Börse, Beratungen? Mit seiner Lächerlichkeit? Mit der Welt? Sprach er von Selbstmord? Ahnte er, der Eichsche Naturmensch, der er widerwillig geworden war, den Erdrutsch voraus oder sehnte er ihn herbei? Wollte er zurück, zurück zu Eveline?

Psychologe Gess schaute sich keine Brutalos an, keine Sadomaso-Pornos, er hält sich nicht für Rambo, er ist nicht publicitygeil, im Gegenteil, jetzt versteckt er sich im Gefängnis. Er stand nicht unter dem Einfluß von Alkohol oder Drogen. Gess war nüchtern, die Urinanalyse negativ. Er hatte nicht einmal eine schlechte Kindheit. Scheidung, das ja, doch gehört das zum gesellschaftlichen Repertoire seiner Generation. Kein angeschlagenes Selbstbewußtsein, kein Egotrip ins Fantasyland von Mord & Totschlag. Kein Teleopfer. Er verwechselte nicht Wirklichkeit und Fiktion, nachdem er im Laserdrome war. Leumund unbescholten. Er ist ein landesdurchschnittlicher Langweiler ohne Grund für so eine Tat. Alles intakt, Kind gesund, Frau treu und modern, selbständig und in erträglichem Maß emanzipiert. Karriere eingespurt, ohne daß die Aussichten einen schwindeln machen könnten. Dieser Soziotypus weist keine Prädisposition für eine Gewalttat auf. Gefühlskälte? Fragen Sie seinen Sohn, seine Frau. Für die psychologische Interpretation ein hoffnungsloser Fall. Ich sage Ihnen, was es war. Der St.Galler Föhn, dieser unsichtbare Kerker. Der vermaledeite Föhn, der hier alle langsam in den Wahnsinn treibt... Streichen Sie das mit dem Föhn. Sie sind ein Schurke, wenn Sie es nicht tun!

August Herbst 1976, Ferien an der Kantonsschule. Unsere Expedition war auf den ersten freien Schultag anberaumt. Herrliches Wetter, die Landschaft, sagte Wilhelm, ein Farbenparadies für gegenständliche Maler. Mir egal. Wir reisten im Zug. Ich blätterte demonstrativ in einem sogenannten Herrenmagazin, das mir Mutter am Bahnhofskiosk kaufen mußte. Im Abteil wartete ich auf geeignetes Publikum. Als sich ein älteres Pärchen zu uns setzte, klappte ich das Mädchen in der Mitte auseinander und prüfte es Zentimeter für Zentimeter mit der Lupe, die ich für diesen Auftritt eingesteckt hatte, während Wilhelm ungerührt kommentierte, was ihm die Landschaft zu bieten hatte: Berge.

In Landquart stiegen wir aus. Ich bestellte im Bahnhofsbuffet mit kräftiger Stimme und in leicht zu entlarvendem Englisch einen Whisky. Dazu rauchte ich. Wir verpaßten den Anschluß. Wilhelm hatte keine Einwände; ihn schien es nicht zu kümmern, wie er diese Zeit, die für ihn ohnehin verloren schien, verbrachte. Ich rief Vater an, wir seien zu Hause aufgehalten worden und würden erst gegen Abend eintreffen. Er brummte etwas. Hatte er uns vergessen oder war es ihm gleichgültig, ob wir kamen oder nicht?

Es dämmerte in Tschierv, als wir eintrafen. Im Dorf war nichts los, die Straßen leergefegt. Erste Abendlichter gingen an, aus allen geöffneten Fenstern plärrte dieselbe Jass-Sendung. Keine Bühne für die Demonstration meiner Unabhängigkeit. Ich hatte mir keine Gedanken über den Erfolg unserer Mission gemacht. Erwartete Mutter, daß Vater zurückkehren würde, wenn er uns jetzt sah? Würde unsere Anwesenheit sein schlechtes Gewissen wecken? Wollte ich, daß er wiederkäme und mir das Anrecht auf ein Glas Wein, den Spätfilm, lange Diskussionen über Erwachsenenprobleme und die heimlich finanzierte Lektüre von Magazinen mit nackten Mädchen wieder streitig machte?

Ich klingelte, und Alja öffnete. Sie gab jedem einen Kuß auf die Wange und reichte uns an Vater weiter, der erst den Kleinen, dann mich umarmte, knapp und kräftig, »Schön-daß-ihr-mal-wieder-da-seid«, murmelte, »Groß-seid-ihr-geworden«, uns ins Wohnzimmer schob und auf das Sofa setzte. Mir drückte er mit der Bemerkung, »Hast-dir-ja-bereits-eine-Fahne-erarbeitet«, eine Dose Bier in die Hand. Wilhelm wollte seinen Sirup.

Vater verschwand, ungewohnt für ihn, in der Küche. Das laute Klappern von Pfannen und Schüsseln drang herüber, als wollte er sich auf diese Weise am Gespräch beteiligen. Alja setzte sich zwischen uns aufs Sofa, lächelte Wilhelm an, dann mich. Sie fragte uns nach der Schule aus und wollte wissen, ob wir eine Freundin hätten. Wilhelm, hast du …? Kopfschütteln. Ich nannte gleich mehrere, um sie zu beeindrucken. Beim dritten Namen rückte sie näher zu mir, was den Abstand zwischen ihr und Wilhelm, der sich nicht regte, vergrößerte. Unsere Knie berührten sich. Ich traute mich nicht, ihren Druck zu erwidern. Sie legte ihre Hand auf meinen Oberschenkel und zwinkerte mir zu. Sie schien selber nervös zu sein. Mit den Fingerspitzen trommelte sie auf meinen Schenkel, mit den Nägeln kitzelte sie den Hosenstoff. Ihre Finger kratzten den Stoff meiner Jeans, was meinen Körper elektrisierte. Meine Schultern verspannten sich. Sie lächelte, den Blick gesenkt, und zog ihre Hand zurück. Das Terrain war erkundet, das erste Ziel erreicht. Wir schwiegen. Ich schaute an ihr vorbei zu Wilhelm, der in der anderen Sofaecke saß, den Blick geradeaus gerichtet auf ein vergrößertes Foto von Alja, während sich das Original mir zugewandt hatte.

In der Küche versuchte Vater, eine italienische Arie zu singen. Alja flüsterte mir kichernd ins Ohr, dies sei ein Stück für Sopran und rief laut in die Küche: »Wann ist das Essen endlich soweit?«

»Jetzt!« kam die Antwort.

Alja erhob sich. Mir fiel auf, wie salopp sie gekleidet

und wie anziehend sie doch war. Sie trug Manchesterhosen, einen weiten Pullover mit V-Ausschnitt, der bei jeder Bewegung eine Schulter freigab. Ihre Hände verschwanden in den überlangen Ärmeln. Ihr Körper war ständig in Bewegung. Dauernd mußte sie den zu großen Pullover zurechtrücken. Das entsprach ihr. Verschwinden und wieder auftauchen. Sie hielt es nicht lange an einem Ort aus. Sie sprang wieder auf, durchquerte den Raum und nahm einen Gegenstand in die Hand, um das Gespräch abzubrechen und um über etwas anderes zu reden. Mitten im Satz verließ sie das Zimmer und kam einige Minuten später mit einer Satzhälfte zurück, die nicht zu jener paßte, mit der sie gegangen war. Ihre Füße steckten in schweren Wanderschuhen, deren Bändel lose herunterhingen. Sie schien verkleidet und war es auch: Ich erkannte Vaters Freizeitkleidung. Als sie aufstand, schlüpfte sie aus den Schuhen, ließ sie, als Zeichen ihrer Abwesenheit, stehen und verschwand aus dem Wohnzimmer.

Zahlreiche Fotos hingen an den Wänden. Models, die Alja glichen, oder Alja selber, die auf einem Laufsteg Mode vorführte. Schnappschüsse, keine der professionellen Aufnahmen, die später folgten und um die Welt gingen. Jahre später setzte ich ihr Bild auf das Titelblatt meines Versandkataloges und schickte Vater ein Exemplar, doch eine Antwort blieb aus.

Die Aufnahmen, die ich im Chalet sah, schoß er, während er ihr durch die Kleiderwelt folgte. Alja war damals am Anfang ihrer Karriere. Noch gab es wenige Magazinfotos, die Titelbilder der großen Zeitschriften und ihre eigenen Kollektionen folgten später. Vater war ein schlechter Fotograf. Alja glich den Mädchen kaum (für mich schienen es, trotz Vaters gegenteiliger Versicherung, mehrere zu sein), ein Effekt, der ihr wohl gefiel. Sie löste sich auf den Fotos auf, und wie um diesem Prozeß entgegenzuwirken, steckten in den Aluminiumrahmen zusätzlich kleinere Schnappschüsse von ihr. Das machte ihre Faszination aus. Das salopp gekleidete Mädchen und die Möglichkeiten, die von ihr an den Wänden hingen. Keines der Fotos glich ihr, jedes zeigte ein anderes Gesicht; Gesichter, die sich zu jener Frau summierten, die eben noch zwischen uns gesessen hatte.

»Komm«, rief sie von irgendwoher.

Mir kam nicht in den Sinn, daß Wilhelm gemeint sein könnte. Er blieb auf dem Sofa sitzen, während ich sofort aufsprang. Oft hatte meine Fantasie diese Szene durchgespielt, wenn auch mit anderer Besetzung. Wo war sie? Der Gang war leer, das Haus dunkel. In der Küche brannte Licht, doch Vater war nicht da. Ich öffnete eine Tür und schloß sie wieder, überrascht, daß ich die Haustür erwischt hatte. Ich kannte mich nach so kurzer Abwesenheit im Chalet nicht mehr aus. Ich stieg nach oben. Die Treppe knarrte und verriet den anderen meinen Standort. Ich versuchte, mich zu erinnern. Früher war ich jedes Jahr wochenlang hier gewesen. Ein Luftzug, eine Tür schlug zu. Eine Stimme? Nein, der Wind hatte mich getäuscht. Oben lag der Gang stumm und finster vor mir. Die Türen waren geschlossen. Links befand sich Wilhelms und mein Zimmer, geradeaus Vaters Fotolabor, wie ich in den folgenden Tagen entdeckte (früher war hier das Gästezimmer, in dem unsere Haushaltshilfe schlief). Rechts war das Elternschlafzimmer. Ich schob die Tür leise auf. Nichts. Es war finster und lautlos. Hier? Ich sah die Umrisse eines Bettes, langte in die zerwühlten Laken. Ich watete in Kleidungsstücken. Am Boden lagen die Manchesterhose, ihr Pullover vielleicht. Eine Tür führte zum Bad. Durch die Ritzen schimmerte Licht.

»Alja ...« flüsterte ich und fragte mich, ob sich Mutters Kleider, ihre Bürsten und Parfums noch im Haus befanden. Vorsichtig öffnete ich die Tür. Der Lichtschein fiel auf das ungemachte Bett, beleuchtete einen Streifen des leeren Schlafzimmers. Hier war niemand.

»Nimm, es ist kühl draußen.«

Sie stand in der anderen Tür des Schlafzimmers, halb im Gang, und warf mir einen Pullover zu. Es war derselbe, den sie eben noch getragen hatte. Ich streifte ihn über den Kopf und folgte ihr. Ein Kichern drang hoch. Ich stieg hinunter. Beinah wäre ich über die Stiege gestolpert. Wieder mischte sich in das Knarren der Stufen ihr Lachen. Im Parterre brannte Licht, doch war hier niemand mehr. Alja war in den Keller gestiegen. Eine Kerze flammte auf, ich sah ihre Hand, ihr Gesicht. Die Gartentür stand offen. Der Felsgarten, kam mir in den Sinn. Natürlich, wir würden diesen Abend draußen verbringen. Ich sprang über die Stufen in den Garten und stand vor Alja. Ruhig, mit übereinandergeschlagenen Beinen, als säße sie schon lange auf der aus dem Felsen gehauenen Bank, winkte sie mir zu. Doch sie hatte nicht auf mich gewartet. Ihre Hand ruhte auf Wilhelms Bein, der neben ihr saß.

Im Rücken des Chalets befindet sich ein Felsvorsprung, der von der Hauswand zu einem Raum ohne Dach abgeschlossen wird. Nur kurz dringt die Sonne hier ein. Zu sehen war ein Ausschnitt der Bergkette auf der anderen Seite des Münstertals, der Himmel verschwand allmählich in der Nacht. Es war nicht kühl, nicht wirklich. Ich setzte mich zu Alja und Wilhelm auf die Bank, sie wieder in unserer Mitte. Ich war gekränkt, daß sie ihn mir vorzog, und schaute Vater zu. Er drehte über der offenen Feuerstelle ein riesiges Stück Fleisch, ein halbes Schwein, von dem heiß das Fett tropfte und in die Glut zischte.

Es wurde ein Fest. Wir aßen mit bloßen Händen, rissen Fleischfetzen von den Knochen und stopften uns voll. Die Hände wischten wir am Gras ab. Wir tranken Bier, ein ganzes Faß stand zur Verfügung, sangen, durch die geöffneten Fenster dröhnte Musik. Das Haus bebte im Rhythmus dieser verblüffend altmodischen Musik, die Alja – für Vater? – auflegte. Er hatte nie viel für Musik übriggehabt, doch die Gershwin-Melodien gefielen ihm. Perry Como sang *They can't take that away from me,* Sinatra *Nice work if you can get it*. Alja hatte eine Vorliebe für Bossa Nova. Immer wieder rannte sie ins Haus, um *The Girl from Ipanema* und *Quiet Nights* zu spielen.

Wir aßen, schwatzten Unsinn, endlich war es erlaubt zu blödeln. Wir entwarfen Pläne. Wilhelm, fröhlich und gelöst, schlug vor, das Land in eine Monarchie zu verwandeln, mit Vater als König, ergänzte ich, worauf er mich anschrie, ich solle ihn Franz nennen, Franz I., Franz den Großen, Franz den Liederlichen, den Abtrünnigen, den Verhurten, Franz Ohneland, Franz Ohnefamilie, Habenichts und Tunichtgut, wenn ich wolle, bloß nicht Vater, um Mutters Himmel willen nicht *Vater*! Alja riß mich mitten im Satz von der Bank, wir tanzten, meine Hände umschlangen ihre Taille, wühlten sich wie selbstverständlich unter ihren Pullover (wieder trug sie einen zu weiten Pullover), ihre Hände legten sich um meinen Hals, sie preßte ihren Körper gegen meinen, ihr Knie drängte zwischen meine Beine, ihre warmen Brüste kreisten auf meiner Brust, getrennt nur durch den Stoff unserer weiten Pullover. »Los! Los!« rief ich aus, Alja seufzte und drückte ihren Kopf gegen meine Schulter, »Das Lied! Das Lied!« berichtigte ich mich eingeschüchtert, »Ich will es noch einmal hören!«, und Alja, mein Gott, Alja löste sich von mir, verschwand im Haus, und gleich erklang dasselbe Lied noch einmal, noch lauter jetzt.

Es wurde spät, kühl, wir setzten uns nahe ans Feuer, alle vier eng zueinander. Vater legte seinen Arm um Wilhelm und mich, ich bemerkte, daß ich Aljas Hand hielt oder sie meine. Sie war zweiundzwanzig, hatte sie mir gesagt, fünf Jahre älter als ich, neunundzwanzig Jahre jünger als Vater, den ich Franz nennen sollte, König Franz. Gehörte sie nicht eher mir als ihm? Oder wollte er mir im Gegenteil sagen: Finger weg von ihr? Dies Weib ist mein, Sohn, ich zeige dir ihre Brust, doch berühren darf nur ich sie! Hieß das: Hier, amüsier dich, von der Sorte gibt's noch mehr? Hatte er uns damit in den Boxring gestellt, wir sollten um sie kämpfen, Bruder gegen Bruder und Vater gegen Sohn, um gleichberechtigte Partner zu werden, Wilhelm und ich, ich und Franz?

Doch dann vergaßen sie mich. Franz nahm mir Alja weg, ein Blick genügte. Sie schlängelte sich aus meiner Umarmung, küßte meine Lippen, ließ ihre Hand über mein Haar gleiten. Sie sprang auf, als wäre sie nicht müde, als hätte sie nichts getrunken und gegessen, verkrallte sich in Vater, mit dem sie tanzte, ließ ihre Hände unter seinen Pullover gleiten, und als sie die Augen schloß – Wilhelm hatte sich bereits ins Haus verzogen –, schrie ich: »Gute Nacht, Vater!« und leiser, dennoch hörbar: »Gute Nacht, Mutter...« Alja, verborgen in seiner Achselhöhle, kicherte.

O Gott, dröhnte mein Kopf! Ich zog mich zurück, drang ins Haus ein, das mir jetzt neu und unerforscht vorkam, stolperte über die Kunstobjekte, die Vater damals baute, öffnete Türen zu Räumen, die sich als Schränke entpuppten, stand vor Weinregalen, vor Bücherstapeln, landete in einer in den Fels geschlagenen Höhle, in der sich Maschinenteile, halbe Fahrräder, ein Lastwagenmotor befanden – es war die ehemalige Garage. Der Geruch von Öl und Fett stieg in mir hoch, Pneus, Farbtöpfe, Veloräder, alte Skier, auf Wanderungen gesammelte Wurzelstöcke, Bachsteine, verformte Äste lagen durcheinander. Ich stand wieder im Freien, auf der anderen Seite des Chalets.

Mir war speiübel. Später begriff ich, daß ich nicht das Haus, sondern meinen ersten Suff erforschte. Ich wollte ins Bett, kämpfte mich über die ansteigende Wiese zur Haustür hoch, sie war offen, wo war die verfluchte Treppe? War ich schon oben, noch unten, o Gott, mein Kopf! Ich glaube, in der Küche zerschlug ich eine Flasche. Ich fand endlich die Treppe, zog mich Stufe für Stufe nach oben, stieß eine Tür auf, da war sie, die Toilette. Lange blieb ich dort, den Kopf über die Schüssel geneigt. Hob ich ihn, sah ich das Flackern des Feuers im Garten. Es warf gespenstische Schatten auf den Fels, entfesselte Gestalten, die sich ineinander verkeilten, Vater und Mutter, Franz und Alja, die mich zeugten.

Als es zu Ende war, der Magen nur noch Hilflosigkeit schrie, tastete ich mich weiter durch das Haus. Wo sollte ich schlafen? Vater – Franz – hatte mir kein Zimmer zugewiesen. Im zerwühlten Bett oben? Mit Wilhelm im einstigen Kinderzimmer? Mir drehte sich der Kopf. Ich legte mich auf das Sofa im Wohnzimmer und fiel kurz in bleiernen Alkoholschlaf, aus dem ich erwachte, als ich ein Gewicht auf mir spürte. Es war noch dunkel. Ich schwitzte. Der Druck verstärkte sich sanft, bewegte sich auf mir, rieb sich an mir. Es war ein leichtes Gewicht, unerklärlich, mir neu und unbekannt, federleicht wie die Bettdecke, die plötzlich auf mir lag, angenehm. Ich versank in meinen Traum, wollte nicht aufwachen, nie wieder zurück und schrie in den Raum: »Ich will nicht!«

Da platzte ich, der Druck war weg.

»So ist dir wärmer«, sagte eine ferne Stimme.

»Alja?«

»Das Fenster war offen hier unten. Es ist kalt.« Sie stand in der Tür. »Morgen beziehst du dein Zimmer. Wir können dich nicht hier schlafen lassen.«

»Alja«, flüsterte ich, »du?«

»Natürlich, Dummerchen, und jetzt schlaf, schlaf endlich, es ist vier Uhr früh. Nimm das Glas, ich habe dir etwas gegen deinen Kater reingetan. Gegen deine Träume. Morgen wirst du fürchterlich leiden. Wir wollen früh in die Berge mit dir, fort! fort! ins Gebirge«, lachte sie in die Dunkelheit, in der sie mich wußte. »Wenigstens am frühen Nachmittag sollten wir es schaffen ...«

Niemand ging mit mir in die Berge. Franz war den Tag über mit seinem eigenen Kopf beschäftigt. Ich lag auf dem Sofa, umgeben von den Bildern Aljas, und folgte mit den Augen an der Decke dem unsichtbaren Weg der Schritte meines Vaters vom Schlafzimmer zum Bad, vom Bad zum Schlafzimmer. Die federleichte Alja war verschwunden, als ich Franz am späteren Nachmittag in der Küche begegnete. Er sagte, sie sei nach Mailand abberufen worden, das unvorhersehbare Modebusiness, der Anfang, wer weiß, einer internationalen Karriere.

Wilhelm sei auch weg, habe er festgestellt.

»Zusammen?«

Franz verneinte. »In entgegengesetzten Richtungen. Alja folgt den Gesetzen, die ihr Kopf andauernd neu ausbrütet, Wilhelm ist mitten in der Nacht abgehauen. Sein Bett war unbenutzt.«

Am nächsten Wochenende kehrte Alja zurück. Eine hübsche, junge Frau, für mich in dieser Woche um zehn Jahre gealtert und unerreichbar geworden. Uninteressant auch. Ich erkannte sie nicht wieder, als wäre sie eine andere Frau; zwischen uns gab es nichts Gemeinsames mehr. Ihr Umgang mit mir war distanziert. Sie versuchte, mich nicht mütterlich zu behandeln, mich möglichst ernst zu nehmen und erreichte durch den angestrengten Versuch das Gegenteil. Sie erzählte von der Modeschau, von einer Boutique in Bozen oder Meran, mit der sie zusammenarbeitete. Über den ersten Abend sprachen wir nicht. Ich fuhr nach Hause.

Ich sah sie nie wieder. Wir telefonierten manchmal, wenn ich Franz anrief, und sie antwortete freundlich, doch geschäftig, das Gespräch von Anfang an auf dessen Abbruch angelegt. Besucht er uns in Horgen, kommt er allein. Tauchen wir in Tschierv auf, ist Alja gerade weg oder wird jeden Augenblick zurückerwartet. Aber sie kommt nicht. In der Modewelt ist sie ein Begriff geworden. Längst gibt sie sich nicht mehr her, für Fremdprodukte Werbung zu machen. Sie hat ihr eigenes Label, *Alina Exx,* das einer exklusiven und exquisiten Modekollektion eingenäht ist, deren Firmensitz sich in New York befindet.

Das ist nicht der Grund ihrer Abwesenheit. Ich denke, Franz will sie von mir fernhalten. Er hat sein Spiel damals zu weit getrieben, es geriet ihm aus der Hand. Sie hätte mich locken, hätte mich reizen sollen. Doch Alja war zu weit gegangen. Daß er sie mir serviert hat, macht ihn mitschuldig. Das kann er sich nicht verzeihen. Ich spüre, daß sie noch immer zwischen uns steht.

Für mich ist Alja, diese junge, unfaßbare Alja, meine erste Frau. Dabei spielt es keine Rolle, ob sie tatsächlich mit mir auf dem Sofa geschlafen hat. Ich spürte sie, aber berührte ich sie? Hielt ich wirklich ihren, nicht vielmehr meinen eigenen Körper? Ich war betrunken, erregt, meine Hand überall, alles verschwamm. Ich träumte die ganze Nacht von Alja, sie war um mich, in mir, überall. Als ich mit ihr schlief, lag ich auf dem Sofa, und gleichzeitig stand sie im Türrahmen und schaute zu.

Von Mutter damals kein Wort. Zehn Tage lang. Ich blieb fünf Tage länger im Münstertal als vorgesehen. Ich schlich zur Dorfpost, um sie anzurufen, damit sie nicht beunruhigt wäre und damit Vater nicht den Eindruck hatte, ich wäre ihr Rechenschaft schuldig. Auch Wilhelms abrupter Aufbruch kam nicht zur Sprache. Franz hatte nicht überprüft, ob Wilhelm tatsächlich nach Hause gefahren war. Ich weiß nicht, was ihn wegtrieb, und Franz wußte es auch nicht. Er beherrschte die

Kunst, auf Themen, die für ihn abgeschlossen waren, nicht mehr zurückzukommen. Sooft ich es auch versuchte, wich er aus und lenkte meinen sprunghaften Geist auf Attraktiveres: einen Apéro im *Casa Capòl* in Santa Maria, einen mitternächtlichen Whisky, Wanderungen, Fahrten nach Italien, die Aussicht auf Alja. Als ich ihn besonders hartnäckig bedrängte, zog er einen Gedichtband aus dem Regal und las mir einige unverständliche Zeilen vor. Nein, Mutter war für ihn kein Thema. Viel würde es zu Hause nicht zu berichten geben.

Ich hatte Vater an Alja verloren wie Mutter ihren Gatten, dabei aber einen fernen Freund gewonnen. »Nenn mich Franz«, hatte er gesagt. Wir sehen uns hin und wieder. Ich habe sein Haus computerisiert und mit der Welt vernetzt. Als es verschüttet wurde und Franz nach Zürich in ein Hotel zog, versorgte ich ihn mit einem Notebook, mit Fax und Drucker, ein kleines, leistungsfähiges Reise-Büro, das er auch in seinem Wagen installieren kann.

Finanziell scheint es ihm gutzugehen. Er hat im Hotel eine kleine Suite gemietet, nicht auf Dauer, sagt er, aber doch für länger. Ihm scheint der Wechsel in die Stadt gutzutun. Ich glaube, er mag Zürich. Er geht dort seinen Geschäften nach, pflegt den Kontakt zu einer Galerie in Lausanne, die sich für seine Objekte interessiert. Für einen Architekten entwirft er Pläne, wie Kunst im Bau integriert werden kann.

Zu Mutter hatte er nie wieder Kontakt. Das Chalet in Tschierv wird vorerst nicht neu aufgebaut, Franz wird in Zürich bleiben. Ich besuchte ihn vor einigen Monaten. Er hat sich eingerichtet. Aljas Bilder hängen auch dort an den Wänden, ihre Kleider füllen die Schränke, ihr Duft besetzt die Luft.

»Sie schwebt«, sagt Franz. »Sie ist eben gegangen, und gleich kommt sie wieder. Ein ätherisches Wesen. Ein Luftgeist. Versuche nicht, sie zu besitzen«, sagt er.

Meine erste Liebe, denke ich.

Kellner Ich erfuhr erst nachher, daß er es war. Er kam herein, steuerte auf die Theke zu und bestellte ein Mineralwasser. Er trank kaum. Ich schaute ihm zu, wie er nicht trank. Ein Gast interessiert mich dreißig Sekunden. Diese entscheiden alles. Schwierig zu sagen, was den Mann bewegte. Er schien verlegen. Ertappt. Sein Gesicht erinnerte an ein Automatenfoto. Ein Paßfotogesicht, wächsern, offiziell. Er verharrte in dieser Pose, ohne zu trinken. Ich bediente den nächsten Gast. Seine dreißig Sekunden waren um.

Er rief mich zurück, als wäre er eifersüchtig, und bestellte einen Espresso. Er kriegte ihn. Ich wandte mich ab. Da orderte er, was er von Anfang an haben wollte: einen Whisky. Aus Anlaß seiner Bestellung hielt er eine Rede. Erklärte mir, es entspreche keineswegs seiner Angewohnheit, Whisky zu trinken. Ja, genauso gestelzt sagte er das: »Es entspricht keineswegs meiner Angewohnheit, zu dieser frühen Stunde harte Sachen zu trinken. Doch da heute nun einmal ein besonderer Tag ist...« Er sprach wie ein Formular. Ein lebendes Formular, das sich ständig selbst ausfüllt.

Ich sagte ihm, wir lebten in einem freien Land, da dürfe jeder trinken, was er wolle und wann er es wolle.

Er nehme nachher den Zug, sagte er feierlich.

»Dann hat auch die Verkehrspolizei nichts dagegen, wenn Sie Viertel vor drei harte Sachen trinken.«

Er nickte dankbar.

Er nehme den Siebzehner nach St.Gallen. Ich wusch zu seiner Rede ein paar Gläser aus. Er unterhielt sich mit seinem Whisky, den er fest umklammerte.

Da unterbrach das Radio das Programm. Mit sachlicher Stimme sagte der Sprecher, eben habe ihn die Meldung erreicht, Bundesrat Hans Lüthi, 61, Frau, drei Kinder, sei das Opfer eines blutigen Attentats geworden. Der Sprecher schwieg einen Moment, um seine professionelle Betroffenheit zum Ausdruck zu bringen. Auch im Buffet wurde es still. Noch nie war es hier so still. Jedermann starrte die Lautsprecher an.

»Jetzt also auch hier«, murmelte nach einiger Zeit eine ältere Frau. Unter ihrem Tisch fing ein Hündchen zu winseln an.

»... über das Motiv dieser unverständlichen Tat kann es zu diesem Zeitpunkt natürlich nur Spekulationen geben. Doch schließt der Departementssprecher politische Motive nicht aus ...« Der Täter sei gleich gefaßt worden. Er sei, die Tatwaffe in der Hand, durch das couragierte Eingreifen eines unbeteiligten Passanten überwältigt worden. Zur Zeit werde er von der Polizei vernommen.

Dabei hockte der Killer mir gegenüber und versuchte, Whisky zu trinken. Es stellte sich bald heraus, daß sie den Falschen festgenommen hatten. Nachträglich ist das ein eigenartiges Gefühl. Angst empfand ich nicht. Angst kann man nur empfinden, wenn man weiß, daß man Angst haben muß. Vor mir hockte lediglich ein verklemmter Typ, der gerade seine Frau mit dem Nachbarn erwischt und sich vorgenommen hat, das ganze Elend männlich zu bewältigen. Ich weiß nicht, was ich getan hätte, hätte ich gewußt, Gess hockt leibhaftig vor mir.

Im Radio wurde *Feelings* gespielt, Lüthis Lieblingslied. Sie blendeten es gleich wieder aus und brachten die ersten Interviews. Eigentlich nur Fetzen. Ein Journalist war vor der Polizei im *National* eingetroffen und hatte eine paar Stimmen eingefangen. Als man ihn aus dem Lokal warf, hielt er auf dem Bärenplatz jedem das Mikrofon hin. Er fragte Passanten, was sie mitgekriegt hätten. Ob sie den Schuß gehört hätten – wie eine Fehlzündung habe das geklungen, sagte jemand. Was sie bei der Nachricht empfänden. Regierungsrat Franscini, der offiziell Auskunft gab, sagte, noch könne man nichts Eindeutiges sagen. In seiner Funktion als Vorsteher des Polizeidepartements Bern sei es verfrüht, und als Zeuge komme er nur insofern in Betracht, als er den Schuß gehört habe. Seine Stimme klang gehetzt, und oft stockte er mitten im Satz. Als er noch ein zusätzliches Wort des Beileides an die Adresse der Witwe aussprechen wollte, spielte das Radio wieder *Feelings*.

Mitten im Lied gab es eine Panne. Wenn es eine Panne war. Plötzlich, buchstäblich aus dem Äther, erklang noch einmal Franscinis Stimme: »Jetzt sind wir europafähig geworden.« Mit Nachhall, vom Echo verzerrt, und dennoch glasklar. Das war gespenstisch. Dem Radio drohte er mit Klage, weil es seinen Satz manipuliert hätte. Kann schon sein, das Echo klang verdächtig. Der Satz wurde in den vergangenen Tagen oft zitiert.

Dann spielten sie klassische Musik. Etwas mit viel Geigen, sehr traurig, getragen, ein Lamento. Die Kirchenfeldbrücke im November. Mir traten Tränen in die

Augen. Ein Schleier legte sich über das Lokal. Die Leute schwiegen noch immer, hörten der Musik zu. Manche flüsterten miteinander, doch ein lautes Wort wurde nicht gesprochen. Das Leben lief für eine Weile gedämpft weiter, wie in Zeitlupe. Wer zum Zug mußte, schlich leise aufs Perron. Von der Straße her polterte eine Gruppe junger Leute ins Buffet. Sie verstummten sofort, zögerten. Dann gingen sie wieder, weil sie spürten, daß sie nicht zu uns gehörten. Sie wußten noch nicht von der Tat. Ja, wirklich, wir waren im Buffet wie eine Einheit, isoliert von allen anderen, für diesen ewigen Moment aneinandergekettet. Nichts konnte diese Kette zerreißen. Und der Mörder saß unter uns.

Er reagierte nicht auf die Meldung. Jetzt hatte auch er zu murmeln aufgehört. Aber sein Schweigen war nicht unser Schweigen. Etwas trennte uns. In einem amerikanischen Song, den ich früher oft im Radio hörte, heißt es: *He makes love to his tonic and gin.* Genau so saß er da und klammerte sich an das Glas. Ein armes Schwein. Das halbleere Glas war alles, was ihn noch hielt. Aber hat er nicht alles zerstört?

Franz Erst lehnten sie sich gegen das Chalet in Tschierv auf. Eveline weigerte sich ein Jahr lang, es zu betreten. Nadine, ihre Mutter, die längst auch in einem gottverlassenen Nest wohnt, lachte mich aus. Die Bekannten hielten mich für verrückt, hier ein Häuschen zu kaufen. Bald darauf luden sie sich selbst ein oder wollten etwas Eigenes im Engadin oder Tessin.

Nach meinem Auszug erschienen die Söhne als Gesandte Evelines, ein unbeholfener Versuch, die Lage auszukundschaften. Ich hatte mir erhofft, trotz der Auflösung der Ehe den Kontakt mit meinen Söhnen aufrechterhalten zu können. Wilhelm sperrte sich, ich sah ihn in Tschierv nur noch einmal, als er mir Sonja vorstellte. August stand hin und wieder, meist unangemeldet, mit Alessandra vor der Tür. Nadine besuchte mich. Eveline selbst spukte als ätherischer Dauergast herum, da half alles Lüften nichts. Ich lebte hier mit Alja. Für alle, scheint es, wurde Tschierv zur Falle. Jetzt hat uns der Berg erlöst.

Ich verbrachte viele einsame Wochenenden im Münstertal. Das Chalet war alt, es stammte aus dem letzten Jahrhundert. Es hatte lange leer gestanden, die Besitzer waren nach Chur abgewandert, deren Kinder nach Deutschland. Der Brunnen, aus dem man das Wasser holte, war versiegt. Ich ließ Leitungsrohre verlegen, ersetzte das Plumpsklo und modernisierte die Küche. Bei vielen Arbeiten legte ich selbst Hand an. Im Keller war es feucht, Schimmel, Moos und Pilze schabte ich weg. Ich richtete den Felsraum ein, in dem wir, als sich Eveline endlich entschließen konnte, mit den Kindern hierherzufahren, kleine Feiern veranstalteten, Theateraufführungen mit Marionetten oder Stegreif-Konzerte. Ich versuchte mich an einer Kellerversion von *Summertime,* unterstützt von den wilden Trommelwirbeln Wilhelms, von Augusts Trompetenstößen und Evelines Händeklatschen. Hinter dem Haus richtete ich im Schatten des Felsens eine Feuerstelle ein, die wir – die Sonne drang nur während weniger Stunden hierher – für warme Sommerabende nutzten.

Ich fuhr einmal hoch, um mir die Trümmer anzusehen. Viel hatte der Berg nicht übriggelassen. Der Versicherungsexperte, der mich begleitete, stapfte übellaunig um die Haustrümmer, nickte immer wieder, bestaunte mißtrauisch den mächtigen Felsbrocken, der sich auf das Haus gesetzt hatte und aus dem Dach ragte, als wolle er auf diese Weise ergründen, weshalb der Berg ihm das antat und seinen Brotherrn um so viel Geld brachte, brummte vor sich hin, kritzelte etwas auf seinen Block und verzog sich wieder ins Flachland. Das Haus oder was von ihm übrigblieb, war er sich zu schade zu betreten. Ein Augenschein genüge, sagte er. Neue Schuhe, dachte ich.

Er brachte mich auf den Einfall, das Haus in dem Zustand zu lassen, wie es der Berg gestaltet hatte, ein gemeinsames Kunstwerk von Mensch und Natur. Trümmer und Gestein. Das intakte, rostbraune Eisengehäuse des Kamins ragte heraus. Um das Objekt – zu einem solchen war es für mich geworden – würde ich meterhohes Maschengitter ziehen. Es hätte die Leute darauf aufmerksam gemacht, daß es hier etwas zu sehen gäbe. Sie würden sich im Gitter festkrallen, unser Werk, meines und jenes des Berges, betrachten, und auf schwarzen Tafeln würde Ben Vautiers Spruch stehen: »Kunst ist überflüssig. Gehen Sie nach Hause.«

Die Versicherung kaufte mir auch die in der Werkstatt verschütteten Objekte ab. Der Lausanner Galerist, der den Mist ausstellen wollte, verfaßte eine Expertise, die mir viel Geld einbrachte. Den Gefallen tat der Kunstexperte vor allem sich selbst. Die Werke, die er in seinem Magazin hatte und mit denen er nach meinem privaten Weltuntergang eine Ausstellung organisierte, verkaufte er zu Preisen, über die wir an dieser Stelle schweigen wollen. Jetzt verlangt er neue Objekte von mir. Noch radikaler sollen sie sein.

»Was heißt radikaler?« wollte ich wissen, doch er sagte nur, ihm hätte ich meinen Reichtum zu verdanken.

»Eben«, hörte er von mir.

»Was, eben?«

»Der reiche Künstler ist ein freier Mensch.«

Er unterbrach mich mit dem Pathos des kunstbeflissenen Romand. »Jeder Künstler ist ein freier Mensch, dadurch definiert sich der –«

»Falsch!« stoppte ich ihn, »der Künstler definiert sich einzig übers Geld, ohne ist er Sklave. Ich bin reich geworden mit meiner verschütteten Kunst, und das bedeutet im Klartext: Keine Objekte mehr.«

Undankbar sei ich, sprach er in mein Zürcher Telefonohr. Wie jeder Künstler, ergänzte ich. Er ließ nicht locker, versuchte süße und bittere Varianten, mich vom freiwilligen Sklavendasein zu überzeugen. Er lockte mich mit Verträgen. Ich unterschrieb nichts, schickte alles zurück, dennoch ist er dabei, die kunstbeflissene Öffentlichkeit mit gezielter Desinformation auf mein Comeback vorzubereiten. Das, nennen Sie es Rückkoppelungseffekt – oder, wie Partner Baumann, Synergie –, treibt die Kunden scharenweise in die kunstbeflissenen Arme von Baumann & Gess. Ich erzählte meinem Galeristen von meinem Großobjekt, die Tschierver Trümmer einhagen zu lassen. Er war begeistert, verlangte eine gut sichtbare Signatur und schickte mir einen Vertrag, der mir immerhin 40% an meinem Werk überließ. Nein, mein Lieber. Ich bin in Zürich wohlauf. Ich versuche, die Gespenster der Vergangenheit zu bannen. Ich wurde zum besprochenen Künstler ohne Werk. Jedes nicht angefertigte Objekt läßt mich berühmter werden. Je weniger ich schaffe, desto höher steigt mein Marktwert. Das entspricht genau meiner Arbeitsauffassung.

»Sie sind zum Mythos geworden«, lockte er mich und konnte es sich nicht verkneifen, hinzuzufügen: »Wegen mir.«

»Wieso«, sagte ich, »ich denke, wegen dem Berg, oder haben Sie da nachgeholfen? Außerdem: Mythen arbeiten nicht, sie lassen arbeiten.«

Es ist verdächtig ruhig geworden. Der Galerist ruft nicht mehr an, keine Post mehr aus Lausanne. Ich kann mir nicht vorstellen, daß er Ruhe gibt. Baut er meine Objekte jetzt selbst? Schwierig ist es nicht.

Ich werde mich aus Tschierv zurückziehen. Es ergibt keinen Sinn, aus Trümmern wieder ein Haus zu errichten, schon gar nicht dasselbe. Der Berg entschied. Es würde nur eine Lüge, eine Fälschung der eigenen Geschichte entstehen, wie sie in größerem Maßstab nach jedem Krieg, nach jedem Regimewechsel betrieben wird. Der Sieger baut aus den Trümmern seines Sieges die Altstädte, Marktplätze und Kathedralen neu, falsche, verlogene Kopien, die vorgeben, es sei nichts geschehen, man könne erneut vor der Stunde Null anfangen. Tatsächlich geben sie vor, es könne alles wieder geschehen, noch einmal, gründlicher jetzt, ohne die Fehler der Väter erneut zu begehen, die Kulisse steht wieder und wartet auf den neuen Bombenteppich. Selbst die Arenen, die Übungsplätze, Hinrichtungsstätten und Totenlager seines Feindes pflegt der Sieger großzügig. Als Mahnmal. Und jederzeit wieder benutzbar.

In Tschierv verabschiedete ich mich von Eveline. Ebenso von Wilhelm, als er mich damals vor mehr als fünfzehn Jahren mit August, einige Monate nach der Scheidung, im Münstertal besuchen kam. Es war schon weit nach Mitternacht, doch Wilhelm saß noch im Felsgarten. Er war allein, August erbrach sich im Klo oder lag bereits auf dem Wohnzimmersofa, wo ich ihn am nächsten Morgen fand. Alja hatte sich zurückgezogen.

Wilhelm trug ein beiges Wollhemd, einen Pullover und seine Windjacke. Zusätzlich hatte er sich in eine Decke gewickelt und war nahe ans Feuer gerückt. Ihn fröstelte leicht. Doch die Nacht war frisch, der Fels speicherte keine Wärme mehr. Ich bot ihm meinen Hut an. Wilhelm schüttelte den Kopf.

»August markiert den wilden Mann.« Ich stand unter der Tür und deutete mit dem Blick nach oben. »Er wollte sich an mein Mädchen heranmachen. Statt dessen ist er jetzt besoffen und kotzt sich den Magen leer.«

Ich setzte mich zu Wilhelm und legte ihm den Arm um die Schulter, doch er rückte weg.

»Keine Gefühle für den Vater mehr, nach so kurzer Zeit?« Er antwortete nicht.

»Was zwischen mir und deiner Mutter war, hat nichts mit uns zu tun. Ihr seid beide alt genug, um selbst entscheiden zu können. Keiner will euch exklusiv. Ich möchte, daß ihr beide, August und du, mich regelmäßig besucht. Natürlich könnt ihr nein sagen. Aber es wäre nicht gut, wenn wir uns aus den Augen verlören. Ich bin euer Vater. Ich kann mir vorstellen, daß deine Mutter nicht viel Gutes über mich zu sagen hat, und in manchem mag sie recht haben. Doch das legt sich, du wirst sehen. Dann können wir die Dinge objektiver sehen. Es war ein schwerer Schlag für sie, als ich ihr sagte, es sei besser, ich zöge aus. Sie weiß, daß es in meinem Leben jetzt eine andere Frau gibt. Ich mußte ihr das sagen, damit sie sich keine Illusionen macht. Deshalb mögt ihr Alja nicht, ihr gebt ihr die Schuld. Auch das legt sich. Nach einigen Monaten … Das heißt, bei August ist es offensichtlich schon soweit.«

Wilhelm blieb stumm.

»Ich weiß, ich schwatze zuviel. Es ist schwierig, Wilhelm. Für alle. Ich habe sehr viel verloren. Ich möchte nicht auch noch meine Söhne verlieren.«

»War es nicht umgekehrt?« sagte er nach einer Weile. Er schaute nicht auf. Wilhelm hatte die Holzscheite im Feuer sorgfältig aufgeschichtet. In diesem Moment brach es ein, Funken stoben, Aschenglut wirbelte hoch. Er stand auf, holte einen der langen Bambusstecken, die an der Hauswand lehnten, setzte sich und stocherte in der Glut.

»Umgekehrt?« Ich schaute ihn an, doch vermied ich es, ihn erneut zu berühren.

»Ich hatte nicht den Eindruck, daß sich August an Alja heranmacht.«

Ich lachte. »Ja, Wilhelm, vielleicht war es umgekehrt. Du beobachtest gut. Und begreifst schnell. Schneller als August. Er denkt, er habe eine Eroberung gemacht. Er glaubt, wir, ich und er, seien Rivalen. Wir würden um dieselbe Frau buhlen. Da irrt er sich. Alja lockt ihn. Sie ist jung, kokettiert. August kann das nicht genau abschätzen. Er hat keine Freundin, nicht wahr? Nur Mutter … Vielleicht erlebt er in dieser Nacht noch eine Überraschung. Falls er zur Zeit, abgesehen von seinem Kater, in der Lage ist, überhaupt etwas zu erleben …«

Wilhelm starrte ins Feuer, als habe er mir nicht zugehört. Ich schaute ihn an. »Wo warst du, als wir hier draußen saßen?«

Er zuckte mit den Achseln. »Im Haus.«

»Wolltest sehen, was anders ist. Nicht viel. Es hat sich nicht viel geändert, abgesehen von Alja. Was sie mitgebracht hat. Du hast das Wohnzimmer gesehen. Ihre Modesachen. Unendlich viele Kleider. Aus mir will sie einen Künstler machen.« Ich lachte. »Sie liebt Künstler. Jetzt liebt sie mich. Also muß sie aus mir einen Künstler machen. Wir richteten eine Werkstatt ein. Ihr zuliebe bastle ich hin und wieder etwas. Ich zeige es dir morgen, wenn du willst. Sonst ist alles beim alten geblieben. Es wächst jetzt bloß in eine andere Richtung. Ohne Mutter, wie es ausschaut. Aber mit euch, hoffe ich.«

»Ich weiß nicht, Vater.«

Ich schaute auf, als er mich Vater nannte. Ich hatte mich nie an das Wort gewöhnt, hatte die Kinder immer gedrängt, mich Franz zu nennen, was natürlich auf den Widerstand Evelines stieß: Ich sei Vater, also sei auch nichts Schlechtes dabei, wenn mich meine Söhne so nennen würden. Vielleicht hatte sie recht. Doch als mich Wilhelm nun Vater nannte und das Wort betonte, spürte ich den vorwurfsvollen Unterton. Als wolle er mich damit darauf hinweisen, was ich hätte sein sollen, aber nicht war. Nicht mehr, vielleicht nie gewesen war. Jetzt saßen wir mitten in der Nacht, leicht fröstelnd, im Freien, vor einem Feuer, dessen Kraft langsam versiegte, Vater und Sohn, die Mutter unerreichbar. Vielleicht spürte ich in diesem Augenblick mein Vatersein zum ersten Mal wirklich. Wilhelm aber leitete den Abschied ein. Ich legte ein Scheit ins Feuer.

»Ich habe euch beobachtet.«

»Alja und mich? Vorher? Sie hat sich schlafen gelegt. Wir waren hier draußen, und was du gesehen hast, ist –«

Alja und ich waren draußen, wir kamen uns nahe, dachten, die Knaben hätten sich schlafen gelegt. Doch Wilhelm schüttelte den Kopf. Er meinte etwas anderes.

»Im Keller. Vor einigen Monaten. Zu Hause. Du warst mit Mutter im Weinkeller.«

»Im Weinkeller? Ja, kann sein. Ich war oft unten, allein, reinigte meine Waffen, dachte nach. Sie versuchte manchmal, mich aus dem Keller zu locken. Mit Kuchen, den ich nicht mag.«

»Weg von den Waffen.«

Wilhelm sagte das so nüchtern, daß ich nicht ahnte, worauf er hinauswollte.

»Sie sah es nicht gern, wenn ich mich um die Waffen kümmerte.«

»Du hast sie gequält.«

Sein Stecken hatte am vorderen Ende Feuer gefangen. Wilhelm hielt ihn hoch und schaute zu, wie sich die Flamme voranfraß, dann aber verlöschte. Er schien mehr zu sich selbst als zu mir zu sprechen. Er hatte mich, ich spürte das in jenem Augenblick, bereits verurteilt, bevor ich etwas dazu sagen konnte. Noch bevor ich wußte, weshalb ich mich verteidigen mußte. In dieser Hinsicht schlug er seiner Mutter nach.

»Was soll das heißen, Wilhelm? Wir quälten uns beide, deshalb war es besser, wir trennten uns. Ich mußte gehen, es war längst schon Zeit.«

Wieder schüttelte er den Kopf.

»Du hast sie im Weinkeller zu etwas gezwungen,

das sie nicht wollte, etwas, das ihr zuwider war. Ich hörte den Schuß. Wir waren im Garten. August sagte, das sei ein Champagnerkorken gewesen, dann das Klirren der Scheibe. Die Scheibe zerbrach, das ist wahr. Aber es war ein Schuß. Als ich ihn hörte, schlich ich zum Kellerfenster. Ich sah euch. Du schlugst sie, du –«

Er verstummte. Er sah, daß ich die Hand erhoben hatte. Ich selbst sah es, sah meine Hand in der Höhe, sah sie über Wilhelms Kopf schweben, reglos, und fragte mich, ob ich ihn schlagen würde. Das dauerte einige Sekunden, nicht lange, doch lange genug, daß Wilhelm zurückwich. Ich ließ die Hand sinken.

»Im Keller war nichts, Wilhelm. Verstehst du? Da war *nichts*. Nichts ist geschehen. Nichts ist geschehen, was zwischen Eheleuten nicht geschehen darf. Du wirst das eines Tages verstehen.«

Er nickte. Wir schwiegen lange. Oben ging ein Fenster auf, Alja schaute heraus und winkte uns verschlafen zu. Wilhelm stand auf. Er sagte, er würde sich schlafen legen und ging ins Haus. Am nächsten Morgen war er weg. Sein Bett war unbenutzt. Ich sah ihn kaum mehr. Einmal, als er mir Sonja vorstellte, besuchte er mich in Tschierv. Das ist jetzt alles weg. Meine Frau, das Chalet, mein Sohn.

Eveline In jeder Schublade, auf jedem Schrank lag eine bereit. Geladen, entsichert. Franz verehrte Waffen. Jederzeit konnte er eine unvermutet in der Hand halten. Im Wohnzimmer versteckte er eine in der Bar, im Geräteschuppen im Garten, in der Garage befand sich eine in der Werkzeugkiste. Als ich einmal in eine Straßenkontrolle geriet, griff ich im Handschuhfach nach den Papieren und zog eine heraus. Der Polizist trat einen Schritt zurück. Ich warf sie ihm vor die Füße. Er bückte sich und hob sie, selber ratlos, auf. Sein Gesicht erhellte sich, als er meinen Ausweis sah. Er gab sie mir lächelnd zurück und ließ einen Gruß an Franz, den Waffenbruder, ausrichten.

Franz wollte mich mit Waffen vertraut machen. Er hatte sich gewünscht, daß ich mit ihnen umgehen könnte. Schutz seien sie, nicht Gefahr. Vor meinen Augen leerte er das Magazin, damit ich eine in die Hand nahm. Sie fühlte sich glitschig an, fettig und schmierig und roch nach Stahl und Schweiß und Tod. Ich spürte den Widerstand physisch. Ich spürte ihn wie später in dem St.Galler Waffengeschäft, als ich den Händler bedrohte, nur gelang es mir da, den Widerstand zu überwinden. Die Waffe ekelte mich. Mein Körper verspannte sich. Franz sprach von Kalibergröße, Munition, Rückschlag, vom Nutzen einer Waffe im Haushalt, von der Sicherheit, die sie mir geben konnte, akzeptierte ich sie nur als meinen Freund.

Die Söhne spielten im Garten, als ich einmal zu Franz in den Keller stieg. Er hielt sich oft unten auf. Hier baute er die ersten seiner grotesken Objekte, von denen es in Tschierv eine Menge geben soll und die vor ein paar Jahren eine Lausanner Galerie ausstellte. Kunst! Seine Frühwerke jedenfalls sind unwiederbringlich verloren. Ich warf sie nach seinem Auszug auf den Müll.

In einer abschließbaren Vitrine im Weinkeller bewahrte er seine Waffen auf. Ich stellte das Tablett mit zwei Weißweingläsern und einem Kuchen auf den kleinen Tisch. Franz fettete eine Waffe ein. Über die Werkbank gebeugt, vor ihm die geöffnete Waffenvitrine, nahm er mich nicht wahr. Ich beobachtete ihn und versuchte gleichzeitig, die Waffen zu übersehen. Ich warf die Vitrinentür zu. Franz schaute erschrocken auf. Das Reinigungsritual war an der Waffe vollzogen, die Munition wieder eingelegt. Er wollte sie zurücklegen und stand auf. Ich trat zur Seite. Er blieb, die Pistole in der Hand, dicht vor mir stehen.

»Nimm«, sagte er nur.

Ich zögerte.

»So nimm schon!«

Sein Ton war fordernd. Ich meine, Franz hatte auf diesen Augenblick gewartet, unbewußt vielleicht. Ich wich zurück und schüttelte den Kopf. Er nahm mir das Glas aus der Hand und stellte es auf die Kommode. Die Waffe in der Hand, kam er näher. Er stand zwischen mir und der offenen Tür. Plötzlich hielt ich sie. Die Waffe war unerwartet schwer, mein Arm senkte sich. Franz packte mich an den Schultern und drehte mich herum. Er war grob. Breitbeinig stellte er sich hinter mich. Sein Körper drückte sich an meinen, seine Arme legten sich auf meine, die Hände stülpten sich über meine, welche die Waffe hielten. Lang und schwarz waren seine Fingernägel. Ich roch Fett. Ich vermochte kaum, die Waffe zu halten. Er nahm meinen Zeigefinger und zwängte ihn durch die Öffnung des Abzuges. Ich konnte ihn nicht zurückziehen. Zwecklos, schon berührte er den Abzug. Ich hielt den Atem an. Mein Finger erschlaffte. Sein Körper preßte sich enger an meinen, umschloß mich von allen Seiten, die Waffe, mein verlängerter Arm, sein drängendes Geschlecht. Er keuchte. Ich schloß die Augen, schrie und riß mich los, da feuerte die Waffe ab. *Ich* feuerte sie ab.

Mein Schrei durchbrach die Wand, riß ein Loch in die Mauer, mir schien, ich sähe den Himmel. Alles um mich wurde schwarz, als ich die Augen öffnete. Blind war ich, durchfuhr es mich, geblendet für immer. Mehrere Flaschen, vom Querschläger getroffen, zersplitterten, Scherben spritzten zu Boden, aus der Wand floß rote Flüssigkeit. Es roch nach Wein und Ruß und Schweiß und Angst. Meine Ohren waren taub von der Detonation, vom Schreck. Franz hielt mich noch, kraftlos jetzt. Ich warf seine Arme ab, stieß den trägen, behäbigen Körper zurück, da schrie er auf. Ein Grunzen oder das Fauchen eines in seinem Stolz verletzten Tieres. Bedrohlich stand er vor mir, schwankte mir entgegen. Er wollte mich schlagen. Nie hatte er das getan, und nie hätte ich gedacht, er könnte es tun. Wie hatte ich mich in diesem Menschen so täuschen können! Ich flüchtete, taub, in die Waschküche und verriegelte die Tür. Franz drang gegen sie an, er polterte, schrie und warf seinen Körper gegen das Holz. Ich drückte mich von der Innenseite dagegen, nicht um, wie ich erst meinte, die Tür zu verstärken, sondern um seine Schläge zu spüren. Ich schlang meine Arme um meinen Körper und preßte meinen Rücken gegen die Tür. Seine Schläge prallten gegen das Holz, es zitterte, ich schrie, Wut brach durch. Der Rücken schmerzte, Holzspäne ritzten meine Haut, mein Kopf zersprang. Als Franz endlich zur Ruhe kam, sank auch ich in mich zusammen.

Er zog ab. Bald zog er aus.

Ich wußte, daß er Freundinnen hatte. Gespielinnen. Solange er zwischen diesen und mir unterscheiden konnte, redete ich mir ein, solange er seine Geilheit von der Liebe zu mir trennte, konnte ich damit leben. Was war ich naiv! Ich dachte, der Akt müsse die Liebe nicht unbedingt verraten. Ich dachte, Franz brauche das wie ein Tier. Ich versuchte, Körper und Gefühl zu trennen, und sah nicht ein, daß so das eine das andere auffraß. Ich meine, er schien das zu können. Der Akt mag für ihn ein körperliches Bedürfnis sein, das man stillt, wenn es juckt. Es juckte ihn so oft, wie andere zur Toilette gehen. Ich wollte nicht wahrhaben, daß ich mit diesem Eingeständnis die Achtung, die ich vor ihm wahren wollte, bereits verloren hatte. Wir haben Kinder, sagte ich mir, wir haben das Haus, den Garten, fürs Wochenende das Chalet in Tschierv, wir haben uns Wohlstand erarbeitet, gesellschaftliches Ansehen, Anerkennung. Wir waren privilegiert, was wollte er noch?

Im Weinkeller hatte er die Grenze, die ich zwischen uns gezogen hatte, überschritten. Er hatte mich plötzlich als eine seiner Gespielinnen gesehen. Ich konnte nicht zurück, wollte es nicht. Ein nächstes Mal durfte es nicht geben. Franz, gierig und verletzt, hätte dafür gesorgt, daß ich mich nicht hinter einer Buchentür mit Eisenscharnieren schützen könnte. Er würde eine Gelegenheit schaffen; gleichzeitig versuchte er sich zu beherrschen. Ich spürte vor Franz die Angst, die von seinen Waffen ausging.

Wir besprachen den Vorfall nicht. Es gab nichts zu sagen.

Ich fragte ihn nur: »Warum? Warum, Franz? Was ist der Grund? Ich verstehe dich nicht.«

Er zuckte mit den Achseln. Er wußte es auch nicht.

»Alles«, sagte er.

»Was, alles?«

Alles habe er haben wollen. Jedesmal. Und wieder. Nichts sei ihm genug gewesen. Er zuckte wieder mit den Achseln, schüttelte den Kopf, sprachlos. Es tue ihm leid, stotterte der bärenstarke Mann. Er zitterte, Tränen drückten in seine Augen. Er bat mich um Verzeihung, doch da war nichts mehr zu verzeihen.

Alja war nichts Besonderes. Sie traf es, das ist alles. Sie war die letzte, die mich anging. Alle geben ihr die Schuld am Scheitern unserer Ehe, weil sie meinen, Alja sei Franz' einziger Ausrutscher. Die eigentliche Schuld aber weisen sie mir zu, weil sie mich für zu kleinmütig halten, dieses vermeintlich einmalige Vergehen zu verzeihen. Meine Mutter sagte, ich sei ein Gott des Alten Testaments, unerbittlich, rachsüchtig, humorlos und unfähig zu verzeihen. Sie nimmt Aljas Namen mit unverhohlener Bewunderung in den Mund. August spricht abschätzig von ihr, doch mit seinen Bemerkungen meint er mich. Wenn er nur wüßte, wie sehr Alja seiner Lebenspartnerin Alessandra gleicht. Und Sonja ... Es sind dieselben Frauen, von denen meine Familie heimgesucht wird.

Nennen Sie es eine Krankheit, ich konnte Franz nicht helfen. Ich hätte ihm nicht helfen können, wäre ich bereit gewesen, mich, meine Ehre, meinen Stolz, meine Würde zu opfern. Ich weiß nicht, was geschehen wäre, hätte ich die Szene im Weinkeller nach seinen Regeln mitgespielt. Ich hätte mich auf das Niveau seiner Huren begeben ... hätte vor ihm ... vor mir den Respekt verloren ...

Er dachte, ich merkte nichts. Als ich das begriff und

meine Unmöglichkeit, damit zu leben, wollte ich mich von ihm trennen. Ich wollte, daß er ging, ohne ihn zu zerstören. Das übernahm er selber. Jetzt sitzt er in einem Zürcher Hotelzimmer, ein Wrack, mein einstiger Mann, der Vater meiner Kinder, die ihm nachtrauern, weil ich sie vor ihm bewahrt habe ... Über das Chalet senkte sich der Berg, und ich bin geneigt, darin eine späte Strafe Gottes zu sehen ... Näff plädierte bei der Scheidung auf tiefe Zerrüttung. Ein dehnbarer Begriff. Mehr wollten wir nicht preisgeben. Franz war einverstanden. Die Stadt delektierte sich schon schamlos am Konkurs.

Er verschwand mit Alja. Das heißt, Alja nahm ihn zu sich. Sie wohnte bereits seit ein paar Monaten als seine Geliebte in unserem Wochenendhaus in Tschierv. Er ahnte nicht, daß ich über einige seiner Liebschaften auf dem laufenden war. Er wähnte sich in Sicherheit. Sein Drang nahm zu, die Vorsicht ließ nach. Ich ließ mir nichts anmerken, nährte mit meiner Enttäuschung meine Wut und wurde, wie Franz einmal erstaunt feststellte, täglich schöner. Lange hatte er mich auf eine andere Weise geliebt, ich war für ihn eine Göttin, verklärt, unnahbar. Doch mit einer Göttin schläft man nicht.

Ich fuhr unter der Woche ins Münstertal, als Franz ein Termin zuverlässig in der Firma festhielt. Alja war ein hübsches Ding, von vertrackter Raffinesse. Ich schätzte sie gegen Dreißig. Sie nahm mich sofort für sich ein. Wir waren Schwestern für die wenigen Stunden im Münstertal. Später sah ich nur noch Fotos von ihr. Sie ist äußerst erfolgreich, ich meine, sie dreht zur Zeit einen Film in Amerika oder singt am Broadway. Was für eine Karriere für ein Mädchen aus der tschechischen Provinz!

Wir brauchten nicht viel Zeit. Sie spürte, daß ich sie

nicht täuschen wollte, also beschloß sie, auch mich nicht zu täuschen. Ich betrat das Haus und legte die Karten auf den Tisch. Sie legte ihre dazu, nachdem sie, um die Lage durchzudenken, einige knappe Kreise im Wohnzimmer gezogen hatte. Ich sagte ihr, ich hätte die Eskapaden meines Mannes endgültig satt. Ich verriet ihn nicht. Seinen Unterleibshunger mußte Alja kennen, sie konnte scheinbar damit umgehen, zumindest für eine Weile. Ich schlug ihr vor, ihn zu übernehmen. Sie lachte laut auf. Ihn übernehmen? Genauso sagte ich es. Und das Chalet dazu. Sie lachte, lachte Tränen. Sie stand auf und machte uns Kaffee. Als sie aus der Küche zurückkam, lachte sie noch immer.

Sie sei einverstanden, sagte sie.

Dann sprachen wir über Mode.

Im frühen Nachmittag fuhr ich nach Hause, kochte für Franz und sagte ihm beim Abendessen, ich wolle nicht mehr länger mit ihm unter demselben Dach wohnen. Ich ließ ihm eine Hintertür offen. Noch am selben Abend fuhr er ins Münstertal, Alja hatte versprochen, sich über den Besuch freudig überrascht zu geben. Vor den Kindern verschwieg ich Franz' unzählige Liebschaften. Ich wollte nicht, daß sie mit dem Vater auch die Achtung vor ihm verlieren.

Sonja Am Mittwochabend stand er wie immer, nur etwas später, mit der Tragtasche eines Berner Warenhauses und dem Mantel über den rechten Arm geworfen unter der Tür. Ich hatte ihn kommen gehört, setzte mich aufs Wohnzimmersofa und wartete, daß er meinen Hinterkopf küßte.

»Ist der Tag noch nicht vorbei, Wilhelm?« Ich spürte ihn hinter mir stehen.

»Jetzt mußt du tapfer sein, Spatz.«

Ich schaute ihn an. »Wieso tapfer? Willst du mich verlassen?«

Er schwieg. Er stand beim Schrank im Wohnzimmer, in dem wir unsere Spirituosen aufbewahren, öffnete die Tür und überlegte. Viel zu überlegen gab es da nicht. Er konnte zwischen meinem Marillenschnaps und Martini bianco oder rosso wählen.

»Haben wir keinen Lagavulin?«

»Keinen was?«

»Lagavulin. Ein schottischer Malzwhisky.«

»Du trinkst doch nie Whisky, Wilhelm.«

»Wir sollten Malzwhisky im Haus haben, Sonja, falls Vater kommt.«

»Franz?«

»Ich habe nur einen Vater.«

»Ja, natürlich, nur...«

»Er trinkt gern Whisky.«

»Ich verstehe nicht, Wilhelm. Dein Vater war nie hier.«

»Er wird kommen. Ich habe ihn eingeladen.«

Ich stutzte. Wir hatten Franz seit unserem Besuch in Tschierv nicht mehr gesehen. Wilhelm war damals zu seinem Vater gefahren, um, wie mir schien, mit dieser Lebensphase abzuschließen, vielmehr, um herauszufinden, ob er mit dieser Phase abschließen mußte. Das Ergebnis wußte er schon vorher. Seither erwähnte ihn Wilhelm nicht mehr. Meinen Versuchen, über seinen Vater zu sprechen, wich er aus wie Eveline. Franz' Angebote, ihn im Münstertal zu besuchen oder uns das

Chalet allein für ein Wochenende zu überlassen, erwiderte er nicht. Es gab vereinzelte Telefongespräche, von denen ich nur erfuhr, wenn ich sie selber entgegennahm.

Mich hatte Wilhelm in Tschierv dabei haben wollen, um nicht mit seinem Vater allein sein zu müssen. Ich war seine neue Phase, mit der er sich von der alten ablöste. Jetzt ist auch die neue Phase zu Ende. Vielleicht sollte ich das so nüchtern betrachten. Vielleicht muß ich es nicht einmal persönlich nehmen. Ging nicht zu Ende, was ohnehin nicht auf Dauer gedacht war? Vielleicht müßte es nicht einmal Lüthi, hätte er noch Gelegenheit dazu, persönlich nehmen.

Ich denke oft an jenes Wochenende. Hatte Franz versucht, mit mir zu schlafen? Hatte ich mir alles nur vorgestellt, geträumt? Meine Erinnerung an diese Nacht ist verschwommen. Da waren nur Gerüche, Schemen, vage Eindrücke in meinem Kopf. Schaler Bieratem, düstere Farbwolken. Die Ausdünstung eines Körpers, der auch meiner sein konnte. Durch das Bier, das ich trank, war er mir fremd geworden. Das Knarren der Dielen wies nicht zwingend auf jemanden hin, der sich meinem Zimmer näherte. Holz knarrt von allein – und löst Fantasien aus. Ich weiß nicht, weshalb mich diese Nacht, diese Ungewißheit so beschäftigt. Sie beschäftigt mich wieder seit Wilhelms Tat. Es wurde meine erste Nacht mit ihm.

Wilhelm ist weg. Oft nehme ich Walter in die Arme, drücke ihn an mich und entlasse ihn verstörter, als ich es bin. Ich sollte das nicht tun. Es ist ein Versuch, ohne Worte zu verstehen. Ich verstehe nur, daß es möglicherweise nichts zu verstehen gibt. Ein Rätsel ohne Lösung.

Die Dinge sind, wie sie sind. Werde ich das akzeptieren können?

»Du hast Franz eingeladen? Zu uns? Wann ...«

Er nickte. »Ich habe sie alle eingeladen, Vater, Alja, Mutter, August, seine Frau, Nadine.«

»Deine Großmutter auch? Weshalb, um Himmels willen –«

»Ich habe euch etwas mitzuteilen.«

Ich starrte ihn an.

»Ich erschoß den Bundesrat, Spatz.«

Er sah über mich hinweg, als hätte sich die Familie bereits im Wohnzimmer eingefunden, eine geladene Gespensterversammlung, die Gläser in der Hand und voller angespannter Erwartung auf die Ansprache des Gastgebers.

Ich drehte mich rasch um, da war keiner.

»Ich dachte, du solltest es vorher erfahren. Vor den anderen, meine ich.«

Ich ging nicht darauf ein.

»Was hast du dir dabei gedacht? In Evelines Gegenwart darf man Franz nicht erwähnen, Nadine und August sind sich spinnefeind, du selber sagtest nach dem Besuch bei deinem Vater, ›Das war's‹, ich ... ich meine, Wilhelm, ich weiß nicht, ob das eine gute Idee ist.«

»Ich habe ihn erschossen.«

»Was? Wen? Ich ...«

»Bundesrat Lüthi, Spatz. Er ist seit ein paar Stunden tot. Seit etwa halb zwei. Hast du es nicht in den Nachrichten gehört?«

Ich starrte ihn an. War er übergeschnappt? Was redete er da? Wen wollte er erschossen haben? Endlich begriff ich. Ich lachte laut auf. Ich schaute ihn an und gab ihm einen Kuß. Dumme Gans, dachte ich, jetzt hat er dich wieder erwischt. Nennt er dich Spatz, läuft eine seiner Nummern.

Wilhelm blieb reglos. Das gehört zu den Spielregeln. Na gut. Ich kann auch ruhig sein.

Ich zündete eine Zigarette an und lehnte mich zurück.

»Wie hast du's gemacht, Spatz?«

Er setzte sich in seinen Sessel, doch schlug er nicht die Beine übereinander, wie er es sonst tat. Er spreizte die Beine, stützte die Ellenbogen auf die Knie ab und beugte sich zu mir vor. Er sprach eindringlich und überzeugend. Diese Abweichungen von der Gewohnheit fallen mir auf, seit ich sie einzuordnen weiß.

»Ich bin nach Bern gefahren und habe eine Waffe gekauft. Eine Beretta. Bei Munzinger an der Gerechtigkeitsgasse.«

»Zeig sie mir.«

»Ich drückte sie beim Verlassen des Lokals einem Passanten in die Hand.«

Ich schüttelte mißbilligend den Kopf.

»Das ist nicht klug, Wilhelm. Wie soll ich dir nun glauben?«

»Ich kann dir die Quittung zeigen.«

Er spielte konsequent. Er stand auf, ging in den Korridor, holte sie und setzte sich wieder. Ich strich das kleine Stück Papier glatt. Munzinger, Gerechtigkeitsgasse, Bern. Die Quittung trug das heutige Datum. Ich holte Luft. War er tatsächlich in Bern gewesen? Kommissionssitzungen führten ihn hin und wieder in die Hauptstadt. Die Quittung sah echt aus, war aber ohne Namen ausgestellt. Er konnte sie auf der Straße gefunden und daraus dieses Hirngespinst gewoben haben. Oft war das der Anlaß einer seiner Nummern, ein zufälliger Fund oder eine vergilbte Fotografie, aus der Wilhelms Fantasie den Faden einer Geschichte zog. Diesmal hatte er die Grenze zu schnell überschritten. Am Klang seiner Stimme, an der Art, wie er das Wort Waffe betonte, glaubte ich, die Lüge zu hören. Ich wußte an jenem Mittwoch noch nicht, ob wirklich ein Bundesrat erschossen worden war. Ich hatte nicht Radio gehört, nur auf ein paar neuen CDs Rhythmusstücke für den Jazztanzkurs gesucht. Oder ich war, geschult durch langjähriges Zuhören, aufmerksamer geworden.

»Du hättest eine Waffe ausleihen können. Wir sind zur Zeit etwas knapp, Walter braucht –«

Er schüttelte den Kopf.

»Ich wollte niemanden mit hineinziehen.«

Natürlich. Zu simpel, Sonja. Neuer Versuch.

»Wo hast du ihn getötet?«

»In einem Lokal. Das *National* am Bärenplatz. Du kennst es. Wir waren einmal dort, vor sechs, sieben Jahren. Mutter war dabei. Wir tranken Champagner und feierten Walter, von dem wir noch glaubten, er sei eine Tamara. Regierungsleute verkehren dort.«

Ich nickte. Ich erinnerte mich.

»Warum hast du das getan, Wilhelm? Warum gerade Lüthi? Was hast du für einen Grund?«

»Ich habe seiner Witwe noch von Bern aus Blumen schicken lassen.«

»Blumen?«

»Natürlich anonym.«

»Natürlich. Ich verstehe.«

Ich verstand überhaupt nicht. Hier ging es nicht um

Bäckermeister Buk oder die Verwünschungen der Kräuter-Kaja. Seine Nummer war geschmacklos. Das unterschied sie von den anderen. Ich starrte ihn an, doch sein Gesicht blieb verschlossen.

»Hat er lange leiden müssen?«

»Er war gleich tot. Die Kugel traf ihn ins Herz. Sein Körper sackte lautlos in sich zusammen. Ich stand weniger als drei Meter vor ihm. Man bringt uns das in der Rekrutenschule bei. Du zielst auf das Schwarze in der Scheibe, denkst aber, es sei das Herz deines Feindes. Oder die Stirn. Die Stirn geht auch.«

»Und wie bist du entkommen? Um die Mittagszeit war das Lokal bestimmt gut besetzt. Hast du die Kellnerin als Geisel genommen?«

Schaler Witz, gekünsteltes Lächeln. Er schüttelte leicht den Kopf. Nicht aus der Rolle fallen. Wenn wir spielen, spielen wir konsequent.

»Das war nicht nötig. Die Leute im Lokal erstarrten. Sie blieben reglos. Nach dem Schuß zog ich mich ruhig zurück. Dem Türsteher drückte ich ein Zweifrankenstück in die Hand. Erst als ich das Lokal verlassen hatte, hörte ich Stimmen und Geräusche. Es wurde ziemlich laut.«

Er schwieg.

War das jetzt das Ende des Spieles?

»Dann bist du mit dem Intercity nach Hause gefahren?«

»Ja. Ich hatte noch Zeit für einen Whisky im Bahnhof Bern.«

Daher der Whisky, dachte ich. Er roch ein wenig nach Alkohol.

»Hoffentlich hast du der Witwe nicht wirklich Blumen geschickt, Wilhelm. Das wäre ziemlich geschmacklos.«

Er lächelte, und zum ersten Mal war mir sein Lächeln fremd.

»Natürlich nicht, Spatz, das war nur ein Scherz. Sie wird zum Begräbnis jede Menge Blumen erhalten, Blumen, die wir uns gar nicht leisten können.«

Ich nickte und stand auf.

»Will, du hast gewonnen, ich gebe auf. Ich erwische dich nicht. Laß uns kochen.«

Er sagte nichts.

»Mein Gott, Wilhelm, hör auf mit diesem verfluchten Spiel. Siehst du nicht, daß es mich krank macht!«

»Ich habe Magenschmerzen«, sagte er endlich. »Im Speisewagen boten sie Fondue an und ...«

»... du kannst nicht widerstehen, obwohl du weißt, daß ...«

»... es mir auf dem Magen liegt.«

Eigentlich ein Anlaß, sich in die Arme zu schließen. Gewohnheitssätze, die man nur erträgt, wenn der andere sie beendet. Und wir sprachen vom Essen. Das hätte uns gemäß Spielregeln in die Küche geführt.

»Hast du Tee dazu getrunken?«

»Mineralwasser.«

»Siehst du.« Ich versuchte ein Lächeln.

Er winkte ab. Schluß der Vorstellung? Er lehnte sich, die Arme auf dem Rücken verschränkt, an die Wand, zwischen die Uhr und sein Portrait, das uns Franz vor zwei Jahren schenkte, kommentarlos, per Post. Wilhelm hängte es ebenso kommentarlos an die Wand. So werde ich ihn in Erinnerung behalten, meinen Will und, hinter ihm, in tiefblauer Verdoppelung, sein kühles Portrait.

»Warum kommst du nicht?«

Es war die helle Stimme Walters, der es nicht länger in seinem Zimmer ausgehalten hatte. Sein Vater war überfällig, längst hätte er auch Walter begrüßen sollen. Vielleicht hatte er uns zugehört, unsere Türen sind nie verschlossen. Walter stand unter der Wohnzimmertür und starrte seinen Vater an. Wilhelm blieb reglos. Walter, ohne seinen Blick von ihm zu lösen, trat zu mir. Ich legte den Arm um seine Schulter und zog ihn fest an mich.

Wilhelm begann leise zu sprechen, zu niemand Bestimmtem, wie mir schien, und füllte mit sachlicher Stimme das Wohnzimmer.

»Du bist als Ehegattin nicht verpflichtet, mich der Polizei zu melden, Sonja. Du machst dich nicht mitschuldig. Aber wenn es dein Gewissen erleichtert, tu es. Ich denke, sie werden mich ohnehin morgen verhaften, oder heute schon. Der Scheidung werde ich natürlich zustimmen. Das Sorgerecht für Walter mache ich dir nicht streitig. Wie könnte ich, vom Gefängnis aus... Walter... Es schadet nicht, wenn du die Wahrheit erfährst, in der Schule wird man ohnehin darüber reden. Besser, du erfährst sie von mir. Du weißt, daß ich dich liebe... euch beide... Kommt mich vorerst nicht besuchen, erst später, in einem Jahr vielleicht.« Er stieß sich von der Wand ab. »Ich verspüre ein bißchen Hunger. Ich habe Ravioli mitgebracht. In Bern fand ich einen ausgezeichneten Comestible, der mich an Rodriguez erinnerte.« Er versuchte ein Lächeln, um die Anspannung zu lösen. »Gibt es noch von deinem Pesto, den ich so gern mag?«

Ich atmete schwer. Ich wußte nicht mehr, wie ich mich

aus dem Spiel retten konnte. Was gehörte dazu, was nicht? Wie weit trieb er es noch? Er spürte nicht, daß er mich quälte, oder er nahm es in Kauf. Ich wehrte mich zu glauben, daß er Bundesrat Lüthi tatsächlich erschossen haben könnte, und jetzt, seit ich es weiß, habe ich die besten Stunden, wenn ich so tue, als wäre es nicht wahr, als müßte ich nur, während Walter in seinem Zimmer spielte, mit geschlossenen Augen auf Wilhelm warten, und schon kommt er nach Hause, legt seine Hände auf meine Schultern und erzählt todernst seine Märchen, bis ich es nicht mehr aushalte und sein Hirngespinst zerlache.

Jetzt hat er eines verwirklicht.

Wir wechselten in die Küche, packten seine Einkäufe aus und setzten die Ravioli auf.

Walter hilft mir dabei, ohne daß ich ihn auffordern muß. Er hat ein Talent fürs Kochen.

Ich erhob mich.

»Gleich halb acht«, sagte ich, um das Thema zu wechseln, »komm, laß uns vor dem Fernseher essen. Ich bringe dir die Ravioli, und dazu schauen wir uns die Tagesschau an.«

Fünf

Da, Onkel, beißt nicht!

Eveline Das *National,* es gab kein anderes Ziel.

Der Türsteher begrüßte mich. Netter, altmodischer Brauch. Er nickte freundlich; hatte ich ihm zuviel Trinkgeld gegeben? Ich schaute mich um. Hier also. Das Lokal war groß, die Gäste drängten sich an ihren Tischen. Wo hatte Hans Lüthi gesessen? Alle Tische waren besetzt. Hinten im Lokal befanden sich einige Nischen, die ich erst sah, als sich meine Augen an das rauchige Dämmerlicht gewöhnt hatten. In einer dieser Nischen? Lüthi hätte, mischte er sich unters Volk, etwas Abstand gewollt. Jemand drängte von hinten nach, schubste mich, ich setzte mich in Bewegung, schritt zwischen den Tischen hindurch, die Waffe in der Handtasche umklammert. Nur drei Tage nach der Tat erinnerte nichts mehr an sie. Das Lokal war bereits seit Donnerstag wieder geöffnet. Hatte man Lüthis Blut weggewischt oder Tisch und Stuhl ersetzt? Blutflecken sind hartnäckig. Wenn man sie sofort mit Salz und eiskaltem Mineralwasser wegreibt, bringt man sie vielleicht aus dem Tischtuch. Hier gab es keine Tischtücher. Die Holztische waren lackiert, nichts würde Flecken hinterlassen.

Wilhelm betrat das National.

Gefiltert drang das Tageslicht durch die trüben Butzenscheiben und vermengte sich mit den Rauchschwaden zu diffusem Nebel. Ich versuchte, ihn mit der Hand wegzuwischen, traf eine Schulter und murmelte eine Entschuldigung. Mitten im Lokal, im Gang zwischen den Tischen, blieb ich stehen, eine Kellnerin drängte sich an mir vorbei. Wilhelm schritt auf mich zu. Er trug seinen beigen Lodenmantel, vorne lose zugeknüpft. Die rechte Hand steckte in der Tasche.

»Nicht!« rief ich laut, »Wilhelm, *nein!*«

Er antwortete nicht. Er nahm mich nicht wahr, obwohl er in meine Richtung sah. Die Gäste schauten auf, ihnen war ich aufgefallen. Ich streckte die Arme aus, um ihn aufzuhalten, ich hätte mich ihm entgegengeworfen, doch er schritt durch mich hindurch.

»Hier wird ein Tisch frei«, hörte ich, vier beleibte Damen erhoben sich gleichzeitig, gleichzeitig strichen sie sich die Röcke über ihre Beinpfosten, vierstimmig boten sie mir ihren Platz an. Ich setzte mich in ein Schlachtfeld von Torten und Schnäpsen.

Ohrenbetäubend fiel der Schuß.

»Haben Sie einen Wunsch?«

Hinter mir stand der Kellner.

Was für einen Wunsch? Er sollte mich das nicht fragen.

»Nein«, sagte ich und blickte mich im Lokal um. Niemand hatte den Schuß gehört, nichts war geschehen, doch spürte ich die Blicke der Leute erwartungsvoll auf mir.

»Nein«, wiederholte ich mit fester Stimme, »ich habe keine Wünsche.«

»Sie müssen konsumieren, sonst können Sie nicht hier sitzen. Zu viele Gäste, die konsumieren wollen, finden um diese Zeit keinen Platz. Ich darf sie also bitten, mir Ihre Bestellung aufzugeben oder das Lokal zu verlassen.«

Sonja Ich kann nicht sagen, ob mir Franz im Hotelzimmer das Kondom tatsächlich anbot oder ob es ihm lediglich aus dem Portemonnaie fiel. Er begrüßte mich vor dem Hoteleingang. Ich blieb im Regen stehen, weil es mir unangenehm war, in der Lobby auf ihn zu warten. Franz zögerte erst, drückte mich dann an sich. Wir hatten uns ein halbes Jahrzehnt nicht gesehen. Als er mich losließ, spürte ich eine feuchte Stelle an meinem Hals, Tränen oder der Versuch eines Kusses. Er führte mich durch die Hotelhalle zum Lift, ein bläulich schimmerndes Metallgehäuse, das uns geräuschlos in den vierten Stock trug. Ich hatte kaum den Mantel abgelegt und mich aufs Sofa gesetzt, als Franz seinen Geldbeutel aus der Hosentasche zog.

Er brauchte eine Weile, bis er ihn herausgenestelt hatte. Er war dicht gefüllt und blieb an der Gesäßtasche hängen. Franz machte einen armseligen Eindruck. Leise fluchend, die rechte Hand am Hintern, krümmte er seinen Körper, um an die Tasche zu kommen. Als er das Portemonnaie endlich in der Hand hielt, klappte es auf, und zusammen mit Kreditkarten, Ausweisen und Papierkram sprang das Kondom heraus. Der Trick eines mittelmäßigen Taschenspielers, der sich im Augenblick der Vorführung entlarvt sieht. Franz grinste verlegen. Für ein paar Sekunden lag der Gummi zwischen uns auf dem Boden.

Er stand breitbeinig vor mir, ich saß auf dem Sofa. Ich blickte flüchtig an ihm herunter. Das Ding berührte fast meinen linken Fuß. Ich hätte es mit einer Seitenbewegung wegkicken können. Franz zögerte. Überlegte er sich, ob er es aufheben sollte? Hätte er sich gebückt, hätte er meine Beine berührt. Ich trug Nylonleggings,

Turnschuhe und einen langen, flaumigen Pullover, der mir fast bis zum Knie hing.

Ich stand auf und ging zum Balkon. Die Stadt verschwand allmählich im Nieselregen und der einsetzenden Dämmerung. Es war bereits kurz vor neun. Bei klarer Sicht hätte sich mir hier das Seepanorama geboten. Franz den Rücken zugewandt, blieb ich stehen, doch konnte ich ihn in der Fensterscheibe beobachten. Wollte er mir mitteilen, daß er allzeit bereit war, während sein Sohn so schnell keine Gelegenheit mehr haben dürfte, dachte ich. Wollte er nachholen, was er in jener Nacht in Tschierv versäumt hatte? Das Kondom könnte zufällig herausgefallen sein. War es Anmache? Der plumpsten Art. Der verzweifeltsten Art. Er konnte nicht ernsthaft glauben, ich würde mich beim Anblick eines Präservativs auf den Vater meines eingesperrten Gatten stürzen und ihm den Hosenschlitz aufreißen.

Schließlich bückte sich Franz, betrachtete das Kondom, rieb es zwischen den Fingern und ließ es wieder im Portemonnaie verschwinden, zwischen Kredit- und Identitätskarte. Geschah ihm das oft? Wenn er bezahlen wollte, im Supermarkt oder im Restaurant?

Das Portemonnaie behielt er in der Hand. Er näherte sich mir von hinten. Mein Rücken verspannte sich, mit den Fingerspitzen berührte ich die Glasscheibe. Was hatte er vor? Sollte ich die Tür aufreißen und das Hotel zusammenschreien? Er blieb stehen. Ich drehte mich um. In der Hand hielt er die aufgeklappte Brieftasche. Er war verlegen, Schweißtropfen glänzten auf seiner Stirn.

»*Das* wollte ich dir zeigen, Sonja.«

In seiner Hand lag Alja. Ein kleines Bild, ihr Kopf war

daumengroß, die nackten Schultern flossen aus der Aufnahme. Es war kein Originalfoto. Er hatte es aus einer Hochglanzrevue ausgeschnitten und auf ein Stück Karton aufgeklebt. Ein Foto, das jeder in seiner Tasche haben kann, anonym und unpersönlich wie das Kondom. Das Foto war alt, sie war damals wohl Mitte Zwanzig. Kondom und Alja am Gesäß, Franz mußte das fühlen, wenn er sich setzte.

»Sie ist weg«, sagte er knapp.

Ich drehte mich zu ihm hin. Er stand dicht hinter mir.

»Was heißt, sie ist weg, Franz?«

»Alja gibt es nicht mehr«, sagte er. »Schon lange nicht mehr.«

Ich erschrak. »Was heißt das? Ich meine, ist sie tot?«

Er nickte. »Für mich ist sie das.«

Franz öffnete den Schrank – darin Kleider, Frauenkleider, Aljas Kleider – und nickte mir zu. Mit der ausgestreckten Hand fuhr ich dazwischen, wühlte mich in die Stoffe ein, fühlte Seide, Jersey, Baumwolle. Ich nahm ein Kleid heraus. Es war schwarz und trägerlos. Zwei fleischfarbene Hände formten die Cups, so daß die Finger, auf der Haut der Trägerin unsichtbar, ihre Brüste umfaßten und bei jedem Schritt nach ihnen griffen. Ein besitzergreifendes Kleid – mir gefiel es: Wenn du es ausziehst, gehörst du wieder dir. Ich hielt es an meinen Körper. Es hätte mir gepaßt.

»Willst du es?«

»Es ist sehr schön, Franz«, sagte ich etwas zu fröhlich. »Beeindruckend!«

Ich drehte mich um und stellte fest, daß sich das Zimmer verwandelt hatte.

Alle Schränke – erst jetzt fiel mir auf, wie viele es waren – standen offen. Sie waren mit Kleidern angefüllt, in einem drängten sich Mäntel, in einem anderen stapelten sich Hüte, Schuhe für zahllose Gelegenheiten. Ich war verblüfft und drückte das Kleid, das ich in der Hand hielt, fest an meinen Körper. Dann warf ich es über die Schranktür. Ich wollte es nicht. Ich wollte nicht Alja sein, nicht das Original und ein Ersatz schon gar nicht.

Franz kniete vor einer Schachtel, die er hervorgezerrt hatte, und kippte den Inhalt auf den Boden. Fotos, Kleiderentwürfe, in einer anderen Kiste kamen Modezeitschriften zum Vorschein. Alja auf dem Titelblatt, Alja auf dem Laufsteg, Alja auf einer Werbung für Parfum. Eine Archivbox enthielt Artikel über sie, jetzt nicht mehr über sie als Model, sondern als die international erfolgreiche Modedesignerin, die sie geworden war. Andere Schachteln enthielten Foulards, seidene Handschuhe, Haarbänder, Wäsche.

»Natürlich sind nicht alles Originale, auch wenn sie mir immer wieder Stücke geschickt hat, manchmal ganze Garnituren. Sie wollte mich damit nicht quälen. Ich flehte sie an, mir Kleider zu schicken, was immer sie entbehren könne. Ich besitze Einzelstücke ihrer eigenen Kollektion, die sie in New York anfertigt und die andere Models zeigen. Ich bin nie zu einer ihrer Präsentationen gefahren, das hätte ich nicht ertragen.«

Er schwieg. Ich glaube, er weinte. Ich trat auf ihn zu und legte ihm meine Hand auf den Kopf.

»Wann starb sie, ich meine, wann ...«

Wieder nickte er.

»Achtundsiebzig.«

»Ein Jahr, nachdem du die Familie verlassen hast?«

»Es lief, wie es laufen mußte, die alte Geschichte. Sie war zweiundzwanzig, ich einundfünfzig. Ich faszinierte sie, ich war ihr Vater und ihr Liebhaber, das faszinierte mich. Sie war fasziniert, daß sie eine Familie zerstören konnte. Das fesselte sie eine Weile an mich, vielleicht ein halbes Jahr, ein Jahr, ich weiß nicht mehr. Dann blieb sie immer häufiger, immer länger weg. Der Erfolg setzte ein, die beruflichen Reisen. Die Stardesigner riefen an, auf den ersten folgte der zweite. Mit Gaultier, der sie bekannt gemacht hat, plauderte ich ein paarmal am Telefon. Er erkannte das Spezielle Aljas. Sie war kein Hochglanzprofil, sondern hatte markante Züge, einmalig, nicht austauschbar. Sie provozierte mit einem Bürstenschnitt, wenn der Look langes welliges Haar verlangte, Kurven, wenn die Linie gefragt war, Narben, wenn glatte Oberfläche den Laufsteg dominierte.

Bald wechselte sie ins Designerfach, entwarf Mode für sich und führte sie selber vor. Ihr trotziger Geschmack gefiel. Sie wurde gefeiert. *Alina Exx* ist en vogue. Ich unterstützte sie. In den ersten zwei, drei Jahren fuhr ich mit ihr von Kongreßhalle zu Kongreßhalle. Wir tingelten durchs Land, ich der Große Zampano, der sich lächerlich machte, sie den Erfolg im Kopf, Mißwahlen, Tanzauftritte, sie sang sogar, wenn sie sich so auf eine Bühne stellen konnte. Einmal traten wir tatsächlich im Zirkus auf, mit Robben, um die ich schlich, während Alja ein Fischschuppenkostüm mit grün gepinselten, lamettaschimmernden Brüsten trug. Jeden Blödsinn machten wir mit, weil ich, im Gegensatz zu Alja, nicht wirklich an ihren Erfolg glaubte. Ich dachte, sie tat das für mich, um mir zu gefallen, um der ganzen Welt zu zeigen, ich gehöre dir. Armer alter Narr. Ich war nur ihr erstes Testpublikum. Sie brauchte mich in dieser Zeit, und als ich ihr nicht mehr nützlich war, ließ sie mich fallen. Dabei liebte sie mich wirklich, wenn auch nur für kurze Zeit. ›Ich liebe spontan‹, sagte sie, ›ich bin ein Schmetterling, der flattern muß, jetzt bin ich dein Schmetterling.‹

Eine Zeitlang tröstete ich mich damit, ich hätte sie gemacht, mein Einfluß, meine Erziehung hätten sie aufs Titelblatt von *Vogue* und ins Blickfeld der großen Designer gerückt. Ich verhandelte noch ein paar Monate über ihre Anwesenheit in Tschierv hinaus für sie, erledigte die Korrespondenz, tätigte Anrufe, organisierte Auftritte, die sie auch wahrnahm, doch ging sie nicht mehr auf meine Ratschläge ein. Sie beantwortete meine Briefe nicht mehr über das Geschäftliche hinaus, schließlich nicht einmal mehr das. Jetzt sind es allein die Neujahrsgrüße ihrer Firma, die sie für mich manchmal mit einer persönlichen Notiz ergänzt.«

Franz schwieg. Er trat zur Kommode, auf der eine Whisky-Flasche stand, goß sich ein, und trank, während er weitererzählte, ohne mir auch etwas anzubieten.

Hin und wieder rief sie an, von Paris-London-New-York-Tokio aus, es störe ihn doch nicht, für sie Telefonate entgegenzunehmen. Im Gegenteil, erzählte er, er war glücklich. So hielt er den Kontakt zu ihr aufrecht, hatte einen Grund, ihr hinterherzutelefonieren, wußte über ihre Pläne Bescheid, wo sie war oder zumindest sein könnte. Sie sagte, sie erzähle allen auf der Welt, sie kehre zu ihrem Franz zurück, und vielleicht tue sie das auch eines Tages.

Einmal rief sie an, sie sei in Mailand, wo er gestern nachmittag gesteckt habe. Sie sei in Tschierv gewesen, habe Lust gehabt, vorbeizuschauen, habe jedoch vor der verschlossenen Tür gestanden, das hätte ein Neubeginn sein können. Franz sagte, er sei zu Hause gewesen, eine verdammte Lüge tische sie ihm auf, fauchte er Alja in seiner Verzweiflung an – das Wort Neubeginn brannte sein Hirn aus. Dennoch überlegte er sich, wo er im Augenblick ihres Erscheinens gesteckt haben könnte. War er rasch ins Dorf? Hatte er Milch geholt, die Zeitung, Tabak? War er im Keller, wo man die Klingel nicht hörte, war er betrunken? Nein, damals soff er noch nicht, nicht so viel jedenfalls, hatte auch keinen Grund, außer sich vor lauter Freude über Alja, seine Alina, seine Alenka, die ihm gehörte, sich vollaufen zu lassen, wenn sie gerade gegangen war, um aus dem Suff aufzuwachen, wenn sie wieder da wäre.

Als sie ganz verschwand, ließ er sich vom kopfschüttelnden Elektriker des Nachbarkaffs eine neue Klingel installieren, die über Lautsprecher mit dröhnendem Glockengeläut im Haus und im Dorf verkündete: »Halleluja, Alja ist zurück! Alja ist wieder da!« Natürlich bekam er bereits nach dem ersten Klingeln Probleme. Der Gendarm stand vor der Tür, ohnehin Franz' Nachbar, doch ohne Uniform klingelte er nie bei Franz. Ob er seine Frau in Uniform vögle, fragte ihn Franz einmal, sie sehe immer so zerknittert aus – die Uniform, nicht die werte Gattin. Der Pfarrer kam, ein alter Waldschrat, kaum einsfünfzig groß, geschrumpft mit den Jahren, er habe dereinst zwei Meter gemessen. »Kein Wunder«, sagte ihm Franz, »du gehst den Weg der Kirche.« Mit seinem Gebimmel mache er ihm, so der Waldschrat,

Konkurrenz. »Aber nicht doch«, meinte Franz, »ich verdopple nur deine immer hoffnungsloseren Bemühungen, die Schäfchen ins Reich Gottes zu holen. Jeder Trick sollte euch da recht sein, warum nicht einmal nach eurer Hölle mein Himmel, meine Hoffnung, meine Alja?«

Niemand klingelte mehr, so daß Franz manchmal selbst in der Nacht, einschlafen konnte er ohne Alja an der Seite sowieso nicht, aufstand und an der eigenen Haustür läutete. Um drei Uhr morgens verkündete das Gebimmel fröhlich Aljas Rückkehr, Hallelujah! Und da keiner es verpassen wollte, falls sie tatsächlich einmal zurückgekommen wäre, stellten sie sich eilig in Zipfelmützen und Schlafrock, mit Kerzen und Laternen in der Hand, vor ihre Häuser...

»Ein Anblick für Götter!« rief ihnen der gottlose Franz glücklich zu. Erst murrten sie, wer sie um diese Zeit aus dem Schlaf gerissen habe, der nächste Tag werde anstrengend. Doch dann gewann die Neugier, ein Zug formierte sich, eine Prozession zog vorbei an der Kirche, wo der verdutzte Zwergpfarrer stand, zu Franz und starrte stumm dessen Haus an. Wo war er, wo vor allem war sie? Waren die beiden etwa schon drinnen, waren sie schon oben, waren sie schon dabei?

Franz beobachtete das Schauspiel, das er zwei-, dreimal im Jahr auf Knopfdruck aufführte, und rief hinaus: »Alja ist zurück, sie ist wieder da, morgen seht ihr mehr von ihr, heute Nacht gehört sie Zentimeter für Zentimeter mir. Laßt euch nicht länger in eurer wohlverdienten Nachtruhe stören, ihr lieben Leut'!« Und wer sich noch immer nicht von Alja lösen konnte, dem warf Franz einen Schuh oder eine Bluse oder einen zerrissenen Seidenstrumpf vor die Füße, zum Beweis, daß sie wieder da war.

»Lügenbaron«, kicherte ich. Ich nahm seine Hand in meine, drückte sie, schmiegte mich an ihn, küßte seinen Hals, die Wange, ließ meine Hand zwischen den Hemdknöpfen verschwinden und zog sie erschrocken zurück, als ich merkte, daß nicht Wilhelm, der eben eine seiner Nummern aufgeführt hatte, neben mir saß, sondern Franz, sein Vater.

Rasch stand ich auf.

»Ich muß gehen«, sagte ich.

Auch Franz erhob sich.

»Wisch dir die Tränen ab, Sonja.«

Ich nickte.

Franz trat dicht an mich heran und fuhr sachte über mein Haar. Er wischte mit einer zärtlichen Bewegung, die ich seinen klobigen Händen nicht zugetraut hätte, eine Träne von meiner Wange, schaute sich die feuchte Perle auf der Fingerkuppe wie eine Trophäe an und leckte sie weg. Bevor ich reagieren konnte, stand Franz bereits mit meinem Mantel vor mir.

Über Wilhelm hatten wir nicht gesprochen. Es gab für ihn nichts zu sagen. Als ich das Gespräch auf seinen Sohn gelenkt hatte, winkte Franz ab: »Was soll's? Er hat den Apfelschuß korrigiert. Die zeitgenössische Version dieses lästigen Mythos, der uns hindert, eine moderne Nation zu sein, längst fällig, präzis und speditiv durchgeführt, ohne Wenn und Aber, und den Konsequenzen tapfer ins Auge geschaut. Mein Sohn. Ich sage nur: Bravo, Wilhelm!«

Als ich das Hotelzimmer verließ, hatte er es wieder aufgeräumt. Die Fotos waren in ihren Kartons, die Kleider in den Schränken verschwunden, die Schranktüren waren geschlossen. Ich hatte nicht darauf geachtet, als Franz die Ordnung im Raum wiederhergestellt hatte. Von meiner Anwesenheit zeugte nicht einmal ein Glas. Franz, der sich selber mehrfach Whisky nachgeschenkt hatte, hatte vergessen, mir etwas anzubieten.

Ich stand vor der geöffneten Tür, als er, breitbeinig und mit gerötetem Kopf im Sessel liegend, tonlos sagte: »Bleib noch, Sonja. Alja hat angerufen, sie kommt in einer Stunde und würde sich freuen, dich wiederzusehen.« Er sprach langsam und monoton. Er gab sich nicht einmal mehr die Mühe, überzeugend zu sein.

Leise schloß ich die Tür und schlich über den flaumigen Korridorteppich, der jedes Geräusch, jedes Gefühl abfing.

Wärter Vergessen Sie's. Ich bin nicht befugt, Ihnen Auskunft zu geben. Das sagte ich bereits am Telefon. Wir können über mein Hobby plaudern. Ich hab' Zeit. Ich hab' immer Zeit, wenn ich draußen bin ... Filme ... Ich darf Ihnen nicht mal sagen, Gess sei verstockt. Läuft ein Verfahren, darf ich nichts sagen ... Ich weiß nichts. Ich krieg' ein Formular, auf dem das Vergehen steht. Ganz knapp. Mord etwa oder Vergewaltigung. Mehr nicht. Mir egal ... Ich weiß nicht, ob er verstockt ist. Er sagt nichts. Schreiben Sie verstockt, wenn das verstockt ist ... Vor ein paar Jahren lief ein Film, der mich schwer beeindruckt hat. Ich werd' die Bilder nicht los. Einer hockt in der Zelle. Will ein Vogel sein ... Nackt. Er zwängt sich in die Ecke, hockt sich hin, krümmt den Rücken über die Beine, preßt die Beine gegen die Brust.

Den Kopf hält er schief nach oben gerichtet. Er lauscht. Hört Geräusche, die's nicht gibt ... Es ist völlig still im Gefängnis. Nein. Nicht still. Lautlos. Da hörst du alles. Hockst nur da, an deinem Schreibtisch, um dich die Mauern, hinter denen sie hocken ... Alle möglichen Kerle. Monster und Unschuldige ... Jeder macht ein Geräusch und weiß gar nicht, daß er's macht. Er hört's nicht, nur ich ... *Sie* würden nichts hören mit Ihrem Tonband. Zerstört nur die Stille. Nur Rauschen drauf, ich hab's ausprobiert. Die Stille läßt sich nicht erwischen ... Es sind nicht die Schicksale. Hier gibt es keine Schicksale mehr. Nur gestoppte Leben. Das hörst du ... Die denken, der Alte spinnt, wenn ich mich nachts zu ihnen schleiche und »pssst ...« mache, weil sie schwatzen wollen. Nur Ruhe, Stille, Lautlosigkeit, und darin versenkt die Geräusche ... Der Vogelmensch aus dem Film ist einer meiner Gefangenen ... Nachts an meinem Tisch. Ich hocke bloß da. Im Hirn läuft der Film ab. Jetzt ist es mein Film ... Der Vogelmensch kauert nackt in der Ecke ... Sehnsucht, nicht Angst ist es, die ihn in die Ecke drängt. Meine Angst ist größer als seine Sehnsucht, ich könnte ihn sonst nicht sehen ... Ich öffne die Augen, er krallt sich am Bettgestänge fest. Es gibt bei uns kein Bettgestänge, doch ich stelle es mir vor ... Ein lauer Wind umsäuselt die Gitterstäbe des Fensters. Draußen scheint der Vollmond. Bei mir ist immer Vollmond, unabhängig vom Kalender. Tatsächlich sieht man nicht einmal eine Straßenlaterne ... Er hockt auf seiner Stange, stundenlang, tagelang. Er konzentriert sich. Nichts entgeht ihm, keiner darf ihn stören ... Erst sind es nur die Finger. Ich muß aufpassen, daß ich diesen Moment nicht verpasse ... Sie bewegen sich. Dann die

Hände, die Arme, mächtig, es sind Schwingen... Ich spüre den Luftzug... Die Schwingen heben ihn empor... durch die Luft... es ist kühl, die Geräusche werden unerträglich, zu laut, ich springe auf, rase durch die Korridore, rasch schließe ich die Türen auf und schlage sie zu, eine nach der anderen, und endlich – stehe ich in seiner Zelle.

Sie ist leer.

Hin und wieder gönne ich mir diesen Film. Wann immer eine Zelle frei ist. Danke fürs Bier.

Nadine Ich bilde mir ein, Wilhelms Lebensweg wäre ein anderer geworden, hätten wir unsere jährliche Tessinwoche nicht abgebrochen. In Russo, weit hinten im Onsernone-Tal, lebe ich nur wenige Kilometer von der italienischen Grenze entfernt. Zwei Zimmerchen, außer diesem Wohn- noch ein Schlafraum und ein niedriger Estrich, in den sich Wilhelm über eine mörderische Stiege für die Nacht verkroch. Ich schicke den Nachbarbuben hoch, wenn ich etwas brauche, ziehe es aber vor, nichts zu brauchen. Im Korridor die Kochnische, hinter dem Vorhang eine Vorratskammer, und hier ist die Tür zum Bad, das ich mir schließlich doch einbauen ließ. Ich fand, nach einem Vierteljahrhundert permanenter Revolution hätte ich mir diesen bourgeoisen Luxus verdient.

Diese Tür führt in den kleinen Garten, den ich mit meinem Nachbarn teile, der mir manchmal das Holz hereinträgt, wenn er es, wie er sagt, nicht mehr ertragen könne zu sehen, wie ich mich damit abplage. All die Bücher? Gelesen, ja, die meisten. Doch längst nicht mehr nur Marx und Engels, Marks and Spencer sind dazugekommen, so kalauere ich verlegen vor meinen seltenen, weitgereisten Gästen, die mich nach meinem intellektuellen Vorleben aushorchen. Manchmal besuchen mich Relikte meiner Zürcher Galeristinnenvergangenheit oder Überbleibsel der Kreise, die ich im Niederdorf zog. Die meisten aber sind tot oder in Berlin.

Oft liefen Wilhelm und ich den Kiesweg entlang, den Sie durchs Fenster sehen und der damals noch von Kastanienbäumen gesäumt war. Ich trippelte mit meinen kurzen Beinen und meinen schon fast sechzig Jahren in das Tal hinab. Wilhelm, auf diesem Weg mein Hündchen, legte die Strecke bestimmt fünfmal zurück. Im Zickzack hinauf, schnurgerade herunter, verschwand er zwischen den Bäumen und tauchte zehn Meter vor mir aus dem Gebüsch wieder auf. Ein fröhliches, unbeschwertes Kind, das ohne Sinn und Zweck Kastanien sammelte, in dessen Kopf aber bereits die Bibelbrocken mit Eichs Igelwörtern unberechenbare Gedankenbastarde zeugten, die sich – wer kann letztlich den Gegenbeweis antreten? – zwei Jahrzehnte später gegen Bundesrat Lüthi richteten.

Wilhelm schulterte die Tasche meines Vaters, der damit im Rheintal von Haus zu Haus gelaufen war, um die Post zu verteilen. Sein Lebensziel war es gewesen, während der fast fünfzig Jahre seines Berufslebens, nie zu versagen. Nie gestattete er sich, die Post zu spät oder gar nicht abzuliefern. Bevor die Tasche nicht bis oben hin mit Kastanien gefüllt war, weigerte sich Wilhelm, nach Hause zurückzukehren. Wir liefen oft bis Verscio, ein Gewaltmarsch, den Wilhelm mit Leichtigkeit hinter sich brachte. In Verscio, oft vorher, bestand ich auf dem Postauto, das uns bis Locarno oder Ascona brachte. Dort setzten wir uns in ein Café und betrachteten den See. Ich trank meine Schale, dann eine Grappa, Wilhelm einen Sirup. Ich habe die Tasche noch immer. Unverwüstliches Leder. Sie liegt oben im Estrich. Es würde mich nicht wundern, wenn noch ein paar verschrumpelte Kastanien zum Vorschein kämen.

Am Abend setzten wir uns an meinen Tisch, ein ungeschlachtes Monstrum aus Eiche, auf das ich stolz bin, weil ich es selbst gezimmert habe. Wilhelm bastelte an diesem Tisch seine Stielaugentierchen. Sie entdecken noch ein paar Dutzend in meinem Haus, wenn Sie genau hinschauen. Sie stehen überall, doch sieht man sie nur, wenn sie es wollen. Ich bin überzeugt, die Tierchen wechseln ihre Plätze, wenn sie keiner beobachtet.

Als ich am Sonntag von Wilhelms Tat erfuhr, wollte ich sie wegräumen. Sie erinnern mich schmerzhaft an ihn. Gleichzeitig empfinde ich seine Tat als Rückkehr zu mir. Unermüdlich spitzte er Zündhölzer zu, sechs für jedes Tierchen, und bohrte sie in die Kastanienkörper. Arme, Beine, die Stielaugen. Er stellte Tausende davon her. Immer dieselben, unermüdlich. Er verschenkte sie bei jeder Gelegenheit, weil er der Meinung war, jeder müsse eines haben. Immer trug er einige mit sich herum, zog immer noch eines aus der Tasche, um sie auf der Straße unbekannten Leuten in die Hand zu drücken.

»Da, Onkel, beißt nicht!« sagte er.

Das ist nicht richtig. Sie beißen – und wie! Ich sagte Wilhelm, er solle die Schwefelköpfe abzwacken, das sei zu gefährlich.

Er schüttelte den Kopf. »Du kannst sie vielleicht noch brauchen, Nadja.«

Er meinte, ich könne sie brauchen, um mir eine Zigarette anzuzünden. Ich rauchte viel, mittlerweile habe ich es aufgegeben. Ich ahne jetzt, wozu ich die Schwefelköpfchen noch gebrauchen könnte. Wenn ich mich dazu entscheide, öffne ich eine gute Flasche Wein, entzünde die Stielaugentierchen an den Wänden meines Rustico, eins nach dem anderen, und setze mich in ihre Wärme.

Die Tessinwochen mit mir haben keinen Einfluß auf Wilhelm gehabt. Wilhelms Weg in St.Gallen führte von St.Fiden nach St.Fiden. Er wuchs in St.Fiden hinter dem Bahnhof auf, dann arbeitete er in St.Fiden. Er war drei Wochen lang im Welschland, um leidlich Französisch zu lernen. Es gab Wochenendausflüge mit seiner Mutter nach Paris und London, mit der Abschlußklasse fuhr er nach Prag. Franz offerierte ihm, nachdem er das Diplom in den Händen hielt, einen dreimonatigen Aufenthalt in den USA. Eveline war einverstanden. Doch Wilhelm hatte bereits das Angebot, auf dem Amt anzufangen. Er wollte mit seiner Pensionierung keine Zeit verlieren.

»Das kann doch noch warten«, beschwor ich ihn am Telefon. Er war sehr kurz angebunden. Ich lud ihn zu mir ein, fürs Wochenende, wir würden wandern, plaudern, in Gedanken das Gebirge abkarren.

Er wich mir aus. »Jetzt nicht, Oma« – er hatte mich zuvor nie Oma, immer Nadja genannt – »für mich beginnt jetzt der Ernst des Lebens.«

Tatsächlich: er sagte, der Ernst des Lebens.

»Dann wird es zu spät sein«, sagte ich.

»Zum Plaudern ist es nie zu spät, Oma.«

Wir haben seither kaum noch miteinander gesprochen. Er arbeitet seit fünfzehn Jahren beim Amt. Seit er die Lehre beendet hat, ist er Sachbearbeiter für die Buchstaben K bis P. Ich stelle mir das nicht gerade berauschend vor. Er kümmert sich um die Renten alter Weiber. Er ist glücklich, scheißselbstzufrieden ist er! Umgang hat er ausschließlich mit Leuten, die es, wie es Franz einmal formuliert hat, hinter sich haben, bevor sie überhaupt mit etwas angefangen haben. An einer Beförderung schien Wilhelm nichts zu liegen. Jetzt geht er ins Gefängnis wie seine Kundinnen in Rente.

Sonja sah ich nur einmal, als die beiden einen Anstandsbesuch in Russo machten.

»Oma, ich stelle dir meine Gattin vor. Sonja, das ist Oma!«

Sie war schwanger, siebter Monat. Sie blieben zwei Stunden, die Sonja unwohl auf der Stuhlkante sitzend bestritt. Sie trug ein adrettes Plissée-Röckchen, eine Schleife im Haar und lächelte wie ein Engelchen. Solche Frauchen bietet August in seinem Versand an. Man macht ein Kreuz, und innerhalb von vierzehn Tagen stehen sie vor der Tür.

Wilhelm, der leidenschaftliche Nichtraucher aus früheren Tagen, steckte ungeschickt eine Zigarette zwischen die Lippen und hustete, obwohl er sie nicht anzündete. Sonja erzählte mit Seitenblick, jede Zigarette würde zur Zerstörung der Ozonschicht beitragen. Ich nickte und schaute Wilhelm an. Die Erziehungsmaßnahme griff. Er ließ die Zigarette nach einigen Sekunden, die er sich wohl als passiven Widerstand anrechnete, hinter dem Ohr verschwinden. Später, in einem vermeintlich unbeobachteten Moment, steckte er sie in die Packung zurück, während ich mich demonstrativ auf den Weg zu meinen Rauchwaren machte, in der Hoffnung, einen Stumpen so groß und stinkend wie eine Kalaschnikow zu finden. Aber nichts war mehr da von meiner lasterhaften Vergangenheit.

Schaute Sonja Wilhelm an, sagte er: »Ja, Spatz« oder »Nein, Spatz«. Unsere gemeinsame Zeit verpuffte in diesen zwei Stunden wie Wilhelms ungerauchte Zigarette. Ich sagte, ich hätte noch zu tun. Sie hatten darauf gewartet, bestiegen ihren VW Passat und machten sich auf den Weg nach Italien. Im Fond war bereits der Babysitz montiert. Ein Kastanientierchen fand ich später, die Beine eingeknickt, auf Sonjas Sessel.

Das junge Pärchen verabschiedete sich rasch. Sie versprachen, auf dem Rückweg – sie wollten für eine Woche nach Florenz, Uffizien und so – noch einmal vorbeizuschauen. »Unbedingt«, sagte ich, »ich freue mich riesig«, und fuhr für eine Woche ins Elsaß, wandern, allein mit mir, dabei nur einen Band von Eich.

Als mich Eveline am vergangenen Sonntagabend anrief und mir atemlos mitteilte: »Mutter, sie haben Wilhelm eingesperrt, er soll Bundesrat Lüthi erschossen haben«, sagte ich nur: »Gott sei Dank, jetzt muß er nicht mehr ins Amt.«

August Ein französischer Schriftsteller – war es Balzac? Ich weiß nicht mehr – hat gesagt, jedes große Vermögen beruhe auf einem Verbrechen. Das jedenfalls meinte Wilhelm, als mein Versand auf die Zielgerade einschwenkte und mir ein wenig Wohlstand unterstellt werden konnte. Es kam das Einfamilienhaus mit Garten in Horgen, es kam der neue Wagen, das Cabriolet für Alessandra, wir besitzen einen der raren Bootsanlegeplätze am See.

Wir hatten uns für einen unserer vierteljährlich stattfindenden Bruderabende auf halbem Weg zwischen Horgen und St.Gallen getroffen und standen bereits auf dem Parkplatz, als Wilhelm mir seine Erkenntnis offenbarte. Ich lehnte an meinem Wagen, der neuen Jaguar-Limousine, die ich mir in jenen Tagen gekauft hatte.

»Worin siehst du das Verbrechen?« fragte ich ihn, überrumpelt von dieser unerwarteten Bemerkung nach einem angenehmen Abend. »Reicht dazu der neue Wagen aus? Meinst du den Erfolg, den ich jetzt mit dem Versand habe? Nimmst du ihn mir übel?«

»Natürlich nicht«, sagte er, doch die eigentliche Antwort blieb er mir schuldig.

»Was meinst du dann, Wilhelm? Bist du neidisch auf das, was ich erreicht habe? Habe ich den Erfolg, den in Mutters Augen du haben solltest?«

Es war mir nie gelungen, ihn auf diese oft als Abschiedsworte hingeworfenen Bemerkungen zu behaften. Als bereute er sie, verabschiedete er sich rasch, setzte sich in seinen Wagen und fuhr in die Nacht davon.

Nicht uneigennützig spielte er mit seinem Halbwissen und übte sich in der Kunst der unausgegorenen Unterstellung. Halbe Sätze, deren Sinn er selbst kaum erfaßte – vielleicht, weil es keinen gab –, abstruse Geschichten, die er aus heiterem Himmel erfand, warf er mir hin, immer zwischen Tür und Angel: Nach einem gelungenen Abend eine Anspielung zum Mitnehmen.

Er brachte sie aus der Abendschule mit, las Bände mit philosophischen Aufsätzen oder unverständlichen Gedichten und kaute Nadines Allerweltssprüche wieder. Zur Universität reichte es ihm nicht. In seinem Leben gibt es viel Halbes, wie in meinem die halben Visionen.

Lange nisteten sich diese Sätze in meinem Hirn ein. Erst als ich nicht mehr hinhörte, scheint mir, stellte sich der Erfolg beim Versand ein. Es ist mir nie gelungen, mit Wilhelm darüber zu sprechen. Er wich aus oder wir redeten über Allgemeines, sein Amt, meinen Versand. Später hat er seine Abschiedsbemerkungen vergessen, oder er gab vor, sie vergessen zu haben, denn wenn ich darauf anspielte, leuchtete etwas Ungutes in seinen Augen auf, etwas Unberechenbares, Überlegenes auch. Da ist etwas, das ihn, wie er meint, über die anderen stellt. Auf andere wirkt er arrogant. Er kultiviert das Nichtverstandensein, das eher ein Nichtverstandenseinwollen ist. Er ist immer in irgendeiner Form auf dem Rückzug und bricht Wege ab, die ihn zum Ziel geführt hätten.

Ich weiß nicht, ob das etwas mit dem Mord zu tun hat. Wer kann schon sagen, was zu einer solchen Tat führt? Es gibt den Satz nicht, der ihn faßt. Wer kann die Elemente, die vor uns liegen, richtig zusammensetzen? Eine solche Tat mag ein Puzzle sein, doch gibt es zahllose Möglichkeiten, die einzelnen Teile zusammenzustecken, und jede zeigt ein anderes Gesicht. Mag alles noch so offen daliegen, ein Eifersuchtsdrama unter Alkoholeinfluß, Habgier, Ekel, Überdruß oder schiere Langeweile, ein Unfall ... Ich sehe keinen Sinn darin, den Gründen nachzuforschen. Taten sind Taten. Die Tat ist das Ende, nicht der Anfang, des Denkens. Mit Hypothesen kommen Sie einer Tat nicht bei. Jetzt ist es zu spät dafür. Sie kommen einer Tat nur bei, wenn Sie sie rechtzeitig verhindern. Was sich Wilhelm gedacht hat, wissen wir nicht. Wenn Sie es wissen wollen, müssen Sie ihn fragen, nicht mich. Ich warte ab, bis er sein Schweigen bricht.

Was Wilhelm damals auf dem Parkplatz über das große Vermögen gesagt hat, ist ein Verlierersatz. Der Satz des Beamten, der nicht mehr als seine übliche Progression und eine gesicherte Rente zu erwarten hat. Für Leute wie ihn wurde das Lotto erfunden. Das wöchentliche Zittern um den Einsatz von zwölf Franken, dabei die beruhigende Gewißheit, daß dieser Verlust niemals ein existentielles Risiko darstellt. In Wilhelms Augen wurde mein Besitz zum Vermögen. Aber auf Verbrechen beruht es nicht. Mein Vermögen beruht auf Tränen.

Auf vor mir nicht geweinten Tränen: Mutters Druck, der in meinem Nacken sitzt und dort Hornhaut gebildet hat. Mir ist, als begehe ich mit allem, was ich tue, ständig eine Sünde. Mutter verneint das natürlich, doch die Sünde, nicht eine kleine, nein, die Summe aller Sünden, die Erbsünde drückt. Ich spürte den Druck schon früh. Mit vierzehn nahm ich mir vor, mich systematisch durch die Zehn Gebote durchzusündigen, um meinen Nacken zu befreien und dem Tränental zu entkommen. Ich entwarf mir ein Bild Gottes, obwohl ich nur eine verschwommene Vorstellung von dem alten Herrn hatte. Ich malte den Bart weiß und versuchte ein gütiges Gesicht, dem ich Mutters grünblaue Augen gab. Ich setzte ihn auf eine Wolke und umringte ihn im Eifer mit einem Harfentrio blondgelockter Engel, wofür ich zu meinem

Erstaunen gelobt wurde. Später bemerkte ich, daß ich mein Gottesbild nicht erfunden hatte: Es hing in der Kirche.

Mutter nannte mein Verhalten ihren Bekannten gegenüber pubertär. Ich konnte ihr mein Anliegen nicht klarmachen. Sie interpretierte alles, was ich tat, anders, als es gemeint war. Immerhin, verfluchte ich Gott, erhielt ich eine Ohrfeige. Sie war kräftig, Herrgott, konnte sie zuschlagen mit ihrer kleinen Hand! Dann zerrte sie mich, wir beide mit hochrotem Kopf, ins Bad, und wusch mir mit Seife den Mund aus. Das führte zu meinem ersten konkreten Gottesbild, meiner vielleicht besten Sünde. Gott bestraft jeden, der seinen Namen mißbraucht. Ich mißbrauchte, sie bestrafte, also war Mutter Gott. Sie war ein furchterregender, vor gerechtem Zorn bebender Gott, ein Gott der Tränen und Ohrfeigen.

Ich klaute Bonbons im Supermarkt und war besorgt, mich erwischen zu lassen. Ich fluchte. Ich versuchte Mutter mit siebzehn mit einer Prostituierten zu betrügen. Ich begehrte die Partnerin meines Vaters, Alja. Ich onanierte. Ich kämpfte tapfer gegen die Gebote an. Ehebruch beging ich nicht. Das besorgte Vater. Wilhelm brach Gebot Nr. 6. Als Familie haben wir meinen Wunsch, gegen alle zehn Gebote zu verstoßen, erfüllt und Mutters Sehnsucht nach Zusammenhalt in sämtlichen Situationen gestillt. Wir haben alle Abstriche gemacht, die man machen kann.

Als ich Mutter am Sonntag am Quai abholte, sah ich, wie sie sich auf der Fähre langsam dem Ufer näherte. Ich dachte, wenn sie jetzt ihr Bein über die Reling schwingt, sachte das zweite folgen läßt und sich vorsichtig zum Wasser hinuntergleiten läßt, dann, dann –

... dann endlich würde sie über das Wasser –

Doch nein.

Das Bild in meinem Kopf erstarrt in der Luft.

So ist es immer.

Schlimmer noch diesmal: Mutter hält sich an der Reling fest, ich ahne, wie sich ihre Finger verkrallen. Sie zieht das Bein zurück, um wieder auf festem Boden zu stehen.

Ich habe keine wirklichen Visionen, nur halbe, Erscheinungen, die ihr Versprechen nicht einlösen, Bilder, die sich in Bewegung setzen und wieder stoppen. Sie hätte sich über die Reling geschwungen, das Wasser hätte sie abgefangen, und sie wäre mir, die Arme weit von sich gestreckt und verklärt lächelnd, über den See entgegengeschritten, hätte sich dem Ufer mit ihren knappen, kraftvoll auftretenden Schritten genähert, und wir alle hätten sie am Ufer in unsere Mitte genommen und wären ihr gefolgt ...

Es hätte Gott geben können, auch für mich.

Meine Gedanken deuten die Möglichkeit dieser Vision an; dort, wo die Vision einsetzen könnte, bricht mein Bild ab. Jedesmal.

Mutter steht an der Reling und winkt.

Jetzt fährt sie zurück in ein Heim, das sie nicht mehr hat.

Franz Am frühen Sonntagabend kam sie zu mir ins Hotel. Ich fuhr nach unten. Die Lobby war gut bestückt. Amerikanische Milliardärswitwen und assortierte Ölscheiche. Ich schätzte das hier versammelte Gesamtvermögen auf ein paar Milliarden Dollar. Davon lagert die Hälfte in den Katakomben dieser Stadt. Der Portier winkte mich zu sich, professionell diskret, mit einem kaum wahrnehmbaren Schlenker seiner goldbeketteten Hand, dem die Blicke der Lobby folgten. Draußen, bedeutete er. Alle Köpfe wandten sich dem Ausgang zu.

»Im Regen?« entfuhr es mir.

Die Lobby nickte, und der Portier zwinkerte mir zu, doch an diesem trostlos verregneten Juniabend hatte ich auf Verbrüderung keine Lust.

Sie stand auf dem Trottoir, drei Meter von mir entfernt. Stumm, die Lippen geöffnet, schaute sie mich an. Die Haare fielen über die Schultern, über die Schultern floß Wasser. Es regnete. Sie trug eine leichte Windjacke. Die sorgfältig lackierten Fingernägel fielen mir zuerst auf. Sie hatte ein kräftiges Lila gewählt. Ich konnte mich gut an diese Farbe erinnern. Ihre Nägel strichen über den Nylon ihrer Leggings und verursachten dieses schabende Geräusch, das mir einen kalten Schauer über den Rücken jagt.

Alja hatte diese Angewohnheit. Wenn sie den Mund öffnete, die Unterlippe über die Oberlippe schob, wenn sie nach mir züngelte, den Rock um die Taille drehte, ohne den Blick von mir abzuwenden, wenn sie den Reißverschluß aufzog und in einer gleitenden Bewegung vor meinen Augen zur Schlange wurde. Der Rockstoff streifte ungeduldig das Nylon der Strümpfe und erzeugte dieses unerträgliche Geräusch, auf das ich so angewiesen bin.

Jetzt lächelte sie, zögernd fast, schüchtern, doch uns reichte das. Ich streckte die Hände nach ihr aus und ging auf sie zu. Ihre Haare waren naß, klebten in Strähnen an der Stirn, an der Wange, am Hals, den ich gern umfaßt hätte. Sie wich etwas zurück. Hinter ihr preschte der Verkehr über die Straße. Weiter konnte sie nicht, ich schloß sie in meine Arme.

»Bist du es ...«

Sanft, doch bestimmt, entwand sie sich, beglückt und verwirrt zugleich über eine solche Begrüßung nach so vielen Jahren.

»Ich bin es, Herr Gess, ich meine, Franz. Ich bin Sonja, die Frau Ihres Sohnes, Wilhelm, er hat ...«

»Sonja, natürlich ... Ich hab's im Radio gehört, eine schreckliche Sache für dich, für uns alle. Wie konnte Wilhelm nur ... Laß dich umarmen!« Ich drückte sie wieder an mich. »Franz, nenn mich Franz, Sonja, und komm rein, dieser plötzliche Temperatursturz ...«

Sie stand reglos vor mir.

»Sie rechneten nicht mit mir, erwarteten jemand anders ... Ich sprach auf das Band. Ich rief beim Empfang an. Richtete man Ihnen ... dir nichts aus? Vielleicht war das keine gute Idee von mir ...«

»Komm schon!«

Was als Einladung gedacht war, geriet mir zum Befehl. Ich wandte mich von ihr ab und betrat das Hotel. Wie ich mich in der Lobby nach ihr umdrehte, stand sie noch da, im Regen, immer platzt in solchen Momenten der Himmel.

Im Hotelzimmer bot ich Sonja eines von Aljas Kleidern, die ich noch bei mir habe, an. Sonja gefielen die Kleider, sie war froh, sich mit etwas beschäftigen zu können, bevor wir redeten. Sie wählte ein schwarzes Partykleid – zwei fleischfarbene Arme ragten vom

Bauch hoch, die Hände wölbten sich über die Brüste und griffen mit jeder Bewegung nach ihnen.

»Paß auf, Sonja«, versuchte ich zu scherzen, »dieses Kleid läßt dich nicht mehr los.«

»Soll es!« sagte sie leise und verschwand im Bad.

Ich richtete zwei Whiskys, ohne Sonja zu fragen, was sie trinken wollte. Whisky war ihr, wie sich herausstellte, gerade recht.

»Hast du keinen Lagavulin?«

»Lagavulin? Du kennst dich mit Whiskys aus, Sonja?«

»Nicht wirklich, Franz. Wilhelm erwähnte, du würdest diese Marke mögen. Ich wollte dich beeindrucken. Jetzt bin ich enttäuscht. Du trinkst Dimple. Den kenne sogar ich.«

»Alja ist weg«, sagte ich ohne Übergang, als wir uns gesetzt hatten, Sonja aufs Sofa, ich ihr gegenüber in den Sessel.

»Alja? Was heißt, sie ist weg, Franz?«

»Es gibt sie nicht mehr«, sagte ich.

Sie erschrak. »Ich verstehe nicht, Franz? Ich meine, ist sie tot?«

Ich nickte. »Für mich ist sie das.«

Wir schwiegen.

»Willst du es, Sonja?« Ich zeigte auf ihr Kleid. »Alja trug es gerne.«

»Es ist sehr schön«, sagte sie übertrieben fröhlich. »Wirklich beeindruckend!«

»Natürlich sind das nicht alles Originale.« Ich wies auf den offenen Kleiderschrank. »Sie schickt mir noch heute hie und da ein Stück, das sie entbehren kann. Ich besitze sogar Einzelanfertigungen ihrer Kollektion. Ich war selber ein solches Einzelstück, von ihr entworfen, einmal getragen, gut für eine Saison«, fügte ich bitter hinzu.

Sonja stand vor mir und legte ihre Hand auf meinen Kopf. »Das tut mir leid, Franz. Wir alle dachten, ihr seid zusammen, die ganze Zeit. Wann ist sie ...«

Wieder nickte ich.

»Achtundsiebzig.«

»Achtundsiebzig schon? Ein Jahr, nachdem du die Familie verlassen hast? Und Wilhelm und ich sprachen von euch immer als Paar. Das heißt, du warst die letzten fünfzehn Jahre allein ... Warum hast du nie etwas gesagt?«

»Ein Paar für immer und ewig?« Ich lachte. »Nicht Alja. Sie ist ein Schmetterling, der es nirgendwo lange aushält. Wenn sich ihr Zyklus erfüllt hat, flattert sie weiter, so einfach ist das. Es hat keinen Sinn, sie aufzuhalten. Ich habe es versucht. Es tut nur weh.«

Sonja wollte mehr über Alja hören, doch ich winkte ab. Ich wußte selbst nicht, weshalb ich dieses Thema angeschnitten hatte.

»Was hat Wilhelm nur geritten? Ich hab's am Samstag im Radio gehört und gedacht, das kann nicht sein. Das ist nicht mein Sohn. Man geht doch nicht einfach hin und erschießt einen Menschen, auch wenn man manchmal solchen Unsinn daherredet ...«

Sie hatte sich wieder mir gegenüber aufs Sofa gesetzt und die Arme unter den Brüsten verschränkt, so daß es schien, als halte sie ihre Brüste in den eigenen Händen. Sie nippte an ihrem Whisky, erst zögernd, dann leerte sie plötzlich das ganze Glas, hustete und rang nach Atem. Ich holte ihr Wasser.

Als sie sich erholt hatte, sagte sie: »Vielleicht hat er dich erschießen wollen, Franz.«

»Mich?« Ich war nicht wirklich erstaunt über ihre Anklage. Ich war auf eine ihrer Theorien gefaßt. »Dann hätte er es tun sollen, Sonja.« Ich schüttelte den Kopf. »Von solchen Theorien halte ich nichts. Lüthi war doch kein Vaterersatz für Wilhelm. Um reinen Tisch zu machen, hätte er seine Mutter erschießen müssen. Sie ist der Ursprung aller seiner Komplexe. Oder den Papst.«

Sonja lachte auf. »Du standest ihm immer im Weg. Ich glaube, er traf viele seiner Entscheidungen aus Trotz. Spürte er, daß du etwas nicht mochtest, konnte es sein, daß er präzis das wählte. Vielleicht ist er Beamter geworden, weil du zu Hause immer über Beamte geflucht hast. Er ging dir aus dem Weg, indem er sich in dein Gegenteil zu verwandeln versuchte. Er haßte und bewunderte dich. Er vermißte dich, er hätte dich gebraucht, doch war für ihn die Zeit nicht reif.«

»Unsinn. Ihr hättet nur anrufen müssen.«

»So geht das nicht. Ich lebte mit Wilhelm zusammen, und doch kam ich in den letzten Monaten nicht mehr an ihn heran. Er rückte, das merke ich jetzt im nachhinein, von mir ab. Er interessierte sich kaum mehr für mich und meine Arbeit, er schlief nicht mehr mit mir, und wenn, spürte ich, wie lästig es ihm geworden war.«

»Und fährt nach Bern, um Lüthi zu erschießen? Da gibt es keinen Zusammenhang, Sonja.«

Sie schüttelte wieder den Kopf, sagte aber nichts. Sie löste die Arme von ihrem Körper und wölbte die Hände um ihre nackten Knie. Ich betrachtete sie stumm. Aljas pechschwarzes Kleid, Sonjas schlanke Beine, die kräftige Hüfte und schmale Taille, ihr langer Hals, ihre

Brüste, die fest in den Stoffhänden ruhten. Es könnten meine Hände sein, dachte ich. Aljas Kleid stand ihr gut. Ihr Atem ging schnell, die Brüste hoben und senkten sich. Sie war nervös geworden.

»Ich halte das nicht für abwegig«, sagte sie nach einer Weile.

Ich stand auf und goß mir einen weiteren Whisky ein. Die Flasche hatte ich auf der Kommode stehenlassen.

»Willst du noch einen Schluck?«

Ich füllte ihr Glas – es mußte schon ihr drittes oder viertes sein –, reichte es ihr und stellte mich in die geöffnete Balkontür. Die Wolken über Zürich hatten sich verflüchtigt, die Abendsonne färbte den Himmel rosa. Ich sprach in die einfallende Dämmerung.

»Ich führte mit Eveline einen ständigen Kampf um meine Söhne. Um August machte ich mir nie Sorgen. Er verfügt über die nötige Rücksichtslosigkeit, um zu bestehen. Aber Wilhelm. Er war sensibel, beeinflußbar. Ein wacher Geist, aber leicht zu irritieren. Eveline hat keine Ahnung, was sie mit ihrer verklemmten Moral angerichtet hat. Mit ihren Bibelsentenzen, ihren Rezepten für alles. Nachdem ich ausgezogen war und mit Alja in Tschierv wohnte, besuchten mich meine Söhne. Ich verstand bald, daß diese Woche für mich die letzte Gelegenheit sein würde, Einfluß auf die beiden auszuüben. Ich ließ für das Wochenende eine Prostituierte kommen, die sich als Alja ausgab – sie glich ihr sehr, war nur etwas jünger –, während Alja selber für ein paar Tage in Modesachen unterwegs war. Ich dachte, ich sei es meinen Söhnen schuldig, sie aufzuklären, auf meine Art. August ließ sich bereitwillig verführen, und wenn ich mich nicht täusche, glaubt er heute noch, er hätte meine Alja verführt. Er macht hin und wieder Andeutungen ... Das stärkt seine Männlichkeit. Er schien nur auf eine solche Gelegenheit gewartet zu haben, und da ihn sein Selbstbewußtsein schon immer vor Selbstzweifeln bewahrt hat, dürfte meine Rechnung aufgegangen sein. Bei Wilhelm war nichts zu machen; er wich dem Mädchen aus, ließ sich nicht verführen, schließlich floh er vor ihr, noch in derselben Nacht. Ich weiß nicht, ob er es durchschaut hat.«

Ich schwieg und blickte auf den See, der in der Dämmerung allmählich mit dem Himmel verschmolz. Sonja in meinem Rücken schwieg.

»Du willst dich an Eveline rächen«, sagte Sonja nach einer Weile. »Dann komm.«

Ich drehte mich um. Auf dem Sofa lag Aljas Kleid, unter dem Glastisch ihre Turnschuhe, Wäsche und Strümpfe. Sonja selber befand sich auf dem Bett und forderte mich mit dem Blick heraus, mit dem sie an jenem Wochenende, ich erinnere mich genau, Wilhelm in Tschierv von mir weggelockt hatte.

Als Sonja gegangen war – das Grossmünster schlug zehn Uhr –, fand ich einen Briefumschlag auf der Kommode. *Für Franz,* stand da. Ich riß ihn auf und hielt zwei Tausend-Franken-Scheine und ein Kondom in der Hand. *Eveline gab mir dieses Geld,* hatte Sonja auf einen beigelegten Fetzen Papier geschrieben, *Kauf dir etwas Schönes, sagte sie. Ciao, Sonja. Und grüß mir Alja.*

Eveline Ich trat auf den Bärenplatz hinaus. Der Kellner, der mich am Arm aus dem *National* geführt hatte, blieb unter der Tür stehen, um sicher zu sein, daß ich dem

Lokal fern blieb. Auf dieser Seite des Platzes reihte sich Restaurant an Restaurant, die Leute aßen draußen zu Mittag, kaum ein Platz war nicht besetzt. Es war warm, ein milder Junitag. Markttreiben, Eis wurde angeboten. Kinder lärmten. Zwei Männer schoben fast lebensgroße Figuren über ein Schachfeld. Ich versuchte mir vorzustellen, wie Wilhelm, die Hand im Lodenmantel um die Waffe geklammert, über den Platz schritt und das Restaurant betrat, um Lüthi zu erschießen. Wie nur –

»Hier, in diesem Lokal, wurde doch Bundesrat Lüthi ermordet?« rief ich dem Kellner zu, doch als ich mich umdrehte, sah ich, daß er nicht mehr da war. Passanten blieben verdutzt stehen und starrten mich, dann das *National* an, als suchten sie das Haus nach einer Gedenktafel ab.

Ich lief los, rempelte jemanden an und erschrak, als ich vor mir das Bundeshaus sah, das sich nur wenige Schritte vom *National,* auf der anderen Seite des Bundesplatzes, befand. Nein, ich verwarf den Gedanken sogleich, das Gebäude zu betreten, hier war Wilhelm nicht gewesen, hier hatte auch ich nichts verloren. Ich wandte mich ab, ging über den Bärenplatz zurück und verschwand in den Laubengängen der Marktgasse, doch verspürte ich nur deren Kälte, keine Geborgenheit.

Ich hielt ein Taxi an und ließ mich zum Bezirksgefängnis bringen. Dem diensthabenden Beamten, der in seinem Schalterfenster auf Abwechslung lauerte, legte ich meinen Ausweis hin und verlangte, meinen Sohn zu sehen. Er erkundigte sich ohne Interesse, wer mein Sohn sei. Als ich es ihm sagte, schaute er auf, nahm meinen Ausweis in die Hand, nickte mehrmals in meine

Richtung, tätigte einen Anruf und meinte schließlich, ich könne ihn nicht besuchen.

»Er ist mein Sohn!«

»Es tut mir leid, Frau Gess. Vorschriften.« Er beschäftigte sich mit irgendwelchen Papieren, um sich nicht mit mir beschäftigen zu müssen.

»Jetzt nicht?«

»Übers Wochenende ist es nicht üblich. Doch wie es aussieht«, sagte der Beamte, »will er Sie überhaupt nicht sehen, ich meine, niemanden, Frau Gess. Es tut mir leid.« Er sah mich an. »Aber vielleicht ändert er seine Meinung noch. Unsere Kunden sind anfänglich meist ziemlich trotzig, doch wenn sie ihre Einsamkeit zu spüren beginnen, sehnen sie sich nach Gesellschaft.«

»Führen Sie mich zu ihm, ich will mit ihm reden, nur ein paar Minuten.«

Er schüttelte den Kopf und verschanzte sich hinter seinem Schalter. Er hatte mir mehr Mitleid gegeben, als er verpflichtet war.

»Ich bin seine Mutter«, sagte ich leise.

Er nickte, er wisse das, und fing an, in einer Broschüre zu blättern.

»Er *muß* mich sehen wollen!« Ich schrie ihm mein Mutterrecht ins Gesicht. Rasch standen zwei weitere Beamte im Vorraum, die Waffe in der Hand. Sie schauten mich erstaunt an und steckten ihre Pistolen wieder weg. Was los sei? Der erste Beamte zuckte mit den Achseln. Ich schüttelte den Kopf. Wenig später saß ich auf der Besucherbank und hielt einen Becher Tee in der Hand. Sie redeten auf mich ein. Später würde es bestimmt möglich sein, meinen Sohn zu besuchen. Ich müsse verstehen, ein Kapitaldelikt liege vor, das Gericht, der Staatsanwalt, die nationale Sicherheit. Einer der Beamten legte beschwichtigend seine Hand auf meinen Arm. Ich versprach, mich zu beruhigen. Ich würde nach Hause fahren, sagte ich, verabschiedete mich und setzte mich ins Café gegenüber. Oft saß ich dort in den letzten Tagen und beobachtete das Gefängnis.

Gegen Abend aber nahm ich wirklich den Zug nach St.Gallen. Zu Hause gab es viel zu erledigen. Ich holte sämtliche Koffer vom Estrich, verteilte sie im Haus, geöffnet. Einen stopfte ich mit Kleidern voll, einen füllte ich mit Büchern, in einen anderen räumte ich das Geschirr, das ich sorgfältig in Zeitungspapier einwickelte. Mit dem Hausputz fing ich oben an und denke, damit nächste Woche fertig zu sein. Fuhr ich in den vergangenen zehn Tagen nicht nach Bern, um vom Café aus das Gefängnis zu beobachten oder um den diensthabenden Beamten anzuflehen, mich zu Wilhelm vorzulassen – die Antwort ist immer dieselbe –, leerte ich das Haus.

Mittlerweile ist von den Betten nur noch meines im Schlafzimmer bezogen, die meisten Möbel sind leer, die Koffer habe ich in den Keller geschleppt. Von den Pflanzen geht ein unangenehmer Geruch aus, Moder und verfaulte Erde. Zuviel oder zuwenig Wasser. Einige Töpfe stellte ich auf den kleinen Balkon im ersten Stock, andere warf ich aus dem Fenster, wo sie zerschellt im Rasen liegenblieben. Ich wußte nicht, daß ich so viele Pflanzen habe. Mit dem Garten beschäftige ich mich nicht, und dem Gärtner, der regelmäßig einmal die Woche kam, habe ich tausend Franken in die Hand gedrückt und gesagt, er solle sich nicht mehr blicken lassen.

Im Gästezimmer räumte ich die Schränke aus, wischte die Regale ab und lagerte die Kleider – die Koffer sind mittlerweile alle gefüllt – auf dem Fenstersims. Gestern vergaß ich, das Fenster zu schließen. Die Kleider wurden naß, teilweise blies sie der Wind weg. Wilhelms ehemaliges Zimmer lasse ich unberührt. Das Haus leert sich, manchmal, meine ich, ohne mein Zutun.

Es gäbe viele Briefe zu lesen. Ich konzentriere mich auf die Werbesendungen. Das Telefon klingelt seltener. In den ersten Tagen belästigten mich die Journalisten, ich fand lockende finanzielle Angebote für Exklusivgeschichten in der Post, hin und wieder sehe ich jemanden im Garten herumschleichen. Nehme ich den Hörer ab, um ihn, ohne mich zu melden, gleich wieder aufzulegen, klingelt es meist noch einmal. Nach dem dritten Mal ist in der Regel Ruhe. Gut so. Selten meldet sich jemand an der Haustür. So dringend will mich niemand finden.

Am Sonntagmorgen fuhr ich zu August nach Horgen. Ich sagte ihm nicht, daß ich in Bern war. August respektiert, daß Wilhelm niemanden sehen will. Er nahm das, meine ich, fast erleichtert zur Kenntnis. Sein Versand läuft gut, dabei soll ihn keiner stören.

»Was Wilhelm tut, ist seine Sache, selbst wenn er jemanden tötet«, sagte er kühl. Seine Sätze klangen hilflos wie jene der Regierungserklärung über den Tod Lüthis. August hatte sich diese bequemen Sätze zurechtgelegt, und niemand würde ihn dazu bringen, sich weiter Gedanken zu machen. Mir empfiehlt er, wie ich es im übrigen selbst Sonja empfohlen habe, ein paar Tage wegzufahren. Daß er Wilhelm nicht besuchen kann – täte er es, wenn er könnte? –, enthebt ihn, wie er meint, der Pflicht, sich mit seinem Bruder zu beschäftigen. Den Besuch im Bezirksgefängnis Bern sähe August als Geschäftstermin, der, ob gut oder schlecht verlaufen, abgehakt werden könnte. Er unterschätzt Wilhelm. Auf diese Weise wird er sich nur noch mehr mit seinem Bruder beschäftigen müssen.

Von Horgen fuhr ich wieder nach Bern, nicht nach St.Gallen, wie ich August sagte. Für die Nacht nahm ich mir ein Hotel und legte die geladene Beretta unter das Kopfkissen. Darauf setzte ich mich ins Café und beobachtete das Gefängnis.

Im Café bin ich natürlich aufgefallen. Ich habe meinen Stammplatz am Fenster, komme immer mit mehreren Tageszeitungen, die ich vor mir ausbreite und nicht lese. Vor ein paar Tagen trat einer der Beamten vor das Gefängnis. Er zögerte, überquerte die Gasse und setzte sich im Café an meinen Tisch. Er räusperte sich und sagte, das sei seine Pause. Ich lud ihn zu einer Tasse Kaffee ein. Er schüttelte den Kopf. Er verstünde meinen Kummer, fing er an, doch wäre es besser für alle, wenn ich mich nicht mehr so häufig in Gefängnisnähe aufhielte. Überhaupt nicht mehr, meine er. Man könne sich bei meinem Verhalten weiß Gott was denken. Er wäre gezwungen, etwas zu unternehmen. Doch habe er Verständnis für meine Lage, weshalb er erst mit mir habe reden wollen. Ich nickte. Er stand auf. Wortlos verschwand er gegenüber, der Fuchs in seinem Bau.

Der Beamte hat recht. Etwas bahnt sich an. Er – oder einer seiner Kollegen – gerät mir dabei in die Schußlinie. Der Beamte, der zu mir ins Café gekommen ist, hat begriffen: Er hat, meine ich, etwas Angst vor mir. Am Tag zuvor im *National* noch, bis vor wenigen Stunden hatte ich selbst Angst vor mir, vielmehr vor der Person, die meinen Namen trägt und in diesem Namen etwas unternehmen wird. Die Angst ist in kühle Gewißheit übergegangen. Das beruhigt. Das beruhigt ungemein.

So muß es Wilhelm ergangen sein, bevor er Hans Lüthi erschoß. Bewaffnet saß ich bei Sonja, bewaffnet saß ich im Zug. Ich saß bewaffnet im *National* unter den Menschen, als wäre ich einer von ihnen. Es hätte ein Schuß losgehen können, *gehört* habe ich ihn. Ich bedrohte in St. Gallen einen Waffenhändler. Beinah hätte ich ihn erschossen. Was hätte mich daran gehindert? Warum krümmte sich mein Finger in jenem Augenblick nicht um den Abzug? Eine leichte Berührung, eine Muskelkontraktion, nicht von mir gesteuert, hätte genügt. Alles wäre jetzt vorbei.

Während ich im Vorraum des Bezirksgefängnisses meine Beretta auf den diensthabenden Beamten richte, ist ein Wärter unterwegs, um Wilhelm aus der Zelle zu holen. Ich halte dem Mann den schwarzen Lauf der Pistole, meinen verlängerten Finger, an die Schläfe. Der schwarze Waffenmund berührt sie, seine Hand zittert leicht.

Ein Wärter, den der Beamte telefonisch benachrichtigt hat, ist jetzt dabei, im Inneren des Gefängnisses Türen zu öffnen. Drei, vier sind es, bis er zu Wilhelm vordringen kann, der schwere Schlüsselbund klirrt in seiner Hand. Es wird einige Minuten dauern, bis sie da sind. Bestimmt versucht der Beamte, Zeit zu gewinnen, oder er hat bereits einen unsichtbaren, lautlosen Alarmknopf gedrückt. Ich mache mich darauf gefaßt, daß gleich mehrere Polizisten in den Vorraum stürmen und mich überwältigen. Dann allerdings ist der Mann, der sich in meiner Gewalt befindet, tot, und das weiß er.

Er versucht, mich zu überreden, von meinem Vorhaben abzulassen. Schweiß rinnt über seinen Hals und über meine Hand, die seinen Hals umfaßt. Seine Stimme ist dennoch ruhig, sicher, dem Unvorstellbaren gegenüber verhält sie sich routiniert. Wie der St.Galler Waffenhändler glaubt auch er nicht, daß ihm geschieht, was ihm gerade geschieht.

»Machen Sie sich nicht unglücklich«, sagt er und versucht, mir in die Augen zu schauen, was ich aber nicht zulasse, ich halte ihn fest im Schwitzkasten. »Sie machen alles nur schlimmer, Frau Gess.«

»Nein, nein«, entgegne ich ihm, »ich war die ganze Zeit unglücklich, ich mache mich jetzt ganz im Gegenteil glücklich, endlich wird alles wieder gut ...«

»Sehen Sie«, sage ich ihm, während der Wärter noch immer im Inneren des Gebäudes Türen aufschließt, »es hängt jetzt alles von meinem Zeigefinger ab, nicht von mir. Krümmt er sich, geht ein Schuß los und die Kugel bohrt sich in Ihr Hirn. Das liegt nicht in meiner Macht. Manchmal habe ich Muskelkontraktionen, mein Finger krümmt sich ohne meinen Willen, einfach so. Pech für Sie, doch nehmen Sie es nicht persönlich, Sie als Person sind nicht gemeint, ich kenne nicht einmal Ihren Namen, doch hatten Sie nun einmal in dieser Stunde Dienst. Sie verstehen, *ich* will das nicht, ich vertraue Ihr Leben Gottes Willen an. Hoffentlich haben Sie den Glauben nicht verloren, Sie brauchen ihn jetzt nämlich.«

Ich will den Beamten nicht töten, doch brauche ich ein Opfer, ich brauche einen tiefen Schmerz, den ich Gott zufügen kann, damit ER mich wahrnimmt.

Ich will Gott prüfen, Gott ist Hiob, nicht ich.

Die Uhr tickt. Gott hat zwei, drei Minuten Zeit, sich zu entscheiden. Das ist fair. Mein Finger zittert. Noch immer umschlingt mein linker Arm den Beamten, so daß meine Hand in seinem Nacken liegt, mit der rechten halte ich die Waffe. Wir stehen unbeweglich.

Jetzt ist es an IHM.

Ich warte. Auch der Beamte hat aufgehört, um sein Leben zu reden.

Mein Finger könnte sich krümmen, bloß weil das Telefon klingelt.

Es bleibt still im Raum. Der Beamte schwitzt, Schweiß läuft über seinen Hals, über meine Hand.

Ich warte, daß mein Name gerufen wird, Gott soll meinen Namen rufen, dann lasse ich von SEINEM hilflosen Geschöpf ab.

Ich heiße Eveline, Eveline Gess.

Ich will nur SEINE Stimme hören, ein einziges Mal wissen, *warum* das alles, und ich lasse den Beamten los, soll er mich abführen und in eine der Zellen bringen, in der auch Wilhelm sitzt.

Nichts geschieht. Der Wärter und Wilhelm kommen nicht. Die Zeit läuft ab.

Ein Wort genügt.

Ich muß es hören. Laut! Ein Schrei!

Eveline!!!

Mein Finger krümmte sich, zog sich willenlos zusammen, der Schuß, ein dumpfer Knall in meiner Hand, löste sich und bohrte sich tief in die Wand des Berner Hotelzimmers, in das ich mich am Sonntagabend nach Wilhelms Tat verkrochen hatte. Eine Kirchenuhr schlug zehn. Fast gleichzeitig, unglaublich, waren Schritte im Gang zu hören, hastige Schritte, erregte Stimmen, eine rief, während die Zimmertür aufgebrochen wurde, »Frau *Gess*, um Himmels willen, was ist geschehen?«

Nadine »Natur ist eine Form der Verneinung«, schreibt Eich irgendwo. Franz verstand vielleicht seine Wanderungen mit Wilhelm in die Berge so. Ich fragte mich oft, ob er die Igelwörter, wie Wilhelm sie nannte, liebte. Er begriff deren Widerstandskraft, die Widerspenstigkeit gegen das Unabänderliche, das Recht auf Zorn, die sympathische Aggression, das selbstzerstörerische Engagement gegen die Schöpfung, das Nichtmehreinverstandensein.

Franz spürte in den Versen eine elementare Kraft, die er der rigiden Religion seiner Frau entgegenstellen konnte. Ohne Evelines Bibelsprüche, auf die sie nach ihrem nächtlichen Gespensterauftritt verzichtete, hätte er die Gedichte nicht gebraucht. Mit dem Verschwinden Wilhelms aus seinem Leben verschwand auch Eich. Bei meinem Besuch in Tschierv – ich muß gestehen, daß ich auch Schränke und Schubladen öffnete – fand ich keines seiner Bücher mehr vor.

Ich sprach nie mit ihm über die Gedichtbände, die ich ihm schenkte. Ich mochte den Zustand, in dem Franz die Bände aus den Bergen zurückbrachte und in dem ich sie in seinem Bücherregal vorfand. Zerfleddert, mit Eselsohren und Grasflecken an den entscheidenden Stellen, wie ich mir einbildete. Die Poesie überläßt nichts dem Zufall; sie wählt aus, von wem sie sich lesen läßt.

»Fort, fort, in den Abend übers Gebirge!« War das der Anfang? Handfeste, griffige Verse. Ein Schlachtruf. Deutlicher konnte die Aufforderung nicht sein. »Auf, auf ihr Matrosen!« Wenn *das* Lyrik war, dann war es Lyrik für den Kaufmann Franz, der lange behauptet hatte, nur Statistiken und Bilanzen zu lesen und die »Melodien schwarzer Zahlen« der Musik vorzog. Das war nach seinem Geschmack. Lyrik zum Zupacken. Er konnte es wörtlich nehmen. Er konnte die Wörter einzeln in die Hand nehmen, sie abtasten und abklopfen, sie in die Tat umsetzen, er konnte die Wanderschuhe schnüren, den Rucksack packen ... und Vater und Sohn wanderten übers Gebirge in den Abend und murmelten die Igelwörter vor sich hin, wenn ihnen der Gesprächsstoff ausgegangen war oder sie die Notwendigkeit drängte.

Franz wuchs in Eichs Lyrik hinein; ohne es zu merken, auch in jene, die nicht nach Rucksack und Wanderschuhen rief. Ich male mir ihre Gespräche – wie gern wäre ich dabeigewesen! – als fröhlich-anarchistische Dialoge aus, gut vorbereitet durch die frühen abendlichen Sitzungen am Bettrand des Knaben.

WILHELM Huhu!

FRANZ Zähmst du den Bienenwolf?

WILHELM Ich denke in die Dämmerung.

FRANZ Und die Dämmerung denkt mich.

WILHELM Keiner hat es gelernt, es fiel sie nur an wie die Geburt.

FRANZ Ich habe meinen Schatten verkauft.

WILHELM Eines bestürzten Tages ...

FRANZ ... wird er zurückverlangt.

WILHELM Versteck ihn in einer Zahnlücke.

FRANZ In Winkeln spielt sich die Welt ab.

WILHELM In Gedichten verstecke ich mich.

FRANZ Nur keine Spuren hinterlassen.

WILHELM Wo bist du, wenn du neben mir gehst?

FRANZ Wo das Glück beginnt, dieses graue Glück.

WILHELM Ich fürchte das Glück.

FRANZ Cambridge siegte gegen Oxford mit zweieinhalb Längen.

WILHELM Eine Möglichkeit, die Welt zu begreifen.

FRANZ Gewalt ist notwendig, um die Welt zu ändern?

WILHELM Der Mett heiligt die Zwickel.

FRANZ Mich triffst du nicht mehr, solange ich auch rufe.

WILHELM Laß nun die Abschiede uns unauffällig begehen.

FRANZ Laß uns Mulm aufwerfen.

WILHELM Trag mich als Mantelfutter...

Und so endlos weiter.

Jahrelang verließ ich meine Wohnung nicht ohne das neue Gedichtbuch von Eich. Als er gestorben war, begleitete mich das weiße Bändchen mit dem grünen Querbalken, das seine Witwe zusammengestellt hat.

Zeit für mich,
das Gebirge abzukarren.
Ich hätte das Land gern flach.

Ich dachte:
Plattdeutsche Sätze,
Nomaden,
die an ihren teppichfreien
Tagen kommen, um mich

herumgehen und flüstern
aus dem Koran, plattdeutsch.

Wer kommt, hat sich
in meine Irrtümer verlaufen,
geht ohne Anruf davon.

Da ist es wieder. Noch vor ein paar Wochen hätte ich es nicht aufsagen können. Seit Eich tot ist, kann ich seine Gedichte nur laut zu Ende lesen. Sonst schweife ich ab und dichte meine eigene Version. Ich blätterte immer wieder in den Bänden der *Gesammelten Werke*. Gleichgültig, welches Gedicht ich mir aussuchte, ich kam nicht über die Anfangszeile hinaus. Ich schloß die Augen und sah den Dichter auf dem Hotelzimmerbett, inmitten seiner Manuskripte und Medikamente und vor sich den Tod. Ich lese nur noch im alphabetischen Verzeichnis der Gedichtanfänge. Nach der ersten Zeile schließe ich die Augen, und in meinem Kopf entsteht meine Fassung des Gedichtes.

Jetzt sind sie wieder da, meine *Nomaden*.

Wie ich die Verse nach zwanzig Jahren wiederhöre, erzeugen sie erneut diese letzten Klänge in mir. Ich fürchtete mich vor dem Gedicht, als ich es zum ersten Mal hörte. Es war fremd, mir feindlich. Es stellte sich mit seiner ganzen Macht gegen meine Welt. Jetzt ist es wieder da ... Es scheint auf ... Mein letztes Gedicht ... Ich will nichts anderes mehr hören ... Gehen Sie ... Ich bin 87, das genügt ... Das Gedicht spricht meinen Tod, ich höre ihm ruhig zu ... Zeit für mich ... Die Flasche Wein steht bereit, wer weiß, vielleicht entfache ich noch heute abend die Kastanientierchen und setze mich in ihre Wärme.

Sonja In seiner Kindheit bastelte Wilhelm, was die Familienchronik als Stielaugentierchen überliefert. Mit »Gessscher Sturheit«, so Nadine, schuf er unter ihrer Obhut seine Tierchen, spitzte sechs Zündhölzchen zu, vier als Beine, zwei als Augen, die er in den Kastanienkörper rammte, und fertig war das Tierchen. Er schuf Hunderte davon, alle waren sie austauschbar. Nadine rechnete die Menge der Kastanientierchen hoch und kam auf mehrere tausend Stück. Ein stolzes Werk. Er habe nie mit ihnen gespielt, sagt sie. Sie hätten ihn, einmal angefertigt, nicht mehr interessiert. Wilhelm habe sie unterwegs unbekannten Spaziergängern geschenkt, einen Koffer voll lagere sie noch im Estrich ihres Häuschens, im Koffer ihres Vaters, der Pöstler im Rheintal war.

Das ist nicht richtig. Wilhelm spielte mit den Tierchen, wenn auch auf seine Art. Das erzählte Eveline einmal, widerwillig fast. Er brachte von jeder Tessinwoche einen Plastiksack voller Kastanien nach Hause. Er setzte sich auf den Balkon, schüttete den Sack aus, türmte die Tierchen wie Zirkusakrobaten, die eine menschliche Pyramide bauen, aufeinander, formte an der Basis ein Kreuz, zehn Ost, zehn West, zehn Nord, zehn Süd, eins in die Mitte, eines setzte er drauf, dann acht Ost, acht West, und so weiter, bis nach stundenlanger geduldiger Präzisionsarbeit auf dem Balkon die Kreuzpyramide stand und oben ein einsames Stielaugentierchen die Wiese und die Stadt überblickte.

Er setzte sich im Schneidersitz hin und verschränkte die Arme. Er wartete die Dunkelheit ab, egal, wann er mit dem Türmen fertig geworden war. War es dunkel, griff er zum Feuerzeug und zündete das Schwefelköpfchen eines Tierchens an. Es fauchte auf, und sofort stürzte es sich auf ein zweites Schwefelteufelchen. Die Flamme hüpfte nach unten, nach oben, zur Seite. Jedesmal gab ein Zischen das Erreichen einer neuen Etappe bekannt. Rasch verließ die Teufelstruppe die Disziplin. Die Flamme teilte sich, scherte aus, oben, unten, überall warteten die Helfer und Helfershelfer. In Flammenketten zischten und fauchten die Teufelchen hinauf, hinunter, ihr Weg wurde zur feurigen Schlange, die sich durch die Dunkelheit fraß. Sie raste in alle Richtungen, endlich der Achse entlang, die die Pyramide einstürzen ließ, ein tödlich verwundeter Drache, brüllte er, keuchte, spuckte sein glühendes Leben aus und verendete. Die Tierchen, die ihn formten, stürzten und vermengten sich zu einem Feuer, das allmählich ausbrannte. Hin und wieder fauchte aus dem Aschehaufen ein letztes Schwefelköpfchen auf.

Das allerletzte spiegelte sich – stelle ich mir vor, gesehen habe ich es nie – in den glücklichen Augen des Knaben und tauchte in die Glut ein, verschwamm im Feuermeer, das Haus, so mag es Wilhelm vorgekommen sein, fing Feuer, die Stadt brannte, die Berge, endlich die Welt.

St. Gallen, Feuerstein
Mai 1993 – Mai 1995